古本屋は
奇談
蒐集家

ユン・ソングン
清水博之 訳

河出書房新社

古本屋は奇談蒐集家

目次

1

事情を聞かせてくれたら本をお探しします ◆ 愛情編

2 失われた本を求めて ◆ 家族編

3 奇妙なお客たち◆不思議編

4 本と生きる◆人生編

古本屋は
奇談
蒐集家

事実は小説よりも奇妙だ。
なぜなら小説は、
これから起きる可能性のあることが書かれるべきだが、
事実は、可能性とは関係なく既に起きているからだ。

――マーク・トウェイン『赤道に沿って』

プロローグ

私は小さな古本屋の店主だ。表向きにはひとまずそういうことになっている。傍《はた》からは中古本を売買しているだけに見えるだろうが、実は、本にまつわる奇妙な物語を蒐集《しゅうしゅう》しているのである。かつて詩人の金《キム》洙《ス》暎《ヨン》（一九二一―六八）が書いたように、「眠る本は既に忘れられた本」だ。本の眠りを覚ます人だけが、本当の物語を獲得することができる。本を揺り起こし、そこに宿る無限の力を引き出す――それが私の本当の仕事だ。

……などと豪快に書きはじめてみたが、ここから筆が進まない。もちろん実際にそんな仕事をしており大ぼらというわけでもないのだが、少しかっこつけすぎたのは認めます。皆さんが大目に見てくださるのなら話を続けたいと思う。

新刊書店に向かう大部分の人は、こういう本を買おうと心に決めている。特定の本を買いに行くわけだ。しかし古本屋に来るお客は反対の場合が多い。本を決めておくのではなく、単に「今日はどんな本があるだろう」という漠然とした気持ちでやってくる。そうして本棚をじっくり眺め、心ひかれる本があればそれを買う。新刊書店を「人が本を選ぶ」場所とするなら、古本屋はその反対で「本が人を選ぶ」という面白い現象が起きる。

ところが時々、特定の本を探して古本屋を巡る人々がいる。なぜ古本屋なのか？　探す本が新刊書店にはないから。つまり絶版本だ。

　わざわざ絶版本を探す理由は人それぞれ。明らかなのは、宝石などの貴重品を求めるのとは違う思いで探しているということ。つまり、絶版本を探す苦労を厭わないほどの、本にまつわる貴重な物語がそこにあるということだ。

　古本屋で働いていると、絶版本を探してほしいというお客がたびたび現れる。何か月、あるいは何十年もかけて一冊の本を探す人もいる。見つけてくれたら謝礼を渡すという人も少なくない。とはいえ数百年前の大変な価値を持つ豪華装丁本などは、私には探せない。およそ一九五〇年代以降に発行された本なら何とか探せるが、見つけたとしてもそのような本はそれほど高価ではない。だから謝礼をもらうのも申し訳ない。

　そこで考えたのが「物語の蒐集」だ。長いあいだ本を探すのだから、そこには何らかの事情があるはず。私は依頼人から、本を探す理由や事情、つまり物語を手数料としてもらう。事情を話してくれたら、本を探すというわけだ。また登場人物を仮名とした上で、その事情を文章にして公開することに対し反対しないと約束してもらう。

　こうして私は古本屋を運営する傍ら、本にまつわる奇妙な物語を蒐集するという、おかしな職業を持つことになった。これからお聞かせする話は、楽しいものもあれば、悲しいものもあるだろう。怖い話、シュールな話もある。ただひとつだけ言っておきたい。私たちの周りには、奇妙なことが想像以上に頻繁に起きていると。

　皆さんがこれから目にする物語は、小説ではない。

1 事情を聞かせてくれたら本をお探しします——愛情編

振り返れば申し訳なく

『愛と認識との出発』
倉田百三著、キム・ボンヨン訳
創元社、一九六三年

絶版本を探し出しお金をいただく代わりに、その本を探している事情や理由を語ってもらうことで手数料としようというアイデアを思いついた、ひとつの事件がある。

ソウル金湖《クムホ》洞《ドン》にある、かなり規模の大きな古本屋で店員として働いていた時代のことだから、ずいぶん前のことだ。いま金湖洞は新しいマンションが乱立し空に背を伸ばしているが、わずか二十年前は、屋根の低い家が山の斜面に野原のように広がっていた。ソウルでも珍しい、昔ながらの景色が残る場所だった。

その古本屋は、商売が軌道に乗り十人もの店員を雇っていた。今のようにインターネットで古本を売買することが活発ではない時代だったから、多くのお客が直接やってきた。店員たちは汗まみれになり、天井まで積まれた本と格闘するばかりで一日を終える。だからお客に何か聞かれても、親切に対応することが難しい。私はそれが不満だった。本を扱うことが最も重要だとはいえ、本を買いに来たお客に気を遣えないほどでは問題だろう。だから私だけでもお客を歓迎しようと心に決めた。毎日数千冊の本の対処に追われながら笑顔で人に接するのは、決して簡単なことではなかったが。

ある日の午後、年配の男性が、ひとりで古本屋の地階に下りてきた。七十代に見えるが腰はまっすぐ伸び、服装はこざっぱりしていて不思議な好感を覚えた。探している本があるのだが調べてもらえますかと彼は言う。幸い、当時にしては一足早く、大部分の本をパソコンのデータベースに入力しており、ホームページでは通信販売も行っていた。

「少々古い本ですが……」

おじいさんは洋服のポケットからきちんと畳まれたハンカチを取り出し、おでこに光る汗をぬぐう。言葉を濁す様子から、既にいくつかの古本屋を巡ったのだろうと直感した。ここに本があるという希望を全く感じさせない声だった。

「何なりとおっしゃってください。ここには十万冊以上あります。全部ではないのですがパソコンに書名がまとまっておりますので検索しますよ」

「『愛と認識との出発』という本です。倉田百三という日本人が書いた本なのですが」

初めて聞く本だ。さらに彼が探しているのは一九六三年版だという。ひょっとしたらとパソコンで検索してみるが、やはり店にはなかった。

そう伝えると、おじいさんは淡々とした声で「そうですか、ありがとうございます」と振り返り、また階段を上りはじめた。階段は角度がきつく、その足取りはおぼつかない。後ろ姿が少し寂しそうに見えたため、急いで後を追いかけ、「名前と連絡先を教えてください。本が入荷されたら連絡しますよ」と言った。おじいさんは初めて口元に微笑みを浮かべ、私が差し出した小さな紙に電話番号を書いた。

正直に告白すると、その時の私は本を積極的に探すつもりはなかった。ほんの少しでも彼の気がまぎれればと思い、本が入ったら連絡するという空約束をしただけだ。探す本が本当に見つかるかなんて、誰にも分からない。

今でも、ある程度はこう信じている。本は探すものではなく、自分から現れるものだ。古本屋で働いていると、本を探しまわることがどれほど無意味なことかよく分かる。ある本は、世界のどこかに必ず存在するはずなのに、何年経っても遭遇できない。正反対のことも起きる。絶対に探せそうにない本であっても、数日のうちに見つかってしまう。自然の法則や心理学的概念では説明できないことだが、本というものは自らの意志で人に会おうとするようだ。信じられないかもしれないが、そう考えざるを得ない状況にたびたび出会ってきた。

おじいさんが探していた本も同じように現れた。まさに縁があったとしか言いようがない。半年ほど過ぎ、私ですら完全に忘れていたころ、その本は古本屋にやってきた。その日、トラックに山のように積まれ運ばれてきた数千冊の本の中から、手のひらほどの大きさの一冊の本が私の目に飛び込んでくる確率は、一体どれくらいのものだろう。奥付を見ると、一九六三年に創元社《チャンウォンサ》から発売された初版である。間違いなくこの本だ！ 手にした瞬間、背筋が震えた。

幸いにも、お客が書き残した連絡先もまだ持っていた。持っていたというより、机の片隅に押しやったまま忘れていたと言うべきだが。これも偶然ではなく運命だ。古本屋では毎日、仕事の最後に掃除をするのだが、こんな小さな紙切れが六か月も生き残っていたなんて。

『愛と認識との出発』は、夏目漱石と近い時代に活動していた劇作家であり評論家でもある倉田百三の、愛にまつわる短い文章をまとめた本だ。作家は耽美主義が席巻していた日本の文学界において、冷静な理性と実存を主張する『白樺』同人のひとりとして活動した。日本の知識人と青年たちの間で広く読まれたこの本は、一九二一年に初版が出され、韓国では五〇年代から翻訳され続けた。調べてみると韓国でも読者は多く、様々な翻訳版がある。しかしなぜ彼はわざわざ一九六三年版を探していたのだろう。その理由は、受け取りに来た本人から直接聞くことができた。

「私は若いころ、日本に留学していました。家は裕福ではなかったのですが、父は事業家で生活には困りませんでした。当時は韓国戦争〔朝鮮戦争、一九五〇－五三〕の直後で、満足に勉強できる状況ではなかったため、父が私を日本に送ってくれたのです。勉強を終えて韓国に戻れば、やることは多いはずだからと。しかし戻ってみれば、状況はさらに悪くなっていました。軍事政権が始まっていたのです」

　おじいさんは『愛と認識との出発』を手に持ち、表紙を軽くさわりながら語った。本と同じく、かなり昔の話だった。

　日本で勉強し戻ってきた青年は、翻訳文学を発行する出版社に就職。青年は父の言葉を胸に、本を作ることこそ今後の韓国のために必要な事業だと考え、一生懸命働く。

「しかし、思うようにはうまくいきませんでした。発行されるほとんどの本が、政府から禁書処分を受けたんです。大した内容でもないのにですよ。外国人が書いた薄い哲学書、歴史書、経済書までおかしな難癖をつけられ、書店に並ぶことなく廃棄されました。残念だがどうしようもない、大きすぎる壁でしたね。当時はそういうものだったのです。あの時代を、一体どうやって生き延びたのだろうか……」

「反抗するとか、そういうお人柄ではないのでしょうね」

「反抗？」彼は目を丸くした。「六〇年代ですよ。思い出しただけでもぞっとします。私は韓国戦争より、むしろ軍事政権のほうが恐ろしかった。反抗なんて、考えることすら不可能です。頭を空っぽにしてぼおっと暮らすのが一番幸せな時代でした。勉強してきた人にとっては悲惨な毎日です。読んだり書いたりする自由が全くなかったのですから」

在りし日に思いを巡らせているのか、おじいさんはしばらく口を閉ざす。やがて本を私に見せながら、こう語りはじめた。

「この本がなかったら自殺していたかもしれません。それくらい大切な本なんです、私には」

彼の表情が少し明るくなった。私も微笑みながら相槌を打つ。

「大変な時代に、その本を読んで元気を出していたんですね」

私の言葉におじいさんは、わっはっはと声を出して笑った。

「いや、そうじゃなくて……。すみません。大げさでしたね。実際、どれだけ素晴らしい本なのか私も分かりません。じっくり読んだこともないのです」

今度は私が目を丸くする番だ。

「ちょっと変ですよね、ではお客さんがこの本をずっと探していた理由は？　愛読書でもないのに……」

「ここからの話が面白いのですが、聞いてくれますか」

彼は本をなでる手を止めずに言葉を続ける。

「出版社の仕事を辞め、しばらく家にこもっていました。まずは両親が私を心配したようです。引きこもりの親不孝息子になってはまずいので、銀行に就職しました。実際、私とは全く合わない仕事でした。一日中椅子に座って算盤《そろばん》を弾《はじ》くのは、まさに苦行ですよ。やがて一年が経ち、私にも春がやってきました」

「春」とは恋愛のことだった。青年が少しずつ仕事に慣れてきたころ、同じ支店で働く美しい女性社員が自分に好意を持っているのを感じる。もちろん、青年の誤解かもしれない。彼女は誰にも分け隔てなく親切な性格なのかもしれない。青年は甘い悩みに胸を痛める。苦痛だった通勤の足取りも軽くなった。

「女性に気持ちを伝えたくとも、どうすればいいのか全く分かりません。今なら携帯電話があるから気軽に番号でも聞けばいいのでしょうが、昔は直接話すしか方法がないでしょう。悩んだ末、ラブレターを書くことにしました。だがそれだって難しい。ラブレターなんて書いたことはないですから。その間、紙を何枚捨てたことか。最初の一文からしっくりこないのです。夜に書いては朝に破って捨てて。昼食時間に何文字か書き、帰って読んだらあまりに稚拙で自分に腹が立つほどでした」

青年は頭を冷やそうと、仕事のない週末に街の書店を訪れ、運命のように『愛と認識との出発』という本に出会う。最初のページを開いた瞬間、魅了された。内容ではなく、ラブレターに良さそうな愛についての素敵な文章がいくつか載っていたからだ。

「まさに、初心者のためのラブレター例文集という内容でした。誰かに見られていると思うと恥ずかしく、きょろきょろしながら急いで本の会計を済ませ、家に走ったものです。ラブレターは書き出しが難しいですよね。私は本の引用から始めて手紙を書いてみました。そしたら次の文がすらすら出てくるんです。深夜までかけて手紙を書き終え、丁寧に畳み、スーツの内ポケットに入れました。出勤したら、タイミングを見つけてさっと渡すつもりで。結論から言うと、作戦は大成功。その日の昼休みの後、休憩室でふたりだけになったとき、彼女に手紙を手渡しました。驚きつつうれしそうだった彼女の表情、何十年経った今でも忘れられません」

おじいさんは本を広げ、ある文章を指さした。かつての青年はその一行を引用したのだ。小さな声で読み上げる。

「まん丸の青空が私たちの頭上を覆い、光の当たる白い雲が静かに漂っている。……永遠の時間が足跡を殺しながらそっと去っていくのを感じるとき、私たちの胸にはとりとめのない寂しさが影のように伸びるだろう」〔倉田による原文ではなく韓国語訳から訳出した〕

美しい文章だ。こう始まるラブレターを受け取った女性も、青年の心を受け入れた。青年は夢見るような日々を過ごす。本人の言葉を借りれば、失っていた食欲が戻り、悲しい映画を観ても笑みがこぼれるほどだった。

「では本がお客様とその女性をつなげたのですね。やっと分かりました、恋を結んだ本だったとは」

「決して忘れられない、青春時代の最も美しい日々でした。とはいえこの世に永遠なんてないものです。その恋は長続きしませんでした――私のせいで」

恋愛を育《はぐく》む一方、青年はだんだん銀行員としての暮らしに我慢できなくなる。学問への未練を振り払うことができず、三年目に辞表を出しヨーロッパへの留学を決行。恋人には手紙を書くからとだけ約束し、ひとりで遠い外国へと旅立ったのだ。

青年は約束通り頻繁に手紙を送った。ところが留学が長引くにつれ、少しずつ感情が冷めていくのをどうにもできなかった。どちらが先ということもなく徐々に手紙が減り、留学生活が五年目ごろになると自然に連絡も途絶えた。青年はその後、十年以上外国で暮らし学問に没頭。その中で別の縁が生まれて結婚し、幸福な人生を送ることとなる。

かつての青年は、今や白髪の交じるおじいさんとなり、仕事を引退して穏やかな日常を過ごしている。そんな折、数年前から初恋の思い出が浮かぶように。相手を探すことに意味はないと考える彼は、ラブレターを書くのに助けられた本を探してみたくなった。私が偶然それを発見したため、こうして取りに来たというわけだ。彼は本を探していた事情を、淡々と語り終えた。

聞くところによると、彼の自宅は釜山《プサン》にあり、私からの連絡を受け、KTX〔韓国高速鉄道〕に乗ってソウルまでやってきたという。本代は二万ウォン〔約二千円〕だから、郵便料金と合わせて入金してくれたら発送したのに。本よりもはるかに高い交通費を払ってソウルまで来た理由も知りたかった。おじいさんは朗《ほが》らかに笑いながらこう答えた。

「長いあいだ探していた、青春時代の眩《まぶ》しい恋の本ですよ。郵便で受け取れるわけがないでしょう。私が迎えに行かないと」

一冊の本に込められた甘酸っぱい物語は、その後も長いあいだ私の頭から離れなかった。それから何年かして、古本屋の主人になった私は、お客に時々、どんな事情で本を探しているのかそっと聞くようになった。

本には作者の物語が書かれているが、本を求める人は、そこに自分だけの物語を重ね合わせる。そうして世界にひとつだけの新しい作品が生まれるのだ。

奇妙な初恋

『ロリッタ』（ロリータ）
ウラジーミル・ナボコフ著、シン・ドンラン訳
モウム社、一九八七年

本は音楽と同様、たったひとつの意味しか持たないわけではない。小説はストーリーが決まっているとはいえ、読む人によって、あるいはいつ読んだかによって、本の持つ意味はそれぞれ別の方向へと枝を伸ばす。

私が店でいつもクラシック音楽をかけている理由もそこにある。音楽を耳にして生まれた様々な感情は、必然的に本と結びつく。本と音楽がひとつの場所で出会い、新しい意味をつくりだすのだ。店を訪れた人にこのことを知っていてほしい私は、開店と同時に音楽の再生ボタンを押すことを欠かさない。

よくあることではないが、期待通りの反応があったときはうれしい。クラシック音楽を耳にするたびにこの古本屋を思い出すと話すSさんは、ある日の午後、絶版本を探し当店にやってきた。

「今流れている曲は、ハイドンのピアノ三重奏ですよね？　作品番号までは分かりませんが、ハイドンで間違いないでしょう。ボザール・トリオかな？」

Sさんは普段からクラシックを聴いているのか、スピーカーから流れてくる音だけで作曲家か

ら演奏者まで正確に当てた。

「クラシックを専攻したのですか？　音を聴くだけで演奏者も分かる人なんて、なかなかいないですよ」

「クラシックを勉強したのではなく、勉強しながらよく聴いただけです。ところで、なぜお店ではクラシックしかかけないんですか？　歌謡曲には興味がないのでしょうか」

　子供のころからクラシック音楽が好きだったので、なぜそうなのか考えたことはなかったが、質問されてみると確かに自分なりの理由があった。

「まず、歌詞のある音楽自体が特に好きじゃないんです。同じ理由で、クラシックといえどもオペラや歌曲はあまり聴きません。歌詞があるとどうしてもその内容に集中してしまうのですが、歌謡曲はほとんど恋の歌じゃないですか」

「恋物語、お嫌いですか？」Ｓさんは私の答えが興味深いのか目を見張る。

「嫌いというより、これまで切実な恋愛をしてこなかった、とでも言いましょうか。恋の歌を聴いても、それほど共感できないんです。器楽なら同じ曲を何度聴いても様々な意味に解釈できますし」

「だとしたら恋愛小説も楽しくないのでは？　歌なら数分聴けば終わりますが、本なら共感できない恋物語を何百ページも読まないといけないわけですよね」

　展開が怪しくなってきた。この人、もしやハーレクイン・シリーズのような恋愛小説を探してくれと言うのではないか？　だとしたら困ったものだ。そっちの本なら、自称「恋愛博士」の古書蒐集家Ｌ氏に連絡しよう。ハーレクインやライトノベルの専門家なのだ。しかし彼は話が長いのが玉にきずで、できれば会いたくない。ここまで考えを整理すると、私は胸を張って答えた。

「本なら話が違いますよ。何でも読みます。お探しの本は恋愛小説ですか？」

「そうとも言えます。『ロリッタ』という本です」

　Ｓさんは座る姿勢を正す。

「『ロリータ』ですか？　私なら恋愛小説ではなく、文字で演奏した音楽と言うでしょう」——

　おお、これは我ながらかっこいい表現では？　ところでなぜその本を探しているのだろう。

「ナボコフが書いた本ですよね。猥褻《わいせつ》な内容だからと一時、禁書になったこともありますが、今では世界的ベストセラーです。絶版本ではないから普通の本屋に行けばいつでも買えますよ」

「もちろんです、『ロリータ』は」

　そう言うとＳさんは軽く微笑み、すぐに続ける。

「私が探しているのは『ロリータ』ではなく『ロリッタ』です。八〇年代にモウム社から出た本が必要なのですが、その時の題名は『ロリッタ』だったんです」

　そう言われて思い出した。以前、壊れた時計を修理して売るＮ氏が、表紙のデザインが素晴らしいとモウム社版『ロリッタ』を私に見せてくれたことがあった。彼は時計より本が好きなようで、なぜ本屋をやらず時計を売っているのか聞いてみると、Ｎ氏は気が乗らない様子で「好きな物を売っていたら生活できないです」と言った。彼ならまだ、あの本を持っているかもしれない。

「その本なら私も見たことがあります。表紙が素敵ですよね。本を見つけ出す手数料として、事情を話していただくことになっています。モウム社版『ロリッタ』を探している理由を聞いてもいいでしょうか？」

古本屋で自分の話をするとき、多くの人がそうするように、Ｓさんも話す前に息をつき考えにふける表情をした。私は引き出しから手帳と万年筆を出す。

「私は子供のころから勉強ができると言われて育ちました。名門大学と呼ばれる学校に受かったのに、誰も驚きません。あいつなら当然と、周りは信じていたようです。家計が苦しかったので、二年目からは家庭教師をすることになりました」

話に耳を傾けながら、本を探すのに役立つだろうディテールを質問する。

「八〇年代の、正確に何年だったか分かりますか？　探している本の出版年を予想するのに必要な情報です」

「二年生だから、一九八五年ですね。そう、アジア大会の前年でした」

「すみません、そのころって全斗煥《チョンドゥファン》が大統領だったときですよね。確か当時、大学生が家庭教師をしてお金を稼ぐことが禁じられていたのでは？」

「その通りです」Ｓさんは爽やかな笑みを浮かべる。「でもみんな、隠れて家庭教師をし、隠れて家庭教師に教わっていたんです。でなければ、大学生たちは高い下宿代を払えるわけがない」

名門大学の学生だから、家庭教師で得られる報酬は大きい。たくさん生徒を受け持ちお金がたまったら読みたい本を好きなだけ買おう。夏休みは仕事をしばらく休んで、鏡浦台《ギョンポデ》や海雲台《ヘウンデ》へ海を見に行ってもいい。しかしこれらの計画も、家庭教師の仕事が始まるなり吹き飛ぶ。

「私が初めて教えることになったのは、中学二年生の女子学生でした。そしてその後、他の生徒を教えることはありませんでした」

男子大学生と十三、四歳の女子中学生――ふたりの間に何かがあったのではと想像してしまう。その上、彼は中年男性が幼い女の子に執着する内容の小説を探しているのだ。だが、人生においてはどんなことであれ簡単に決めつけてはならない。Ｓさんの語りは続く。

「予想されたかもしれませんが、その女子学生を好きになってしまったんです。ずっと夢見てきたような理想的な女性でした。その年頃の子供らしく性格は明るく朗らか、でも真摯にものを考え、時には自分よりも大人っぽく感じるほどでした。ちょうどそのころ、ナボコフの小説を読みました。でも私は、小説に登場するハンバートとは違います。もちろん彼女も幼いドロレスではない。ハンバートは生まれながらの児童性愛者ですよね。誓いますが、私がそんな感情を持つのは初めてのことでした」

もうひとつ、Ｓさんがハンバートと決定的に違う点があった。彼がその女子学生に、一切何もしなかったということだ。Ｓさんは家庭教師を終えて家に帰ると、明け方まで自身を責めた。一方、『ロリッタ』を読んではハンバートという男を憐れんだ。それは奇妙な感情だった。女子学生への思いが募るほどに、彼女の前ではさらに無味乾燥な人間を演じた。

「小説のようなことは何も起きませんでした。でも、だめなことはだめですよね。家庭教師は一年続き、その後、彼女と連絡することはありませんでした。私は軍隊に行くことになり、復学した後は勉強に集中しました。それが全てです」

「本を探す理由はそれだけですか？」私は動かしていたペンを止め、質問した。

「表面的にはそうです。ところで大学を卒業し、社会人になって振り返ると、今ごろあの学生は成人になってるはず。大学生と中学生だったから問題だったわけで、実際、年の差は十歳もないじゃないですか」

「ということは？　またその人を探そうとしたのですか？」私は目を見開いた。

「まさか。そこまでいくとナボコフの小説です。いまさら彼女を探そうという気持ちにもなりませんでした。入社から数年後、私は会社で性格の良い女性と出会って結婚します。つまり、あの女子学生は誰にも言えない初恋の人になったわけです」

とはいえ、ここで話が終わるのであれば、昔読んだ本をわざわざ探す必要なんてないのでは。小説『ロリータ』が二部構成となっているように、ふたりの関係があるタイミングからずっと続いているような予感がした。

「本当にその学生とは再会しなかったのですか？」

私はＳさんの目をまっすぐ見つめる。彼はもう一度微かな笑みを浮かべ、口を開いた。

「鋭いですね。実は、彼女が私に手紙を送ってくれたことがありました。軍隊から帰ってきた直後のことです。ある日、学校の事務室に私宛ての手紙が届きました。女子学生は既に高校に進学し二年生になっていて。手紙は心のこもった、そして真面目な内容でした。驚くことに、家庭教師を受けていたときに私の感情の変化を感じたというのです。彼女は私に、個人的に会ってほしいと言います。気まずいなら、また家庭教師をしてくれてもいいとのこと。でも私は返事を出しませんでした。彼女もそれ以上、連絡してくることはありませんでした」

　短くまとめたが、手紙をもらった当時のＳさんは何日も悩んだ。結局、全てを思い出にしてしまおうと決める。相手はまだ高校生であり、大学入試という人生の大きな関門がすぐ目の前にある。ふたりの関係が良い結果を生むかもしれないが、その反対もありえるという心配が大きかった。入試を体験済みのＳさんは、彼女が人生においてどれだけ重要な時期にいるのかよく知っていたから、手紙を返すことは不可能だった。

　女子学生のことは完全に忘れたつもりで暮らしていたが、ある日突然できるニキビのように、ふと彼女の姿を思い出すこともあった。結婚して荷物を整理する中で、持っていたモウム社版『ロリッタ』は処分してしまう。

「実は最近、妻にその話をしました。変な人だと思われそうで今まで誰にも話さなかったのですが、私には初恋の話ですから。妻がどう受け取るのか、気になったんです」

　意外にもＳさんの妻は、美しい話だねと興味深く聞いてくれた。さらに、当時読んでいたのと同じ『ロリッタ』を探し出して、今度は自分と一緒に読んでみたらと提案する。Ｓさんが当店を訪れたのはそういう経緯だ。

「もしやと思い新しく翻訳された『ロリータ』を読んでみたのですが、前に読んだときとは何か違うんです。かつてあの本で感じた心の震えは、違う本では生まれないようですね」

　考えさせられる言葉だ。その時に出会わなければならない本というものが、誰にもある。見た目はただの本でも、そこには若き日の思い出、愛、悩み、そして躊躇《ちゅうちょ》と選択が詰まっている。聴くたびに毎回異なる感情を呼び起こす、良い音楽のように。

Ｓさんが帰った後、古本屋にひとり残された私はぼんやりあたりを見回す。視界の隅々まで本があふれ、何事もなかったように音楽が流れている。私はそれぞれの本が持つ意味、まだ聞かされていない依頼人たちの膨大な物語を思い、演奏がもうすぐ始まるコンサートホールで、一番前の席に座った好奇心あふれる子供のように胸をときめかせた。私は本と音楽をこよなく愛している。

大切な人が贈ってくれた本

『雨の便り』
ギュンター・アイヒ著、キム・グァンギュ訳
民音社、一九七五年

世の中には二種類の人間がいる、という文で物語を始めるのは簡単だ。かなり陳腐ではあるが、読者の興味を引くには効果がある書き出しといえる。私はこの文を使わないと心に決めているのだが、では今回はと改めて振り返ると、全く同じ書き出しではないか？　ならばこれでどうだろう――コインにはふたつの面があり、人生において選べるのはいつも表か裏だけだ。

人はどんなことであれ、評価をくだし採点したくなるものだ。自分の基準をつくりあげ、何種類かに分類してしまうのは基本的な心理といえる。評価することは、必ずしも良いことばかりではない。しかし学生時代から評価され続けてきたことで、誰かや何かを評価することが自然と身についているのかもしれない。時には全く評価を必要とする状況ではないのに、頭の中で勝手にデータを入力し評価を始めることになる。

では始めよう。いま古本屋の扉を開けて入ってきたお客は、誰？　どんな人？　まずは長身で整った容姿が目立つ。服装は、きっちりしているが窮屈には見えないスーツ姿。明らかに既製品ではなくオーダーメイドだろう。

顎髭《あごひげ》は整っているが、白いものが交じっているのを見ると、五十代後半だろうか。高めに見繕《みつくろ》っても六十五歳以下であることは間違いない。ひょっとして外国人？　このあたりで私の推理力は限界を迎える。

以上を総合して、私は次のような結論を下した。こういう恰好の人は、少し動かしただけでギシギシ音を立てる扉を開けて入っても、山のように積まれた古い本をあさることは決してない。一冊も買わず一分以内に扉から出ていくはずだ。経験上、百パーセント間違いない。

私の天才的な頭脳で約十五秒ほどこう考えている間に、お客は店内を眺めることなく、まっすぐ私の座るほうへコツコツ音を立てて歩いてきた。どこか人を緊張させる歩き方だ。歩きながら彼は慣れた手つきで片方の手をジャケットのポケットに入れた。誰なんだ、このコリン・ファースみたいな男は？　異様に滑らかな身のこなし、まさかスパイ？　内ポケットから銃を？

しかし出てきたのは幸い銃などではなく、名刺入れだった。男は「Ｋと申します。事前にアポをとらず申し訳ありません」と丁寧に挨拶し、私に名刺を渡した。Ｋさんは外見からにじみ出る様子とはだいぶ異なり、中小企業の総務課長という平凡な肩書を持っていた。だから、人を外見で評価するのは良い習慣ではない。

「古い本を探しています。探している事情を話せば、見つけてくれると聞いたものですから……」

Ｋさんはためらうように言葉を濁すが、声は自信にあふれ、店内に朗々と響いた。

「はい、その通りです。とはいえ本を見つけるのに、かなり時間がかかるかもしれませんよ。何年もかかることもあります」

「大丈夫です。のんびりとしているほうですから、待つのは得意です。ひとりの人を二十年も待つぐらいですし」

彼は自分の言葉に驚いたのか、回転するレコードの針を持ち上げたかのように突然話すのをやめ、そして続けた。

「こんな話をもう口に出すなんて。順番がめちゃくちゃですね。すみません。どこからお話ししましょうか?」

「まず、探している本の題名を教えてください。著者、出版年、出版社などの詳細もご存じならもっといいですね」

私は言いながら手帳を取り出し、書きとる準備をした。

「本の題名は『雨の便り』です。ドイツの詩人、ギュンター・アイヒの詩集で、一九七五年に民《ミ》音社《ヌムサ》からシリーズで出版された『世界詩人選』の第四十五巻です」

「古い本なのによく覚えていらっしゃいますね。大切にしていた本なのですか?」

「はい、大切な本でした。大切な人が贈ってくれた本なんですよ」

しかし私に探してほしいと依頼するのだから、その大切な本は、今は手元にないということだ。本はどこに行ったのか、そこからまず聞くべきか? いや、こういう場合は「大切な本」より「大切な人」が先だ。大切な人がその本をくれたことで、平凡な本が大切になったのだから。「名前を呼んだらはじめて、あの人は私のほうにやって来て花となった」という金春洙《キムチュンス》(一九二二–二〇〇四)の詩のように。

「では本の前に、さきほどおっしゃった、大切な人について教えてください」

「もちろんお話しします。でも店長さんが聞いたら、気分を悪くする部分があるかもしれません。その点はご了承いただければ」

　私が気分を悪くする話とは……いったいどういうことか。最初に古本屋にやってきたときから不思議な雰囲気を醸《かも》し出していた彼。時間が経つにつれ謎が増し、むしろ気分が良くなってきた。本探しは二の次、Ｋさんの物語の続きを早く聞きたくて、くらくらするほどだった。

「高校生になったとき、私はあらゆるものに違和感を抱いていました。たぶん誰もがそうですよね。私は特にその傾向が強かったようで、高校生活に馴染めませんでした。学期が始まったら、新入生は部活動を決めなければなりません。私は本を読んだり文を書いたりすることが好きだったので、文芸部に入りました。不人気な部だからか競争率は低かったです。文芸部で他の新入生と初めて顔を合わせる時間に、その子を見つけました。理由は説明できないのですが、こういう場合は特にそうですよね、鷲掴《わしづか》みにされた気分とでも言いましょうか、この先その子が私にとって大切な人になるだろうと確信しました」

　小心なＫさんは、その人の周囲をうろうろするばかりで、まともに近づくことすらできなかった。しかしそれは大きな問題ではなかった。まだ親しくないのに、思いばかりが募る。定期的にやってくる部活動の時間に顔を合わせて挨拶をするだけで、高校生活の緊張がほどけていく気がした。

　親しくなる絶好の機会が、初夏の校内作文大会でやってきた。全校生徒が校外を散策して随筆や詩を書くその日、文芸部員はグループとなり集まって座った。Ｋさんは偶然を装い、その人の横に座る。名前は新入部員歓迎会の時に聞いて知っていたが、いざ横に座って声をかけようとすると、のどがつまりうまく話せない。

「意外なことに、その子から声をかけてくれました。どれだけうれしかったことか。もっと早く話しかけられなかった自分を恥ずかしく思いました」

明るい性格のＭさんと高身長のＫさんは、その日を境にどんどん親しくなった。Ｋさんは、授業が終わって家に帰るのがもったいなく思うほど、学校が好きになった。クラスが別々だったふたりは、ほぼ毎日、昼休みの短い時間に顔を合わせる。運動場の脇のベンチに座っておしゃべりし、テスト期間には互いのノートを見比べて勉強した。

話に耳を傾けていて私は、ふといたずら心が湧いた。

「いやあ、それだけ一緒にいたら、カップルだと校内で噂になりそうですね。相手の女性は、冷やかされたりもしたのでは？」

「そんなことはないです。男女共学ではないですし」

聞いた瞬間、頭が混乱した。これまで私は完全に誤解していたのだ。Ｋさんの話を聞いて当然のように女子学生との交際を頭に描いていたのだが、相手は女子ではなかった。男子学生だ。だから毎日会っていても周りの人は何とも思わないのだ。このマヌケめ、偏見にとらわれているぞ。Ｋさんが最初に「気分を悪くするかも」と断ったのは、このことだったのだろう。

ひとまず親しくなることには成功したが、Ｋさんには大きな苦悩が待っていた。相手のＭさんも、Ｋさんのことが好きなのか知りたかった。簡単に聞けることではない。聞いたら絶交されるかもしれないし、校内で大問題になるかも。退学になり、さらには警察に連行される姿も思い描いた。

　時は流れ三年生になった。Ｋさんはこれまで同様、感情を隠したままＭさんとの親交を維持した。そして夏休み、運命の日を迎えた。

「誰もいない、町の静かな公園でベンチに座り、私たちは夜更けまで語り合いました。私は体がどんどん熱くなり、何とでもなれという思いで告白します。ああ、私はまた自分を恥じました。なんでもっと早く告白しなかったのだろう？　Ｍも同じ心だったのです。私たちは切実な思いをこめて手を握りあいました。そしてＭは、別の手で私の頬を触ると、軽い口づけをします。一瞬のことでしたが、一生忘れられない夜となりました」

　それぞれの家に向かいながら、Ｍさんはかばんから一冊の詩集を取り出しＫさんに手渡した。それが『雨の便り』――大切な人が贈ってくれた大切な本だ。

　一方Ｋさんは、Ｍさんにあげられるものを何も持っていなかった。気にするなとＭさんは言う。その本はプレゼントしようと持ってきたわけではなく、好きでずっと読んでいた本だから、読んでみて気に入ったらもらってほしい。

「月の貯水槽を満たす白い雨水は、くみ出されて空っぽになった。星もない夜はなかなか眠れない……」

　そうつぶやいたＫさんは、しばらく思いに浸った後、再び言葉を続けた。

「どうです、美しい詩だと思いませんか。その夜、Ｍは私に、詩集のなかのひとつを暗唱してくれました。今でもその詩を覚えています。こんなに月日が経ってもです」

ふたりの秘密の関係は大学でも続いた。休学して兵役義務を終え、大学を卒業した後、Ｋさんはすぐに就職し社会生活を始める。実家が裕福だったＭさんは就職にこだわることなく、作家になろうと新春文芸賞や文芸誌新人賞などの公募に何度も作品を送ったが、これといった成果を得ることはできなかった。

そのころＩＭＦ経済危機〔一九九七年、韓国が国家破綻の危機に陥り国際通貨基金から支援を受けることになった〕が到来し、Ｋさんは解雇されないよう脇目もふらず全力で働く。距離が少し離れた瞬間もあったが、それでもＭさんとは愛といえる関係のさなかにいると信じていた。しかし重大な知らせを聞くことになる。Ｍさんの一家がカナダに移住するというのだ。

移住自体は大きなことではないと、Ｋさんは思った。遠く離れていても愛しあっているなら大丈夫。しかしさらに難しい問題が起きた。カナダ移住とは別問題で、Ｍさんが家族に、Ｋさんとの関係を告白したのだ。家族は大騒ぎし、Ｍさんが家から出ることも許さなかった。しばらくは電話することも、家族以外の人に会うことも禁じられたＭさんは、さらに精神科病院に入れられそうになる。

そんなことがあってＭさんは、ふたりの未来のために関係を整理したほうがいいとＫさんに伝える。それが最後だった。Ｍさんは連絡先も伝えず家族とともにカナダに渡った。それから何日かが過ぎ、Ｋさんはもらった詩集を含め、所持していた本のほとんどを処分した。

「あの本を持っていたら、ずっとＭのことを考えてしまいそうだったから。でも、心まで捨てることはできませんでした。Ｍが去って二十年が過ぎましたが、彼がまた現れることを信じています。その時までに、あの詩集が必要なんです。大切な本を捨ててしまうなんて——私はずっと恥ずかしいことばかりしてきました。またＭと会えるときが来たら、恥ずかしがらずに愛を貫きたいです」

一冊の小さな詩集をめぐる物語は、ふたりの関係のように切ないものだった。探すのに時間がかかるかもしれないとは伝えたが、この本だけは早く見つけたかった。幸い、こうした本に詳しい人を知っている。壊れた古時計を直して販売しながら、絶版本を蒐集しているＮ氏だ。

私の話を聞いたＮ氏は、大したことでもない様子で一週間も経たないうちに表紙の状態の良い『雨の便り』一九七五年初版を見つけ出し、私に送ってくれた。一体どこからどうやって本を手に入れるのだろう。気にはなるが、この世界にはある種の秘密がつきものなので、私も深く聞くことはない。

見つかった本を受け取りに、再び古本屋にやってきたＫさんと握手を交わした。今度こそ偏見や先入観はなかったはずだ。いつかまたＭと会う日が来たら、ふたりで必ずこのお店を訪れますと私に約束して、Ｋさんは去る。約束が実現されるまで長い月日がかかりませんようにと、心の中でエールを送った。

からまる人生の糸

『女の二十四時間』
（韓国版題名『女の告白』）
シュテファン・ツヴァイク著、アン・インギル訳
汎曙出版社、一九七五年

人生とは滑らかなアスファルト道路ではない、と言うが、今日のように難題ばかりのおかしな日もそうそうないだろう。「人生とは」だなんて、また大袈裟に始めてしまった。しかし書き直すものか。こんな日がいくつも積み重なり塔となったとき、これが人生だと堂々と言えるはずだから。

ところで難題というものは、たった今、何かを間違えたから発生するわけではない。複雑にからまりあっていた様々な問題が、些細なことをきっかけに山崩れを起こしたといえる。例えば今日、古本屋の片隅に塔のように積まれていた本が一瞬で崩れたように。

本の塔があった場所は（今日から私はこの場所に本を積まないと決心したので、過去形で書く）、もともとは後で整理する十冊ほどの本を一時的に置いておく場所だった。ところが整理する本より入荷する本のほうが多いため、時間の経過とともに本のかたまりは塔となる。昨日までの私は、私なりに崩れないようバランス良く積んだつもりだったし、さらには本の塔がセンシティブなインテリアにも見え、その美しさに満足すらしていたほどだ。

本を積み続けたばかりではない。必要があれば中間の本を何冊か抜き出し、中身を確認したり販売したりということを、深く考えず何年も繰り返した。そして今日、軽い文庫本を塔のてっぺんに載せた瞬間、事件は起きた。あまりに一瞬のことで、最初の数秒間は現実味がなかった。神の意志に逆らう人間の欲望が生んだバベルの塔のように、惨《むご》たらしく崩れた本の塔は、どうしたところでもとに戻すことは不可能に見えた。

一体どの時点で間違えたのだろう。最初に二、三冊ほど置いたときから惨事は予見されていたのだろうか。積まれた本の中から一冊抜いた瞬間に、運命は定められたのかもしれない。あるいはさっき、何も考えず置いた最後の小さな本こそが最大の原因だった可能性もある。

カオスに散らばった本を片付けながら、今日はこれだけで済むはずがないと直感した。日が落ち薄暗くなるころ、事件は起きる。悲しい予感はなぜ裏切らないの——昔の流行り歌を思い出す。

五十代ほどに見えるふたりの男女が、一緒に古本屋の扉を開けて入ってきた。雰囲気を見るとふたりは夫婦ではなさそうだが、とても親しい仲のように思われた。話を聞くと、高校の同級生で古い友達なのだそう。どういうわけか、ふたりは同じ本を探しているという。ここから暗雲が垂れ込める。

「つまり、おふたりとも一九七五年に出版されたシュテファン・ツヴァイクの小説、『女の二十四時間』を探しているということですね？」

「はい、そうです。時間がかかっても構いませんので、探してもらえたらうれしいです」

海辺で休日を過ごしたばかりのように浅黒い顔のＳさんが、太い声でまず答えた。続けて横にいたMさんも、小さなハンドバッグをデスクの上に置きつつ話に入る。

「同じ本を二冊見つける必要はありません。一冊だけあれば大丈夫。確認したいことがあって探しているんです」

「確認したいことがある、それがこの本を探す理由ということでしょうか」

ふたりは一瞬見つめあうと、ほぼ同時に「はい！」と答えた。いやいや、ちょっと何なんだこの状況は？　目の前に立った男女が、何かを聞くと力いっぱい「はい」と答えるだなんて、まるで私は結婚式の牧師ではないか。今日は特に気を引き締めたほうが良さそうなので、余計な想像は頭から消す。

「おふたりともひとまずお座りください。本をお探しなら、探す理由や事情を話していただく決まりとなっています。今回の場合は、本の何を確認したいのか、差し支えなければ教えてください」

この時の私は、今回の事件がどれだけ複雑なのか想像もつかなかった。Sさんは持っていた書類かばんから一冊の本を取り出す。表紙を見ると古い本のようだが、普段から大切にしまっていたのか、傷《いた》むことなくきれいな状態を保っている。その本は出版社が作ったものではなく、学生の文章を集めた校内誌だった。Sさんは中ごろのページを広げ、私に見せる。

「ここを見てください。高校の時に私が書いた文章です。お恥ずかしいですが……ははっ」

Sさんは頭をかきながら、題名の下に書かれた自分の名を指す。

ぷっと噴き出すところだった。題名は「人生とは何か」。何だろう、この大袈裟な題は。トルストイでも読んだのだろうか？　書き出しも困ったものだ。「ひとりの女性の人生を理解するためには、カジノのチップ数枚と、弾の入った拳銃一丁あればいい」。一行目でこれだから、読み進めるのが恐ろしい。題名の下に小さく添えられた副題を見ると、探してほしいと依頼する『女の二十四時間』の読書感想文のようだ。

「この感想文が、本を探している理由です」とMさんが口を挟む。

長い文章ではなかった。表現は少し稚拙だが、読書感想文の基本的な構造はちゃんと保っている。最初に問題提起し、中間部分で小説の内容を要約。そして最後に、冒頭の問題（ここでは「ひとりの女性の人生」になるだろう）を再び持ちかけながら、感想を整理する形で終える。

小説のあらすじはシンプルだ。舞台は小さな村にあるホテル。そこに宿泊する年配のC夫人は、話者である「私」に対し、若いころ経験したことを告白する。C夫人は四十歳の時、夫を亡くし空《むな》しい気持ちでひとり旅をしていた。やがてある町で、ホテルのカジノで大負けし、すっからかんになった青年に出会う。彼に残ったものは拳銃一丁のみ。哀れに思ったC夫人は、賭博での借金を払ってやり、故郷に帰るのに充分な旅費まで渡す。代わりに青年には、二度と賭博はしないと誓ってもらう。しかしその夜、彼は再びカジノを訪れてしまうのだった。青年に恋心すら感じていたC夫人は、カジノにいる彼の姿を発見し裏切られた気持ちになる。

感想文の最後の部分を、私は声を出して読んだ。

「こうした悲惨な結末を導きだすことにより、人間の感情がいかに傷つきやすいかということ、そして人生とは幾重にも重なる誤解とアイロニーそのものだということを、小説家シュテファン・ツヴァイクは描いているのである」

書き出しと素晴らしく相性の良い大袈裟な結論である。私はSさんに聞いた。

「つまり裏切られたC夫人は、青年の銃を奪い、彼を撃ったということでしょうか」

「はい。小説はそんなひどい終わりかたをします」と短く答えるSさん。その時、Mさんが待ってましたとばかり声を上げる。

「いいえ、全然違います！」

私の目の前で何が起きているのか？　今日は全てがめちゃくちゃだ……。私が黙っていると、ふたりは小説の結末についてなんだかんだと言い争っている。なぜふたりが同じ本を探してくれと言うのか、やっと分かってきた。

「つまり、本を探して本当の結末はどうなっているのか、どちらの言い分が正しいのか明らかにしたいというわけですね？」

やはりふたりは同時に「はい！」と答えた。

Mさんは高校二年の時、先生に交じって校内誌の編集作業に参加していた。少し前の同窓会で例の感想文の話が出た際、Mさんはそれが校内誌に掲載される前から『女の二十四時間』を読んでいて、小説の本当の内容も知っていたと告白する。

「最後が全然違うんですよ。C夫人は青年を殺さず、失望しつつ町を去るんです。時が流れ、外交官になった青年と偶然にも再会するのですが、彼は相変わらず賭博にはまっていて、その姿を見た夫人は人生のアイロニーを感じた、というのが結末です。Sは明らかに本を読んでいません！　でもそれを先生に言ったらＳが怒られると思い、当時は見なかったことにしたんです」

つまり、大人になったふたりは誰に怒られることもないから、どちらが小説の結末を間違えているのか明らかにしたい、というのが本を探す理由というわけだ。絶版になってから何十年も経つ本を苦労して探す身としては、困った人たちだなと言いたくなるのも事実だが、当事者にとっては大切な理由なのだろう。ひとまず本を探す事情を受け取ってしまった私は、捜査を開始することに。

話を聞いているうちに、私も小説の結末が気になってしまったのも事実だ。果たして本をちゃんと読んだのは、ふたりのうちどちらなのか？——ということよりも関心があるのは、もし自分がＣ夫人だったら、自分が渡した金で再び賭博に走る青年を見たとき、どう行動するかだ。銃で撃つのはやりすぎな気がするが、死なない程度には殴って差し上げたい。

ふたりの来店は一段落したが、事件の始まりはここからだった。軽いお遊びのように思えた本にまつわる物語が、これほど複雑にこんがらがっているとは夢にも思わなかった。

依頼を受けて一週間ほど過ぎた日、見知った男性が古本屋の扉を静かに開けて入ってきた。Ｓさんだった。臆面もない笑みを浮かべながら、本はまだ見つからないのかと聞いてくる。

「ご存じでしょうが、一週間で探せるような本じゃないですよ。出版社も既に存在しないことですし、あちこち聞き込みをしないと」

「そうですか。実は折り入ってお願いしたいことがありまして……」Ｓさんは他の客がいないことを知りながら、あちこち見回して小声で話しはじめた。

彼の話を聞き終えた私は、深い深いため息をつく。折り入ってのお願いというものが、かなり困った内容だったからだ。

『女の二十四時間』は、Sさんが高校の図書館で適当に手にした本だった。スポーツが好きで素質もあり、陸上部に所属していた彼。スポーツに関しては誰もが認めるエースだったが、読書はそこまで好きではない。ところが同じ学校の文芸部にいる女子学生に、身を焦がすような恋心を感じてしまう。それがMさんだった。

「校内誌を作るから関心のある学生は原稿を送るようにと、朝礼の時に先生が言ったんです。Mが校内誌の編集をすると知った私は、よく見られたい一心で読書感想文を書こうと思いました。図書館に行って題名だけ見てその小説を読んでみたのですが、正直、読み切ることすら難しい。結局、最後まで読みませんでした。つまり読書感想文にあった結末は、私が勝手に書いたものです」

そう告白したSさんは、私に頼んだ。もし本が見つかったら、Mさんには言わず自分にだけ教えてほしいと。彼は今でもMさんに好意を寄せているが、感想文がでたらめだったとばれたら、今後どう思われるか分からないと私に訴える。

私が頼みを聞かなければ、両手のひらを擦りあわせ床に土下座しそうな勢いだ。どうしようもなく、本が見つかったらSさんにだけ連絡すると約束した。

ここで終わればどれだけ良かっただろう。人生の糸はからまったまま、なかなかほどけない。Sさんが現れてからさらに数日後、今度はMさんがひとりでやって来た。いったいこのお客たちは、何が楽しくて私に難題をふっかけているのかとすら思った。

もちろん私は、Ｓさんが数日前にここに来たという話はしなかった。Ｍさんは私に、お願いがありますと恥ずかしそうな声で話しはじめる。そしてまたもや困ったことに、Ｍさんの依頼はＳさんのものと全く同じだった。本が見つかったらＳさんには秘密にして、自分にだけ連絡してほしいという。あと何度、おかしなことが起きれば事件は解決するのか？

「校内誌の編集を担当したと言いましたが、実は何もしていません。文芸部で活動していましたが、校内誌の編集は私ではなく他の部員がやったんです。校内誌が出た後に、Ｓが書いた感想文を読みました。その後、私も同じ本を図書館で借りて読みました」

Ｍさんもまた、陸上部で活動するＳさんに好感を持っていた。大人っぽい太い声と、かっこよく日に焼けた肌の持ち主を遠くから眺めながら、自分の気持ちを彼にどう伝えようか悩んだ。やがて校内で偶然Ｓさんと出会ったとき、思わず嘘をついてしまった。

「校内誌の編集をして、Ｓの読書感想文がとても良かったから先生に推薦したよと言ってしまったんです。その話を聞いたＳは笑顔で喜びました。私もうれしかったです。そんなに長くＳと会話するのは初めてだったから。小説の話をしようとしたのですが、Ｓは恥ずかしいのかすぐに教室に行ってしまいました。実は私、その本について長くは話せません。期末テストが近く、ざっと読んだだけだったので」

きっとＳさんは、結末まで読んでいないことがＭさんにばれないよう、本の話はせず逃げるように教室に戻ったのだろう。

Ｍさんも同様、今でもＳさんに好意を寄せていて、校内誌の編集をしたという嘘をばらしたくない。そこで、本が見つかったら自分にだけ連絡してほしいと頼みに来たわけだ。ふたりの事情を知った私は、今回のことをどう処理すればいいのか全く分からずに悩んだ。

それから数か月後、依頼された『女の二十四時間』を手に入れることができた。表題作である『女の二十四時間』とともに、ツヴァイクの別の小説『不安』も収録されている。ふたつの作品はどちらとも、恋する女性の行動と、それに伴う心理の変化を細密に描いた興味深い小説だ。『女の二十四時間』は中編ほどの分量で長くなく、二、三時間ほど集中したら読み終えることができた。

本を閉じた私は、ため息とともに苦笑いを浮かべるほかなかった。ふたりの語った結末が、どちらも間違っていたからだ。青年が拳銃を持っていたのは合っている。Ｃ夫人がそこに注目したのも事実だが、彼女は青年を撃たなかった。一方、青年が後に外交官になり、Ｃ夫人と偶然出会うという話も違う。裏切られたと感じたＣ夫人が去った後、青年は持っていた銃で自らの命を絶つ。彼の自殺を伝えたのが、全く別の登場人物である外交官。Ｍさんは本を斜め読みしたため、青年と外交官を同一人物と錯覚したのかもしれない。

さて、重要な問題が残っている。これから私は誰に連絡すべきなのだろう。Ｍさんのことを好きなＳさん？　Ｓさんのことを好きなＭさん？　究極の選択だ。コインを投げて決めるようなことでもない。

悩んだ末に私は、ふたりそれぞれに本が見つかったことを伝えた。しかし言葉の最後にひとこと付け加える。本を取りに来るとき、ふたりで一緒に来てほしいと。

「おふたりとも、もう高校生じゃないですよね。好きという気持ちがあるのなら、正直に話してみるのはいかがです？　昔のことですし、悪意があって嘘をついたわけではないから、理解してもらえるはずですよ。本は見つかったのだから、今度はふたりで最後まで読んで、ゆっくり話しあってください」

　しばらくして彼らは一緒に古本屋にやってきた。ふたりとも笑顔だ。私は依頼の本を紙袋に入れ、差し出した。Ｍさんは頬を赤くして笑いながら、肘でＳさんをつつく。Ｓさんは初めて来店したときのように頭をかくと、封筒を開けて本を取り出した。

「そう、この本です。表紙に見覚えがあります。今度こそ最後まで読んでみます」

「本は一冊だけですが、Ｍさんも読みますよね。ふたりが一緒に、末長く読んでくれたら私もうれしいです」

「もちろんです。もうテストを言い訳にする必要もないから、ちゃんと読みますね。ありがとうございます」

　ふたりが帰った後、私はひとりで椅子に座り、爽快な気持ちで小さく息を吐く。こんがらがっていた糸の端をとうとう見つけた私は、久しぶりに心が晴れるのを感じた。人間、生きていたら糸がからまったり、本の塔が倒壊したりすることもあるが、それも人生の一場面といえる。何とかしてほどき、あるいは再び積み上げる最中にも、一緒に歩み、優しく手をつないでくれる誰かが傍にいてくれたなら、その過程も決してつらいだけのものにはならないはずだ。

いたずらっ子の招待状

『プチ・ニコラ
いたずらっ子の休み時間』（韓国版題名）
ルネ・ゴシニ著、ジャン＝ジャック・サンペ絵、
ミン・ヒシク訳
巨岩、一九八二年

幼なじみの男女が大人になって結婚したという話を聞いたことがある。いや、改めて考えると、聞いたのではなく本で読んだだけだ。そんな夫婦なんて、めったにいないのではと思ってきた。昔なら、親たちの間で子供同士を結婚させる約束をすることもあったが、現代なら不可能だろう。

ところがたった今、そんなふたりが私の目の前に座っている。存在しないと思っていた黒い白鳥を前にしたように、興味津々で彼らの話に耳を傾ける私。ふたりは子供のころに読んでいた本を探してほしいと前もって連絡してきたのだ。幼き日の愛読書には人それぞれの特別な物語があるものだが、ひとりではなく夫婦で探しているという部分が、私の好奇心を刺激する。

男性は背が低く、恥ずかしがり屋のよう。女性は反対に、背が高くてすらっとしており、はきはきした声が印象的だ。ヒールの高い靴を履いているわけではないのに、古本屋の扉を開けて入ってきたふたりは指尺《ゆびしゃく》ほどの身長差があった。もし彼らがお笑いコンビだったなら、見た目も性格も全然違う一方、呼吸はばっちりだろうと勝手な想像をする。

「えっと……」男は習慣のように、しばし言葉を濁した。「題名は正確には覚えていません。そ

れでも探せそうですか？」

私は頭の中でおかしな想像を続けながら答えた。

「正確なものでなくても、題名の一部や著者、出版社などをご存じでしたら教えてください。あるいは本のだいたいの内容でも」

「題名は確か、休み時間？　休憩時間？　遊びの時間？　とにかくそんな単語が入っていたと思います。あっ、それから……」

黙ってはいられないという様子で、女性が話の横から入ってくる。

「プチ・ニコラのシリーズのひとつです。サンペが絵を描いた本。小学生の時に読んだから、八〇年代初めの出版だと思います。出版社は分からない」

情報を得た私は、秘密兵器よろしくタブレットPCを取り出した。こうした場合、国立中央図書館のホームページを開き、図書データベースを検索すれば意外と簡単に見つけることができる。

「ニコラ」「サンペ」という単語を打ち込んだ瞬間、結果が出た。

「思った通りです」私はタブレットの画面をふたりに見せる。

「巨岩《コアム》という出版社から、初期ニコラシリーズが翻訳されています。トリーナ・ポーラスの『花たちに希望を』やシェル・シルヴァスタインの『おおきな木』など、大ベストセラーを出版したところです。さらにここ。一九八二年にニコラシリーズがありますね。『いたずらっ子の休み時間』という題名もありますから、探しているのはこの本なのでは？」

ふたりは同時に目を丸くした。手品を初めて見た小学生のように男性はあんぐり口を開けている。いたずらをしたくなった私は、ちょっとした技を見せびらかすことに。

「あと、表紙は黄色では？」

今度は女性もあんぐり口を開けた。

「いやあ、すごい。話を聞くだけで事件を解決するシャーロック・ホームズみたいですね。表紙が黄色ということは僕も覚えています。どうして分かったんでしょう？」

驚く男性に、私はわざとらしく片目をぎゅっとつぶり、こめかみを指さす。「そりゃもう、私だけのやり方があるんですよ。記憶に頼るのではなく、この中にある灰色の脳細胞を使うんです」

女性がいきなり、あははと大声で笑った。

「その『灰色の脳細胞』って、ベルギー人の探偵・ポアロの名セリフじゃないですか。私、子供のころからアガサ・クリスティの大ファンなんですよ。へへっ」

「ははは、ご存じでしたか？　全部ばれちゃいましたね。私も表紙の色までは知りませんが、八〇年に出版された絵本であれば使う色は限られています。印刷技術も今に比べたら劣りますよね。『花たちに希望を』はチョウの話だから黄色い表紙、『おおきな木』は木が主人公だから緑の表紙と、そのままの色を使ったものです。題名や内容から色をイメージできない曖昧な場合は、黄色と考えれば当たります。今はそうでもないですが、子供は黄色という公式が昔はありました。ニコラの本も、そうやって推測したわけです」

驚いた表情のままの男性は、頭をかきながら言う。「すごいですねえ。僕はこれまで賢いと言われたことなく育ったものですから、店長さんのような方にお会いすると、思わず尊敬してしまいます。それはそうと……」

　またもや言葉の最後を濁す。彼が何を言いたいのか分かっているのだろう、今度は女性が言葉を続けた。

「本の話だけでまだ自己紹介をしていませんでしたね。私はＬで、この人はＣです。子供のころから近所に住んでいて、中学まで同じ学校に通っていました。年齢的には遅れましたが、ちょっと前に結婚したばかりです」

　見事なほどに簡潔で、無駄のない人生の要約だ。Ｌさんはハキハキとした声で、結婚までの過程を一気に説明する。黙って聞いていたＣさんは、短くひとこと付け加えた。

「ふたりとも年が年なので、すぐ二世を計画しました。妻は今、妊娠四週目です」

「そうだったんですね、おめでとうございます。本は生まれる赤ちゃんのための物でしょうか？」

　Ｌさんは明るく笑って答える。

「その本は私たちにとって、小学生時代の思い出のひとつでもあるんです。子供が生まれたら読んであげたくて。親が子供だったころの話を聞いたら、きっと面白がるでしょう」

「子供のころ読んだものには思い出がつまっているものですよね。この本に、おふたりのどんな物語があるのかとても気になります。よろしければ、今から話を聞かせてもらえますか？」

　私はメモする準備をしながら、目と耳をふたりに集中させる。最初に話しはじめたのはＣさんだ。

「僕から話しますね。僕は子供のころから恥ずかしがり屋で、友達もほとんどいませんでした。当時、ひとクラスに七十人の子供がいたのですが、一日中ひとりで席に座り、授業が終わってそのまま家に帰るのは、とてもむなしい気分でした。自分もみんなと遊びたかったし、女の子にもてたい気持ちもあって。でも、どうすればいいのか全く分かりません。小学四年生になったとき、高学年なのだから何とかしようと決心しました」

　おとなしい性格で本を読むのが好きだったCさんは、両親と一緒に書店に行き、例のニコラの本を発見する。表紙には、自分と同年代だと思われる子供たちが楽しげに遊ぶ絵が使われていた。両親に本をねだり、帰ってから読むと、予想以上に面白い。自分のように少し恥ずかしがり屋だが、時に大胆なところもあり、たまに失敗もするがクラスの仲間から人気を集める主人公ニコラをかっこよく感じた。

「明るくて人気者のニコラみたいになりたいと思いました。でもどうすれば彼のようにかっこよく行動できるのか分かりません。そこでひとつ思いつきました。本に出てくるニコラの行動やセリフを真似したんです。本にはふたりの子供が喧嘩する場面があるのですが、ニコラが割って入り、『わかった、けんかしろよ。僕が審判になってやる。正々堂々とけんかするには、優秀な審判が必要だろ』と言うんです。ニコラの話し方や身振り手振りを想像し、鏡を見ながら練習しました。実際に学校でもそう行動してみたところ、すぐにみんなと仲良くなれました。いい気になった僕は、もっと大胆にニコラの真似をしました。誰もニコラのことを知らないと考え、うかれていたわけです」

Cさんはここで言葉を切ると、横に座っているLさんに視線を向け、「ここからは君が話すほうがいいね」と言った。Lさんは任せなさいというようににっこり微笑むと、続きを語る。

「私はCと同じクラスでした。私たちは同じ町内で生まれ育って、両親どうしも仲が良かったから、誰よりもCの性格を知っていました。ところがある日突然、Cの性格が見違えるほど変わったわけです。最初は何があったのか想像もできませんでした。ところが半年ほど過ぎ、ようやく分かりました。どうしてかって？　偶然なのか必然なのか、私も『いたずらっ子の休み時間』を読んだからです。Cの行動は、本に出てくるニコラや仲間たちとそっくりそのままでした。間違いありません、女の子の勘は鋭いんですよ、ふふふ。だから私もひとつ思いつきました」

　思いついたのは、本に出てくるエピソードひとつをそっくり再現するということだ。Lさんはその計画と意図を両親に説明し、積極的な支持を得るのに成功する。さらにCさんには内緒で彼の両親にまで計画を伝え、作戦をより完璧なものとした。その時のことを思い出すのか、Lさんはいたずらっ子のような口調で説明する。

「推理小説で完全犯罪を行う犯人のように、緻密に計画し、不自然なところがないよう行動しました。ちょうど秋の終わりに私の誕生日があったんです。本では、マリ・エドウィッジという女の子がニコラを誕生日パーティーに招待するエピソード〔日本版では『プチ・ニコラ4　ニコラと仲間たち』に収録〕があります。ニコラは女子の集まりには行きたくなかったけど、親に言われて仕方なく、プレゼントのおままごとセットを持って彼女の家に向かいます。そこにはニコラ以外にも招待された子供たちがいたのですが、困ったことに男子はニコラただひとり。ニコラはどう行動すればいいのか分からず、しばらくぐずぐずすると家に帰ってしまいます。私はこのエピソードを実際に作ろうとしました」

ひとりで聞くのがもったいないほど、彼女の話に没頭してしまう。果たしてこの誕生日パーティーはどうなるのか？　ニコラのまねをしているＣさんも当然、マリ・エドウィッジの誕生日のエピソードを読んだはず。本の中の出来事が実際に起こったとき、彼は一体どのような行動をとるのだろう。続きが気になる私の表情をちらりと確認し、Ｌさんは話を続ける。

「私はＣに、手書きのかわいい招待状を渡しました。招待状を渡した友達は十人で、当然男の子はひとりだけ。本と同じになるよう、Ｃの両親にはプレゼントとしておままごとセットをお願いしてあります。舞台と俳優は揃い、ついに幕が開きました。ところが始まりと同時に予測できない事態が起こりました」

黙っていたＣさんが横でくっくっと笑い始める。予測できない事態を起こしたのは、実は彼だったのだ。私がＣさんのほうを向くと、彼はまるで探偵の前で真相を告白する犯人のように肩をすくめ、落ち着いた声で話し始める。しかし口元は笑ったままだ。

「本当に驚きましたよ。誰にも知られずニコラの真似をして得意げになっていたのに、本のエピソードをそのままなぞることになるとは……。花模様の包装紙に包まれたプレゼントを持って女子の誕生日パーティーに行くだなんて、想像するだけで恥ずかしかったですね。さらに本と同じく、男一人だったらたまりません。ドアを開けた瞬間、へなへなと座り込んでしまうでしょう。悩んだ末、クラスで一番人気のある男の子を連れていくことにしました。その子は招待状をもらっていませんが、頼み込んだら一緒に来てくれたんです」

招待されていない友達を連れてきたＣさんのせいで、誕生日パーティーはぎこちない雰囲気のまま終わる。パーティーを楽しんだ者は誰もおらず、Ｃさんは家に帰ってわんわん泣いた。全てを台無しにした自分が不甲斐なかった。

「なぜなら、Ｌのことが好きだったから。ニコラの真似を始めたのも、Ｌによく見られたいからです。誕生日パーティーに呼ばれたことは気が重い一方で、またとないチャンスだと思いました。面白い友達を連れてきてパーティーを盛り上げることができれば、Ｌからいい点数をもらえるだろう、そう考えたのが間違いでした。部屋に閉じこもった僕は、頭をかきむしって泣きました。自分の人生は小学四年で終わるのだとも思いました。どのくらい時間が経ったでしょう、ドアが開いたと思ったら、そこにＬがいたんです。驚きのあまりに涙も止まりました」

Ｃさんの親は、泣きながら帰ってきた息子に驚き、Ｌさんの親に連絡する。Ｃさんが部屋で泣いているのを知ったＬさんは、迷うことなく両親を連れてＣさんの家を訪問。部屋の中でふたりだけになると、彼らは秘密のやりとりを行う。その内容は両親にも十年以上知られることはなかった。

Ｌさんが落ち着いた声で話を続ける。

「ドアを閉めた後、小さな声でＣに、なぜ泣いているのと聞きました。誕生日パーティーを台無しにしたからだとＣは答えます。その姿がかわいらしく見えました。でも私は笑わず、はっきり聞きます。『私のこと好きなんでしょ？』って。するとＣは、また泣きだします。私はもっと近づいて、なぜ泣くのか聞きました。『泣かずに言いなさい』と。静かな声で言えば外に聞こえないだろうと考えたのは、Ｃが何と答えるのか分かっていたからです。Ｃはもじもじしながら言います。『うん、好き』。私も笑顔で言いました。『私も君が好き、だから泣かないで』。Ｃの驚く顔を後ろに私はドアを開け、『プレゼントありがとう！』と言って手を振りました」

話し終えたＬさんは、振り向いてＣさんを見つめた。ＣさんもＬさんを見ている。私は微笑むしかなかった。並んで座るふたりは、いつのまにか手を握りあっている。私は手帳を閉じ、大きく息を吐いた。

「素敵な恋物語ですね。長いあいだ愛情を育ててきたふたりだから、生まれてくる子もきっと、かわいらしいことでしょう。本は必ず見つけます。お話、ありがとうございました」

そうは言ったがとても古い本のため、簡単には見つからなかった。結局、子供が生まれてだいぶ経ってから、彼らに本を渡すことができた。赤ん坊を抱いて再び古本屋にやってきたふたりは、この世で最も幸せそうに見えた。

Ｃさんは本を手にすると、まだそれが何なのかも分からないはずの赤ん坊に見せた。その子は本に書かれていること、そしてふたりの物語も全て知っているかのように、キャッキャと笑って本に手を伸ばした。子供につられ大人たちも大声で笑う。その瞬間、古本屋は、いたずらっ子たちの笑い声に包まれる小学校の教室となった。

四十年かかった完読

『方眼紙の上の人生』
趙善作（チョ・ソンジャク）著
新作社、一九八一年

ある人が四十年かけて読み終えた一冊の本。宗教の経典などではなく、かつて多くの人が手に取った大衆小説だ。数十年前には有名だったが、今や覚えている人はほとんどいない。しかしその人にとっては、非常に大切な本である。

探す事情を話せば、その本を見つけてくれる古本屋がいるという噂を聞いて、私のもとにやってきたJさん。特別な印象を与える顔つきではないが、背は高く痩せており「足長おじさん」というイメージで覚えられそうな人だった。最近はバスケ選手並みに背の高い中高生もざらだが、彼が若かったころは高身長の人は少なく、だいぶ目立ったのではと思われる。

「身長のおかげで、大人たちから『俺もお前くらい小さかったときは……』なんて言われたことは一度もありませんでした。ははは」

背の高い人にいい加減な人はいないという韓国のことわざがあるが、Jさんは準備してきたかのような笑い話を披露した。人を楽しませたい性格のようで、本題に入る前から私もリラックスした気持ちになる。

Jさんからのメールが届いたのは最近のことだ。探している本があって時間があれば古本屋巡りをしているが無駄足になるばかり。あなたの仕事の噂を聞き可能であれば本を探してほしく、私の事情を話しに伺ってもいいか——と、丁寧に聞いてきたのだった。

約束の日、定刻に古本屋の扉を開けたJさん。初対面のぎこちなさが消えると、彼は妻のヨンジャ（英子）さんについて語りだした。

「古臭い名前でしょう。私も最初はそう思ったのですが、呼んでいるうちに悪くないと思えてくるものです。私たちは一九八二年の冬にお見合いし、翌年の夏に結婚しました。その年の冬はなぜか雪より雨が多く、お見合いの日も雨でしたね。私たちは平倉洞《ピョンチャンドン》にあるホテルのコーヒーショップで会うことになったんです」

お見合いの席を作ってくれた人からヨンジャさんの写真を見せてもらったJさんは、その美しい姿に、数日前から眠れなくなるほど胸がときめいたという。うまくいってほしいと願ったが、学生時代から恋愛に全く縁がないのが悩みの種だった。

「性格がひねくれているわけでもないのですが、異性の前だと萎縮して言葉が出なくなってしまうんです。学生時代にも、密かに好きだった女の子がいなかったわけではありません。でも一度も言葉をかけることができず、毎回片思いで終わりました。分からないのは、女性を相手に何を話せばいいのかということです。男の前でなら、くだらない話もできるじゃないですか。ところが女性を前にすると、特に密かに好きな人だったら、ちょっとは素敵な話をしなければと意識してしまいます。もちろん話すことは事前に準備しますよ。でもいざ女性の前に立つと、頭の中が消しゴムで消されたように全て忘れてしまいます。それは大人になっても改善しませんでした」
迷った末にJさんは、「恋愛博士」と呼ばれる学生時代からの友達にアドバイスをもらうことに。

「彼は言いました。最初は本の話をすべし。そうすれば好感を得られるはず。相手のお名前がヨンジャさんなら、そうだ、『ヨンジャの全盛時代』の話をして場を温めるのはどうかと。それは本ではなく映画だと私が言うと、映画は趙善作《チョソンジャク》（一九四〇－）の小説が原作だと教えてくれました。あいつはまるで自分がお見合いに行くみたいに浮かれて、あれこれ助言をしてくれましたね。最初に本の話をして気持ちをつかんだ後は必ず、読書と音楽鑑賞が趣味だと話をつなげろと言うんです。でも私は、本や音楽がそれほど好きではありません。心配するなとあいつは私の肩を叩き、こう言います。最初の出会いで好印象を与えるのが大事なんだ。できるだけかっこよく見せろ、他のことは後から考えればいい。ちょうど趙善作の新作が出たばかりだから、『ヨンジャの全盛時代』に続けてその本の話をすればいいと」

即席恋愛講義を受けたJさんはそれでも安心できず、既に結婚した友達にも連絡して、お見合い成功の秘訣を教えてくれと頼みこむ。しかし返ってきた答えは一様に「特別な方法はない」というものだった。

「全ては縁と運命が決めることだから、あまり恐れずに会えばいいと言うのです。しかしそんなことが可能でしょうか？　何日も先に会う、どんな人かも知らないヨンジャさんの顔が、何度も頭に浮かぶほどなのに」

「そんなにときめいたということは、運命の出会いだったのでしょうね」

　私がそう言うと、Ｊさんは「そうかもしれません」と微笑む。

「全てが過ぎてから、縁があった、運命だったと分かるんです。事前には絶対に分かりません。結婚した友達たちが言っていたことも、結婚して初めて理解できました。分かるはずがない、絶対に……それが人の縁なのかもしれません。どうして世の中のことは、過ぎ去った後にしか分からないのでしょう。事前に分かっていたら気持ちの準備もできたのに。いずれにせよあの日のことは……」

　Ｊさんは何かを言おうとして口ごもると、考えを整理するように横を向いて遠くを見た。彼は今、何を考えているのだろう。しばらく黙っていた彼は「すみません、どこまで話しましたっけ」と私に聞いてきた。お見合いの前に友達から恋愛講義を受けたところですよね、と答える。

「ああ、例の友達の話をしていましたね。あいつ学校では恋愛博士と呼ばれていたのに、本人は一度も彼女ができなかったんです。ともあれ、数日後に彼からまた連絡が来ました。趙善作の新作小説を読んでみたというのです。『なぜお前が読むんだ？　お前が見合いをするのか？』と冗談交じりに問い詰めました。友達は、その小説の前半部分の舞台が平倉洞の〈Ｐホテル〉だと私に教えたかったのです。北岳《プガク》トンネルを出たところにあるそのホテルは、お見合い場所の〈Ｏホテル〉のすぐ近くだから、きっと何かの縁があるはずだとカラカラ笑うんです」

　Ｊさんもすぐ書店に出かけ、友達の助言通り趙善作の新作『方眼紙の上の人生』を買う。しかし彼は本を読むことに慣れておらず、ゴマのような小さな字がつまった長編小説を全部読める気がしない。お見合いまで一週間あったが、読書は一向に進まなかった。結局Ｊさんはホテルが出てくる前半部分だけ何とかざっと読み、お見合いの席に向かう。

「正直、小説は少しも面白くありませんでした。主人公の父親が離婚しようとするも、母親はそれを受け入れず、さらに父のストーカーを始めるという話です。面白ければもっと読んだでしょう。それにそんな本をお見合いで話題にするのも変です。だから後半は全然読みませんでした」

「最後まで読まなかったのなら、何を話したんですか？」

私は、まるで自分の両親のお見合い話を聞くかのように、続きが気になった。ヨンジャさんとは結婚したわけだから、結果的には成功したわけだ。Ｊさんは一体、どのように行動したのだろう？

「それが、よく分かりません」

Ｊさんは素敵な笑みを浮かべる。

「方策は何もありませんでした。結局、友達と同じ言葉を使うしかないのですが、ただ縁があったとしか言いようがありません。当日は何の準備もなく、正直でいるしかないと思いました。全部、正直に話しました。写真を見てあまりの美しさに夜も眠れなかったことから、友達から恋愛講義を受けたことまで全部。むしろ正直に言ったことで気が楽になりました」

「その時、本の話は全くしなかったんでしょうか」

「趙善作の本の話は、したことはしました。ですが、読書が苦手で全部は読めなかったとは言えませんでした。本一冊を最後まで読めない男なんてと、我ながら情けなく思ったんです。それでもお見合いでは会話は弾みました。初めて会ったのに、昔から知っている人のように気が楽でした。ヨンジャさんはまさに運命の人だったんです。大袈裟ですが、そう言うしかありません」

「縁《ヨン》をつかんで恋《ヨン》が実ったわけですね」

私もJさんと話しながら、知らぬ間に気持ちがほどけているのを感じた。Jさんは妻のヨンジャさんについてあれこれ語る。誰かにとってはすれ違うだけの人でも、Jさんにとってはかけがえのない最愛の人だ。ヨンジャさんにまつわる様々な話を聞いて、私も昔から彼女を知っているように感じはじめた。

ふたりは間を置かず、大きな障害なく結婚する。共同生活は本当に幸せだった——二年前にヨンジャさんが先に亡くなるまでは。突然ひとり残されたJさんは、しばらく呆然と悲しみに暮れた。

「病気でした。十年前に小さな癌ができて以来、治療と再発を繰り返しました。いつかは良くなると信じていたのですが……これも運命だったのでしょう。とはいえ妻がそれほど苦しまずに最後の日々を過ごせたことに関しては、運命に感謝したい気持ちです。最初に出会ったときと変わらず、最後の瞬間まで美しい姿のままこの世を去りました。寂しかったですよ。まるで自分の体が一瞬のうちに半分なくなったかのような違和感を抱いて毎日を過ごしました。でも、私がつらく思うのを妻は望まないはず。そう言い聞かせて、これからは有意義なことをしようと決心したんです」

Jさんが考える有意義なこととは、本を読むことだった。心にあったのは、四十年前に読もうとした趙善作の『方眼紙の上の人生』を再読すること。そうすれば、時間をさかのぼり心でヨンジャさんに出会える気がした。

「お見合いの日を思い出します。妻は本が好きで、私が趙善作の小説の話を少ししたら喜んだものです。その本も既に読んだそうで、話がさらに弾みました。彼女は、小説の後半で登場人物が歌う場面があり、歌詞が気にいったと言っていたのですが、私は前半しか読まなかったので、どんな歌か分かりません。いいですよねと笑ってごまかしたんです。結婚後は本のことを完全に忘れていましたが、妻が亡くなってからはその小説のことを思い出すようになり、懐かしさすら感じます。なぜでしょう、私は全部読まなかったのに」

　Jさんが本を探す事情は以上だ。伴侶への思いが詰まった切実な話を聞いて、できるだけ早く本を見つけて彼に渡したかったが、毎回そうであるように、古い本を探すのはそう簡単ではない。とはいえ私もその小説の内容が気になり、他の本よりも積極的に捜索した。

　私は子供のころ、城北区《ソンブク》・貞陵《チョンヌン》に住んでいた。近くの北岳トンネルを抜ければ、すぐ平倉洞だ。当時の私は平倉洞を抜け、洗剣亭《セコムジョン》や紫霞門《チャハムン》トンネルの向こうまで歩いたものだ。光化門《クァンファムン》の大型書店に通うのにも、その道を歩いた。散歩の途中で、北岳トンネルのそばに立つふたつのホテルをよく目にした。現在は土地開発で消えたが、ホテルの名は今でも覚えている。Jさんが未来の妻と初めて出会ったのは、そのひとつだったはずだ。

　何か月か過ぎて、Jさんが依頼した本を見つけることができた。お客の本ではあったが、少年時代の思い出の一場面であるホテルが登場する前半部分だけはさっそく読んでみたく、発見したときはわくわくした。

読んでみるとやはり、Ｊさんの言葉の通り愉快な内容ではない。しかしそれは前半部分だけで、そこから続く物語はさすが趙善作というべき、言葉に深みと力が感じられるものだった。そして終盤に差しかかり例の歌が登場する。タクシーに乗った主人公は、ラジオから流れる曲に心を奪われる。小説では文字が書かれているだけなのに、メロディーが聞こえてきそうな歌詞の美しさが印象的だった。

連絡を受けて再び古本屋に現れたＪさんは、本を受け取ると早速、本の後半を開き歌が出てくる場面を探した。Ｊさんの目じりは既にほんのり赤く染まっていて、ページをめくる指は震えている。その姿を見て私も目頭《めがしら》が熱くなった。

「ふたりは矛盾を抱く星と星、迷子になっても何てことないさ、互いの名を呼び求めあうのは、私たちだけしかいないから……」

声を出してゆっくり読み上げるＪさん。最後に、自分よりもだいぶ若い古本屋の主人に深くお辞儀し、本を完読する機会をくれてありがとうと言った。

一晩あれば全部読める大衆小説。しかしＪさんには全部読むまでに四十年の時間が必要だった。最後のページを閉じるまで膨大な時間がかかる、そんな読書体験も決して悪くないものだ。Ｊさんはその小説のなかで、美しいヨンジャさんの心に触れるのだから。

ふたりがやがて再会する日には、温かい抱擁で互いを迎えるのだろう。その時ふたりは声を合わせ、ひとつの歌を歌うはずだ。

愛という名の暴力

『草は歌っている』
ドリス・レッシング著、イ・テドン訳
ピョッコ、一九九三年

古本屋の扉を開けて入ってきたCさんは、明るい草色のワンピースを着ていた。身長は百五十センチほどだろうか。つばの広い帽子をかぶっているため、顔や体が実際よりも小さく見える。その姿は、幼いころテレビで見たアニメのキャラクターを思い出させた。

Cさんは挨拶をすると、私にポストカードを二枚プレゼントしてくれた。どちらも海が写る美しい風景写真だ。ひとつは、海と空の境界が分からないほど青々とした海に、小さな船がひとつ浮かんでいる。もうひとつは素朴な港の風景で、船に書かれた文字がハングルであることから韓国のどこかと思われる。

「ありがとうございます。素敵な写真ですね、自分で撮られたのですか？」

「やっぱり写真だと思います？」Cさんは笑いながら言う。

「実はこれ、絵なんです。私、絵を描く仕事をしてるんです」

びっくりした私は再度ポストカードをのぞきこんだ。知ってから見ると確かに絵だ。質感がわずかに写真と違う。しかしあまりに微妙な差なので、予備知識なく一目で絵だと分かる人は皆無なのでは。かなりの画力だ。超写実主義とも言いますね。これくらい細かく描こうとしたら三か月はかかります」とCさん。

　ひとつの絵に三か月とは。驚きよりも好奇心が膨らむ。

「うーん、ちょっと理解できない世界ですね。作品があまりにリアルで、私だけじゃなく誰もが写真だと思いそうですが、それなら写真でもいいのでは？　写真ならシャッターを一度押すだけでいいのに」

　何度も聞かれたであろう無礼な質問に、Cさんは落ち着いた声で答える。

「理由は簡単です。写真は撮るもので、絵は描くものですよね」

　Cさんは、指でシャッターを押す動作と、筆で絵を描く動作を順にやってみせた。私が「もちろんそうです」と言うと、話を続ける。

「絵がいくら写真と同じだけのディテールを持つことになっても、絵は絵です。瞬間を切り取る写真とは全く違います。ある瞬間をキャンバスに落とし込むために、長い時間がかかりますよね。光や色彩はもちろん、物語をそこに落とし込む――それが私の制作です。絵に物語を込めること」

「物語のある絵ですか。正直、ぱっと見ただけではよく分からないです」

　私は首をかしげてみせる。

「探している本に答えがあります。私が絵に物語を込めるわけを知ってもらえるでしょう」

Cさんは語る前に水が欲しいと言った。私は二枚のポストカードを机の上に並べる。Cさんは指で絵をゆっくりなぞりながら、これは江華島《カンファド》、とつぶやいた。

「でも私、もともと江華島とは何の縁もありませんでした。生まれ育ったのは江原道《カンウォンド》ですから。ひょっとして山の人間だから海への憧れがあるのかも。海が好きなんです。美大で描いていた絵も海と関係あるものばかりで。でも具体的に海の何を描きたいのか、当時はまだ分かっていませんでしたね。悩んだ末に日本への留学を決めました。ゼロから出発する気持ちで絵の勉強をしましたね。韓国に戻ったのは一九九五年。日本に十年いたわけですが、隣の国から戻ってみたら母国に違和感を覚えることが多く、慣れるのにだいぶ時間がかかりました」

Cさんは途中でよく水を飲んだ。話の先は長いよう。私は彼女の言葉を素早く手帳に書き留める。

「海の近くにアトリエを設けて、そこで絵が描きたいと思いました。帰って一年ほど、あちこちまわって適した土地を探して。当時はいい場所が見つかったら、絵ではなく写真をやってもいいなと思っていたんです。まだ制作の方向性が定まっていない時期でしたね。最終的に済州島《チェジュド》と江華島が候補になりました。やっぱり済州島は魅力的ですよ。でもふたつの理由であきらめました。ひとつは、これから観光客がどんどん増えていく気がしたこと。私はのんびりした所がいいのですが、済州島がいつまでこのままの雰囲気でいられるのか分かりません。もうひとつは、現実的な問題でもあるのですが、金永甲《キムヨンガプ》（一九五七－二〇〇五）という素晴らしい写真家が既に済州島で活動していたということです。なので江華島でアトリエを持とうと決めました。その前に江華島がどんな場所なのかしっかり知っておきたくて、東幕《トンマク》海岸から少し離れた所にある静かな村に部屋を借りて三、四か月過ごしてみることにしたんです。出発前に友達が、島での暇つぶしにと本をプレゼントしてくれたのですが、それが『草は歌っている』でした」

それまでCさんは、ドリス・レッシングが誰なのかも全く知らなかった。とはいえ本のタイトルは気に入った。

荷物といえば服とスケッチの道具が全部だった彼女は、昼ごろに江華島に到着し部屋の掃除を済ますと、まさかとは思っていたが早速やることがなくなってしまう。永遠に止まっているかのような沖を眺めつづけ、夕暮れ時に果てのない退屈さに襲われたとき、スーツケースに入った本を思い出す。ところがその小説は序章から、彼女が読みたい内容ではなかった。

「題名だけなら抒情的な内容だと思うじゃないですか。ところが最初のページから、殺人の話なんです。舞台は南アフリカの小さな農場、そこを運営していた農家の妻が黒人の下男に殺害されるという事件が起きます。彼女の夫は、理由は分かりませんが心を病んでいて。人殺しの下男は、逃げもせず現場周辺で過ごしており、警察がやってくるとすぐ自首します。寂しい海辺の村で、しかも女がひとりで暮らそうという初日に読む話ではありません。だからそこまで読んでやめてしまいました」

次の日からCさんは本格的に活動を開始。近所を散歩し、絵を描くのに適した場所を探した。たまにすれ違う村の人と挨拶を交わし、顔を覚える。そうしたことを二週間ほど続けると、少しずつ村に慣れてきた。

小さな村だと思っていたが、歩いてみると実に多くの家があった。しかしそのほとんどが、屋根まで草で覆われ廃《すた》れていた。捨てられてだいぶ経つのだ。Ｃさんはそうした家も小さなスケッチブックに描いた。

そのうち、ちょっと不思議な家を発見する。よくある廃屋だと思いスケッチを残したのだが、別の日に通りがかると、家を覆う草の形が数日前と違う。海からの強風で草が動いたのだろうと最初はあまり気にしなかった。しかし一か月ほど観察すると、明らかに風のせいではないことに気づく。

不吉な想像からその家の前を通るたびにぞっとする一方で、アーティストならではの好奇心も徐々にふくらむ。ある日の午後、Ｃさんは草まみれの家の中をのぞいてみた。そこで彼女は驚くべき光景に会う。廃屋と思った家には人が住んでいたのだ。

「おばあちゃんでした。声をかけたのですが、耳が遠いのか最初は私がいることも分からなかったみたいです。さらに近寄って挨拶したら、意外と明るい笑顔で応じてくれます。おかげで不安は一気に消えました。彼女は江華島生まれの江華島育ち。若いころに結婚し、以来ずっとこの家に住んでいるそう。体を動かすのも大変なお年ですが、体がなまるからと家の周りの草木を少しずつ刈っているとのことです。でも草の生えるスピードがおばあちゃんの刈るペースよりも速く、いくらやっても草は減らない。話してみると、とても良さそうな方でした。いきがかりで次の日から雑草の処理を手伝い、話し相手をすることになりました。いずれにせよ私も時間を持て余していたから」

話しながらCさんはノートにおばあちゃんの家を描き、私に見せた。小さな部屋ふたつと台所があり、トイレは庭の向こう側にある、典型的な農家だった。ふたりで力を合わせて草を刈り、壁を這って屋根まで伸びるツタを取り除いた。若いCさんが手伝ったことで数日のうちに家は整う。庭を覆っていた雑草も抜いたので、片隅で小さな畑もできそうだ。すっきりした家を見て一段落した気分になったが、本当の物語はここから始まる。

「そのころには、一緒に料理を作って食べるほど仲良くなりました。彼女は江華島の外に出たことはほとんどないそうですが、なかなか記憶力が良く、島での話をいろいろ聞かせてくれたんです。その中に、気になる話がありました。若かったころ、夫とこの家で暮らしていたとき、とある男に包丁で刺された——というのです。実はその男、夫婦の農作業を手伝っていた若者でした。私が驚いた理由、分かりますよね？」

言葉を置いて水を一口飲んだCさんは、椅子に深く腰かけ私に聞く。すぐに答えられず「そうですね、包丁とは怖いですね……」と口ごもっていたところ、髪の毛がピンと立った気がして目を見開いた。

「ああ、本ですね！　ドリス・レッシングの」

「そうです」Cさんは人差し指を立てる。

「そのお話、もっと聞かせてくださいとおばあちゃんに頼んだところ、ちょっと複雑な事情があるから明日話すと言います。私はその日、部屋に戻ってスーツケースの『草は歌っている』を取り出し、続きを読みました。小説は殺人事件から始まり、なぜ起きたのか推測する内容でした。

人種差別、格差問題、そして愛憎劇が混ざり、読み進めるほど複雑になっていきます。結果として絡まる感情が爆発し、殺人まで起きてしまうわけです」

「おばあさんの事件はどういうものだったのでしょうか？」

「びっくりするほど小説と似ている部分が多いんです。事件の前に夫が心を病んでしまうことや、直後に犯人が自首する部分も同じ。運命的なものを強く感じ、翌日が来るのを待ちわびました。お昼ごろ家に向かうと、おばあちゃんが縁側に座っていました」

　Cさんが聞いた話はこうだ。

　若くして村の家に嫁ぐことになった彼女は、家事にも畑仕事にも束縛される苦労の多い時期を過ごす。夫も一緒にやると言ったが、ほとんど手伝わない。男には家の外の仕事があると言って、きつい農作業のほとんどを妻にさせたのだった。

　そのころ、外地からやってきた若い男が村に住みはじめる。彼は健康そうだが、仕事をするわけでもなく村をぶらぶらするだけ。精神的に問題があるのではと、村人は彼のことを恐れた。ひょっとしたら都会で罪を犯し隠れ場を探しているのかも。

　しかし若者は、数か月経っても特に問題を起こすことはなかった。言葉数は少ないが人は良さそうで、村人の農作業を自ら手伝いもした。定職のない彼に、やがて村人たちは人手が足りないとき作業を頼み、お金や食事を与えるようになる。彼女もたびたび仕事を頼んだ。若い男は何でもこなし、みんなから少しずつ信頼を得ていった。

　そうして一年が過ぎたころ、彼女の夫が少しずつおかしくなる。何があったのかと問い詰めると、外地の男と浮気しているだろう、噂を聞いたぞと言うのだった。しかしそんな噂がいつ、どんな理由で広がったのか、全く心当たりがない。村人たちも皆、若い男がそんなことをするはずがないと口々に言う。彼女は仕方なく彼に仕事を振らないようにした。

しかし夫の疑いは消えず、むしろ状態はさらに悪くなっていった。妻と男は隠れて会っていて、そのうち島の外に逃げるはずだと固く信じはじめる。さらには深夜に起き出し、妻が浮気していると大声で訴えながら村をまわることも。村の人々も我慢できず、家から出てきて彼を止めるほどだった。

やがて事件が起きる。暑い夏の午後、彼女が一人で畑仕事をしていたときのことだ。若い男が遠くからとぼとぼ近づいてくるのが見えた。呼んではないのに何か変だ。ついに彼女のすぐそばまでやってきた男。何も言わず、腰回りに隠してあった包丁を取り出し振り回した。一瞬の出来事だったため、彼女は何が起こったかも分からず失神してしまう。男はそのまま派出所に向かい、自分がやったと言った。

「その男が早く自首したのが幸いだったそう。畑の真ん中で倒れていた彼女は出血がひどく、人がかけつけるのが遅かったら助からなかったって。おばあちゃん、上着をめくって傷跡を見せてくれました。脇から左胸の近くまで切られた跡があり、思わずぞっとしました。その事件の後、夫は完全に頭が変になってしまい、人の顔を見分けられないほどだったそうです」

「ミステリアスな話ですね。男はなぜそんなことをしたのでしょう？　理由が分かりません」

Cさんは頭を横に振りながら答える。

「当時も謎だらけだったようです。若い男も、後で判明したのですが軽い知的障害があって、事件の経緯について警察にしっかり供述できず、ずっと支離滅裂だったそう。結局その男は刑務所ではなく施設に送られました。真相が分かったのは三十年も後のことです。その間に夫は海に身を投げてしまいます」

　私は目を丸くする。

「真相が明らかになったのですか？　なぜ三十年もかかったのでしょう？」

「あまりにも意外でした。それは……」

　Cさんはしばらく口を閉ざし、思いにふける。

「……それは夕暮れ時の西海《ソヘ》〔日本では黄海と呼ばれる〕のように、どこまでも悲しい話でした」

　夫が死んでしばらく経った後、彼女は男のことが気になり施設を訪れた。本当の理由が聞きたかったのだ。ところが男は黙ったまま。彼女は年に何度と面会を繰り返し、少しでも話を引き出そうと努めた。やがて病に冒され先は短いと悟った男は、彼女に真相を語る。

　若い男は彼女のことが好きだった。しかし夫がいることを知る彼は、気持ちを伝えることはできない。ある日、妻への猜疑心で病的になった夫にばったり出会い、なぜ自分の妻を奪おうとするのかと詰め寄られる。絶対にそんなことはない、何もしていないと訴えたが、夫は聞く耳を持たない。ひどく酒に酔っていた夫は意外な提案をする。本当に妻と浮気していないのなら、妻を包丁で刺してみろ。そう言ってがははと笑う夫に、男は震えながら「できる」と答えた。

「もはや若い男と呼べない男は、そのように告白しました。自分が包丁を振るえば、彼女が夫に責められることはないと信じたようですね。そんな秘密をひとりで三十年も抱えていたわけです。男は告白から数か月後にこの世を去るのですが、おばあちゃんは心を込めて葬儀を行い、火葬した骨は海にまいたそうです」

Cさんは話し終えると、しばらく黙った。私は再び本の話をする。

「聞かせてくださったお話、本当に『草は歌っている』と似ていますね。本を探している理由はそこにあるのでしょうか」

Cさんはコップに残った水を飲み干してから話を続ける。

「江華島での三か月の暮らしを終えた私は、おばあちゃんに会いに何度も島を訪れました。いろんな話を聞くだけでとても楽しかったんです。彼女は昨年に亡くなりました。家族は誰も現れず、代わりに私が小さな葬儀を行いました。家は私が直して、これからはそこで暮らしながら絵を描くつもりです。どんな絵を描けばいいのかずっと悩んできましたが、おばあちゃんのおかげでやっとつかみました。私は絵に物語を込めたい。おばあちゃんが聞かせてくれた江華島の話、海の話、人々の話、そして愛や心についての物語を絵に込めたいのです。そんな意味もあり、もう一度あの本を読みたいと思いました。時間がかかっても構いません。もし本が見つかったら江華島に遊びに来てください。私の村は海風が強く、夕方には草が揺れる音が響くのですが、本当に歌っているみたいですよ」

微笑むCさんの顔は、波のない海のように穏やかだった。私は彼女がくれたポストカードの絵をもう一度見つめた。よく見ると、海の前のほうには細いものが並んでいる。海岸に生い茂る草だ。何の草なのか分からない数多くの緑の葉は、風に揺られながら、それぞれが持つそれぞれの物語を小さな声で囁いているのだろう――そう思った。

　この仕事を始めてから、ひとりひとりが大切にしている物語が、いかに素朴で深いのか知るようになった。Ｃさんがなぜ静かな西海を好むのか、今なら少し分かる気がするのだ。海は今日も、誰にも知られることのない数多くの物語を内包しながら、静かにたゆたう。そのそばで、全ての秘密を知っている草が、彼らだけの言語で静かに歌うのだ。

2 失われた本を求めて
—— 家族編

私以外は、みんな幸せな離婚

『未完の告白』
アンドレ・ジッド著、チョン・ヘス訳
徳寿出版社、一九五九年

お客は自分のことをAと名乗った。私はいつものように手帳を広げ、「A、女性、四十代後半」と素早く記載する。その後、しばらく沈黙が続いた。ペンを持つ私の手も止まったまま。気まずさからかAさんが口を開く。

「あとは何が必要でしょうか」

「本をお探しでしたら、連絡先となる携帯電話の番号を教えてください。それから……」

人生で口にできる単語の数があらかじめ決まっているのだろうか、Aさんは単純な言葉で短く答えた。携帯の番号を教えてほしいと言えば、ただ番号だけを口にし、すぐ口を閉ざす。

「それから、お探しの本の題名を教えていただかないと」

「ああ、そうですね。うっかりしました。『未完の告白』です」

ここで再び沈黙が訪れる。今度は私から問いかけた。

「他に情報はありませんか？　出版社とか、出版年とか、作者とか。題名だけでは探せないかもしれません」

Aさんは恥ずかしそうに「すみません」と言った。作者は『狭き門』のアンドレ・ジッド、出版社は徳寿《トクス》出版社。いつ出版されたかは分からないが、かなり昔の本ということは確かだと話す。

「なぜ確かなんですか」

「文学は詳しくないのですが、両親の書斎にあったどの本よりも古そうでした。読んだことはありません。でも少しページをめくったら、紙は黄ばんでいて匂いもしました。高校の時の記憶ですが、間違いありません。どの本よりも古かった」

実は、本の題名とアンドレ・ジッドの名を聞いて思い当たるところがあった。アンドレ・ジッドは『女の学校』という本で、口先だけのずうずうしい男ロベールと結婚した女、エヴリーヌの人生を描いた。その本は好評で、次はロベールの立場からエヴリーヌの人生を語る『ロベール』も執筆する。

ふたりにはジュヌヴィエーヴという名の娘がいて、ジッドは『女の学校』『ロベール』からだいぶ時間が経った後、彼女の観点から父母を見つめる小説『ジュヌヴィエーヴ』を発表。興味深い切り口だが、前作のふたつに比べ良い評判は得られず大衆的には成功しなかった。そのため韓国でも簡単に手に入る本ではない。『未完の告白』は、『ジュヌヴィエーヴ』の韓国語翻訳版のタイトルであり、私が知るところでは六〇年代あるいは五〇年代後半に翻訳されたものが最も古い版だったはずだ。

「徳寿出版社といえば、今から半世紀ほど前の会社です」

そう言った私は瞬間的に、いや習慣的に、「徳寿高校の出身だから徳寿出版社という名を覚えている」というどうでもいい個人情報を開示しようとして自制した。だめだ、この調子だと、本を探す依頼人より私の話のほうが長くなる。長年の古本屋稼業で熟知しているはずだぞ。私よ、さあ口を閉じ耳を開くのだ——と思わず口に出しそうになった。危ない、危ない。

「そんなに古いのですね。私の両親はなぜそんな本を持っていたんでしょう」

「いやそれ、私がする質問ですよ？　当事者であるご両親に聞いたことはないんですか」

　ここで再び沈黙。Ａさんは頭の中で話を整理しているようだ。しばらくして語りはじめる。

「両親は、私が成人になった年に離婚しました。特に仲が悪かったわけではありません。よく話しあって円満に解決した美しい離婚だったと言えます。私以外にとっては、ですが」

　Ａさんは言葉を濁した。何か事情があるのは明らかだ。おふたりが別れてつらかったでしょうね、と私は短く付け加えた。

「不快でわがままな親たちだと思います。高校生の時、初めて離婚の話を聞かされました。あまりに堂々とそんな話をするものだから、子供だったとはいえかなり驚きました。離婚の理由はもっと衝撃的です。ふたりとも学問に未練があって、それぞれ学ぶ方向が違うから別れると。理解できますか？」

　愛することに様々な物語があるように、離婚にもそれぞれの理由があるものだ。しかし学問への欲のために、子供まで捨てることは可能だろうか？　簡単には納得できない離婚理由といえる。

　彼女の両親は長年、離婚を考えてきたという。Ａさんが成人になったら実行するつもりであり、大学を卒業するまである程度の経済的な支援はすると、その時告げられる。

しかしいくら分かりやすく説明されたとしても、離婚宣言は親に頼って生きてきた子供にとって、今から真っ暗な洞窟をひとりで歩けと突き放されるようなものだ。何より、そんなことを冷静に話す両親の姿に娘は完全に白けてしまった。

「お話、大変興味深いです。お客さんが探している本も、離婚した夫婦の娘がアンドレ・ジッドに手紙を送るという内容なんですよ」

「本当ですか？　私はその本をたった一度、パラパラとめくっただけ。どんな内容なのかも知りません」

私はアンドレ・ジッドの『女の学校』と『ロベール』のあらすじを簡単に説明し、『未完の告白』がその続編であることを伝えた。ただし私も『未完の告白』を読んだことはなく、概要を知っているだけだ。

「かなり昔に出た本ですからね。私も実物を見たことがありません。ジッドの中でも有名な作品ではないので、探すのに時間がかかると思います。ところでなぜ必要なんですか？　内容もご存じではないのに」

「それが理由です。どんな内容なのか気になるんです。お話を聞いたら、もっと読みたくなりました。離婚の話を聞いた日、書斎に残され呆然としていた私は、特に意味もなくいくつか本を取り出し開いてみました。『未完の告白』は、飛びぬけて古い本だったので気になったんです。本をめくると、ページの端があちこち折れていて下線がたくさんひいてあります。両親のどちらかは分かりませんが、何度も読んだのでしょうね。そのうちの一文が特に記憶に残りました」

Aさんは手帳を開き、私に見せる。そこには丁寧な字で次のように書かれていた。「尊敬に値しない両親への尊敬を強要することほど、子供の性格をゆがめるものはないと私は考える」

Aさんはその文を見た瞬間、自分の思いと全く同じであることに驚き体が凍りついた。周りを見回すと、本棚には運命のように白い紙と鉛筆が置かれている。すぐに書き写し、後日手帳にも書き残したAさんは、薄情にも自分を置きざりにした両親への憎しみが膨らむたびに、手帳を開いた。アンドレ・ジッドという大作家ですら自分と考えを同じくし、味方になってくれるのだと思うと慰められた。

「高校一年生の時に離婚計画を聞いて、実際に離婚したのは大学に入ってからですよね。ではその数年間で、ご両親にその本について聞いたことは？」

「ないです」Aさんは考慮の余地もない冷たい口調で答える。

「離婚するまで両親とは、ほとんど口をききませんでした。私は本当に腹立たしいのに、ふたりは何事もなかったように暮らしているんですよ。むしろ以前よりも笑うことが多かったかも。そう感じただけかもしれませんが」

両親とは離婚後、時々連絡をとったが、学問のために母がドイツ、父がアメリカに旅立ってからは様子を聞くこともまれに。こうした状態のまま無情にも十年以上の月日が流れた——Aさんの話は以上だ。そして私には、彼ら三人をかろうじてつなげる糸といえる一冊の古い本を探す任務が残された。

いくら思いの詰まった本であっても、数十年前の発行部数の少ない本を探すのは簡単なことではない。知り合いの古本屋の店長や、個人で活動する本の蒐集家にもお願いしたが、なかなか出てこなかった。

ついに本が見つかったのは、事情を聞いてから二年後のことだ。これだけ時間が経つと、もう必要ないと言われることは茶飯事。しかし、幸いにもAさんは待ってくれていた。

手に入れた本の奥付を見ると、出版年は「檀紀《だんき》〔韓国の神話における最初の王・檀君の即位年を元年とする暦〕四二九二年」とある。西暦では一九五九年。徳寿出版社による初版本だ。古いが高値で流通している本でもないため、Aさんには郵便で送ることにする。しかしその前に、本を探した者への特権である「先に読む喜び」をいただくことに。劣化して破れそうなページをめくるのに注意しながら、ジュヌヴィエーヴの語りに耳を傾ける。

韓国でなぜこの本が「女の学校　三部作」のような題で出版されないのか、読んでみて分かる気がした。ジュヌヴィエーヴが離婚した両親を批判するのは物語の一部であり、思春期の女学生である彼女の恋愛話が小説の中心となっている。ただし、これがかなり衝撃的な内容なのだ。未成年者のジュヌヴィエーヴは、両親と交流のある家庭の既婚男性を好きになり、彼との子供をもうけたいと告白する。ただし彼女に結婚願望はない。一方、この既婚男性は、実はジュヌヴィエーヴの同級生に思いを寄せている。その上、ジュヌヴィエーヴの母であるエヴリーヌもこの既婚男性と愛し合う関係にあった。――以上、良く言えば「常識を覆す」内容であり、悪く言えば「ドロドロの昼ドラ」だ。『女の学校』と『ロベール』を一冊にまとめた本はあるが、そこに『未完の告白』を加え三部作として売り出さない理由は容易に想像できた。

私の感想はともかく、二年も待ち続けたＡさんがこの小説を読んでどう思うのか、とても気になった。両親に対する感情がさらに厳しいものになるのではという心配もなくはなかった。

幸いＡさんは、ジュヌヴィエーヴの恋愛話より、彼女が両親と暮らしていた時代を回想するシーンを印象深く読んだようだ。本を送ってから半年ほど経ったころ、Ａさんから電話がかかってきた。それは気持ちのいい知らせだった。私が忙しさのあまりＡさんの物語を昔のことのように感じていた一方で、本を読み終えたＡさんは、両親に直接会って話をしてみたいとようやく思うようになったという。

「ジュヌヴィエーヴに同感したわけではないですが、それよりも、両親がこの本を読んでどう思ったのか気になります。高校生の時に聞くべきだった質問を今になってするなんてちょっと気まずいですが、でもまあ大丈夫でしょう」

Ａさんには楽しい悩みができた。先にドイツに行って母と会うべきか、太平洋を渡ってアメリカに行き父と会うべきか、どちらか選ばなければならない。

「簡単ですよ。コインを投げればいいんです」

コインの裏表で決断するのは、優柔不断な私がよく使うやり方だ。

「名案ですね。でも、コインの表をどっちにすべきでしょう？　ドイツ、いやアメリカ？」

Ａさんも私に負けず劣らず決断力のない性格のよう。でも、それくらいは自分で決めなさい。私には探さなければいけない本、物語を聞かせてもらった本がまだ山ほどあって、頭が痛いのです。

チェッケクウチョオキョオ

『ケルケゴルの宗教思想』
H・V・マーティン著、ホン・ドングン訳
聖岩文化社、一九六〇年

本名よりも「ロジャー」というネット活動名で知られる書評家イ・ヒョヌ氏は、本にまつわる講義をする際、個人的な話をほとんどしない。何年か前、彼の講義を聞いた。『変身』で有名なフランツ・カフカの諸作品をとりあげる、二か月間の特別講義だった。

ロジャーは噂通り、少しの逸脱もない授業を行った。私はかつて本で知ったフランスの哲学者、ロラン・バルトを連想するほかなかった。バルトは毎回の講義で徹底的な準備をしたため、彼の作成した講義ノートは新たに手を加えずとも、そのまま単行本として出版できたという。同様にロジャーの講義もかなりドライなものだったが、同時に完璧な建築物のようだとも感じた。

そんなロジャーと一度だけ昼食を共にしたことがある。他の受講生たちも一緒だ。その時私は、少しの隙もないと思っていたロジャーに対し、人間的な魅力を発見する。ひとりの受講生が彼に対し、普段どれくらい本を買うのかと質問したのだ。ここで重要なのは、「どれだけ読むか」ではなく「どれだけ買うか」という点。本を読んで書くのが仕事だから、当然たくさん買うとロジャーは答えた。そして付け加える。

「間違いなく家にある本を、また買ってしまうことがあります。理由はふたつです。ひとつは、家のどこかに本があるという記憶は確実なのに、どこにあるのか分からない場合。もうひとつは、もっとばからしい状況です。本は持っていて、どこにあるのか正確に知っているのに、取り出すのが困難な場所にあるため、むしろ買ったほうが早い場合です。もちろん、本の価格が安いという条件も必須ですが」

彼の家には膨大な数の本が至る所に山のように積んであるのだろう。床はもちろん机や椅子にも本が積まれ、座る場所すらない状況で暮らす人を何人か知っているが、ロジャーもきっとそうなのだ。どこかにある小さな一冊の本を取り出すために（ロジャーはその時「発掘」という言葉を使った）、何時間もかけて本の山を動かす苦労をするくらいなら、一万ウォンくらいの本代を払ったほうがましというわけだ。

ロジャーの言葉を聞いて、集まった受講生はどっと笑った。全ての面において抜かりなさそうな彼に、そんなルーズな面があったとは。本の山を前に腰に手をあて、呆然とした表情で立ち尽くすロジャー。彼が講義でよく使っていた「ナンセンス」という言葉が浮かび、私もにやりとしてしまった。とはいえ毎日続く講義に体も頭も疲れているのだから、そんな非常手段を選ぶことも充分納得できる。

家に本を積んで暮らす人なら、ロジャーの話をナンセンスだとは思わないはず。私も同類だ。だから私は、他の人たちのように声をあげて笑うことはできなかった。仕事場である私の古本屋も日に日に本が増え、絶対あるはずの本が何日も見つからないという慢性的な状況に。本を管理しているのは自分なのだから、他人に捜索を依頼できるわけもない。自分が探せない本を、一体誰が探せるだろう？　自分の代わりに自分の本を探してくれる人が、果たしてこの世にいるのだろうか？

　ところが、奇妙な事件を持ってやってきたCさんに出会い、この世は本当にいろいろなことが起きるものだと改めて思った。二十代半ば、軽やかなワンピースを着て古本屋にやってきたCさんは、「分からない本」を探してほしいと語りはじめた。本は本だが、どんな本なのか全く分からないという。

　本を探すのに苦労を強《し》いられた経験は多いが、今回こそ最大級の難易度なのではという予感がした。ロジャーの話と似ているようで、全く違うケースである。探す本が何なのかすら分からないなんて。根本的な質問、つまりなぜ本を探すのかという出発点から漠然としている。

「本のヒントはありませんか？　題名、著者、出版社、あるいは表紙のデザインでも。エドガー・ケイシー並みの超能力者でない限り、何の情報もなければ探しはじめることすらできません」

「ヒント、ひとつだけあります」

　彼女はスマホを私に見せた。そこにはベッドに横たわるおじいさんの動画が映っている。再生時間は三十秒もない。「では、よく聞いてください」とCさんは再生ボタンを押した。

「チェッ……、ケ……、クウ……、チョオキョオ……。チェッ……、ケ……、クウ……、チョオキョオ……」

映像の中の老人は、目を半分開けているが（あるいは半分閉じているのかもしれない）、焦点は合っていないよう。そして聞き取れない言葉を何度も繰り返す。本の題名を告げているのだとCさん。つまりその本を探してほしいというわけだ。私は体を丸めて何度か映像を見直した後、椅子の背もたれに深く寄りかかり息を吐いた。

「この人の言っていることが、本当に本の題名なんですか？　私には何のことか、さっぱり分からないのですが」

「本の題名で間違いありません。おじいちゃんはいつもこうやって題名を伝えるので。そうして私や母が病院に本を持って行くんです。私が会社勤めなので、最近はほとんど母が行きますが」

映像の人物はCさんの祖父であり、認知症の診断を受け数年前から施設で過ごしているという。最初の数年は今ほど症状が重くなく、必要な本の題名を正確に言うことができた。しかし今は意思疎通が難しい状態に。それでも彼は常に本を必要とした。読まなくとも本を手元に置いておくだけで、健康状態が少し安定した。

「おじいちゃんは生涯を教育者として過ごしました。本当に本が好きで、かなりの数を蒐集していました。でも、私はおじいちゃんのことがそれほど好きではなかったんです」

気難しい性格で、自分をつかまえては本の話ばかりするような人だったとCさんは話す。だからお盆や正月に家を訪問するときは、遠巻きにしがちだった。

「もう余命も長くなく、いま探しているのが最後の本になるかもしれません。だから店長さんに会いに来たんです。どんな本でも探してくれると噂を聞いたものですから」

私は顔をしかめた。一体誰がそんな噂を？　噂は噂をつくり、言葉は言葉を加え、雪だるま式に大きくなる。しかし事情を知ってしまったからには、いきなり無理だと断るのも難しい。私はできるだけ遠回しに断りたい気持ちを伝えようとした。

「ですが、映像を繰り返し観ても何が何だか……ちょっと分かりかねますね。題名も分からない本を、どこに行って探せばいいんでしょうね？　これぞ不可能なミッションと言いましょうか、トム・クルーズでも無理っぽいです」

「そうだ、言い忘れてました。本がどこにあるかは分かっています。おじいちゃんが必要とする本は、おじいちゃんの書斎に絶対あります。そこで探してください。今までもそうしてきたので」

　まさか。いきなり断りづらくなってしまった……。ところで本がある場所も分かっているのなら自分で探せば早いのに、なぜ私に依頼したいのだろう。

　答えは簡単だった。書斎の本があまりに多いのだ。その数、およそ二万冊以上。Cさんは全ての本をチェックできる気がしないと告白する。書斎の持ち主が健康だったときは、題名だけでなく本のある位置も教えてもらえたため、探すのは難しくなかった。しかし今回は完全なミステリーだ。二万冊――。それは私の古本屋に並ぶ販売用の本よりも多いのだ。しかし希望はある。本の題名さえ分かれば、探し始めることはできる。

　私たちは再び動画に集中した。私はイヤホンを耳にして目を閉じ、全神経を集中させる。やはり簡単に答えは出ない。

「チェッ……、ケ……、クウ……、チョオキョオ……」と、映像の老人は同じ言葉を繰り返す。

「まず最初の音節ですが、ここは本（チェッ）という単語のようです」私はCさんを見た。

「私もそう思います。あとは全く分かりませんが」

「とはいえ最初が本ではない可能性もありますよね。言っていることの全部が本の題名かもしれませんし、作家の名前かも」

私たちは、少しでも音の似ている題名や作家名をひたすら挙げてみた。それぞれの音節の頭が〈CH〉〈K〉〈T〉など有気音の子音で始まるため、「蔡萬植《チェマンシク》」「カフカ」「タゴール」かもと考えた。その日、私たちは何時間も動画を見て、思いついた中から十人の名前と二十冊の題名に絞った。おじいさんの探す本がこれらのうちのどれかであることを期待しながら、Cさんは帰途に就《つ》いた。

数日後、再び彼女から連絡があった。残念ながら、私たちが推理した本は全て外れだったという。書斎にあった二十冊の本を持って、Cさんのお母さんが病院に行ってみたが、おじいさんからはこれという反応はなかったそうだ。

悩んだ彼女は私に、書斎の本棚を直接見て本を探してほしいと依頼する。もちろん私は承諾した。二万冊の本がある個人の書斎とは一体どんな様子なのか、ひとまず気になった。本探しに失敗したとしても、魅力的な空間を見学できるだけで十分収穫があるだろうと判断したのだ。

次の日、私はCさんの教えてくれた住所を訪問した。おじいさんの家は城北洞《ソンブクドン》にある二階建ての一軒家だった。古い建物のように見えたが門を開けて中に入ると、今でも管理する人がいるのかよく手の行き届いた庭園が目の前に広がった。Cさんは玄関前まで出てきてくれ、私を中に案内する。

家にあがると、外観から想像した以上に広大でさらに驚かされた。リビングとダイニングが別々になっていて、キッチンの調理スペースもかなり大きく、私には高級レストランのように見えた。

書斎はリビングから延びる廊下を進んだところ、建物の一番奥にあった。Cさんはドアを開け、私が先に入れるよう体をどけてくれる。書斎に足を入れた瞬間、私は鳥肌が立った。個人の書斎と聞いて私は、普通の小さな部屋に本がたくさん詰まっている様子を想像していた。ところがおじいさんの書斎は、それ以上だった。明らかに、本を保管するための専用空間として設計されている。目を丸くし、ぽかんと口を半分開けたままの私に、Cさんは軽く微笑んだ。

「もともとは、ドアから入ってきたこの部屋ひとつだけが書斎だったんです」Cさんは重そうな机の表面を指でなぞる。

「ここに本を積んで勉強していたおじいちゃんの姿が目に浮かびます。ところがどんどん本が増えたため、隣りの部屋の壁も開けて空間を広げる必要がありました。さらに別の部屋も書斎にして、結果的にみっつの部屋がつながっているという変わった間取りになったんです」

Cさんの言葉通り、最初の部屋には大きな机と、充分な幅のある革張りの椅子が置かれ、その部屋からつながる別の空間には、完全に本しかなかった。本棚はざっと見ただけでもよく整っており、今朝にも誰かがここで本を読んでいたような印象を受けた。

「おじいちゃんがこの部屋に来られなくなって、もう五年も経ちます。掃除はずっとしていますが、本はほとんど動かしていません。おじいちゃんが最後に整理したままの状態です。元気なときは毎日ここで過ごしていました。……どうでしょう、本を探すことはできそうですか？」

「うーん、まずはじっくり眺めてみないと。おじいさんが直接整理したのなら、きっとヒントがあると思います」

「ではごゆっくり。終わったら私がここに来ますね」

そう言葉を残して、Cさんは静かに部屋を出ていった。分厚いドアが閉まると、書斎はまるでラジオ局のブースのように静まり返る。どこからどうやって見ていけばいいのか、正直イメージがわかない。Cさんは蔵書が二万冊ほどと言ったが、私が見る限り、最初の部屋だけで余裕で一万冊はあるだろう。この部屋にはソファと机があるので、相対的に本は少なめだ。一方ふたつめの部屋とみっつめの部屋には、図書館のようにレールで動く本棚も設置されているから、全部の部屋を合わせれば少なくとも三万冊以上になるはず。

ゆっくり本棚の前を歩きながら、ひとりの人物が生涯かけて集めた本の数々を目に収める。果たしておじいさんは、どの本が必要なのだろう。人生の最期に手に取りたい本なのかもしれない。動画に映る彼の目を見た私は、そう感じた。最も大切な本をそばに置きたいという切実な思いが伝わってきたのだ。もちろんそれは、私の誤解であり強引な意味づけなのかもしれない。しかし私はこの膨大な蔵書と向かい合うことで、実際には一度も会ったことのないひとりの人生を追体験するような、静かな感動を覚えた。

書斎をぐるりと一周すると、ある種の規則があることにうっすら気付いた。一見、何の基準もなく本を配置したようにも見えるが、そうであればこれほどの規模の書斎がきちんと整うことはないだろう。何も考えず本を並べた書斎は、たとえ掃除が行き届いていても倉庫のようになるものだ。

それぞれの部屋には大きなテーマがある、と私は仮定した。机のある最初の部屋の片隅には、サミュエル・ベケットの喜劇作品を始め、原書や評論などがずらりと並んでいる。サルトルとカミュもあった。この部屋のテーマは「不条理」だと、ひとまず決めてみる。

二番目の部屋では、各国の様々な版による、セルバンテスの『ドン・キホーテ』とケベード〔フランシスコ・デ・ケベード。スペインの作家、詩人〕の作品が特に目立った。『ドン・キホーテ』は年代物であろう革装丁の古書もいくつかある。若いころ外国を旅して集めた物に違いない。韓国で編集されたウンベルト・エーコ作品も全てそろっているようだ。この部屋のテーマは「ユーモア」ではないか。

三番目の部屋は他の部屋に比べて現代作品が多いが、ノーベル文学賞受賞者トーマス・マンのドイツ語版全集がそろっているのが、まず目に飛びこんだ。大江健三郎の日本語版全集もある。私はこの部屋を「アイロニー」と名付けた。

それぞれの部屋のテーマをこのように決めた私は、動画で見たおじいさんの声を、頭の中で何度も再生した。「チェッ……、ケ……、クウ……、チョオキョオ……」果たして彼は何を望んでいるのか？　一体どの本を切実に求めているのか？

何時間も書斎を眺めていた私は、急に疲労を感じ、最初の部屋に置かれた革の椅子に座った。

とても座り心地が良く眠ってしまいそうだ。机も高級な材を使ったのか、深く息を吸うと微かな木の香りがする。私は椅子に深く体を預け、考えに耽った。耳元でおじいさんの乾いた声がずっと聞こえるようだ。目を閉じると、彼が今この部屋にいるような気がしてぞくりとする。その瞬間、あることを悟った。きっとこれが正解だと確信した。

二、三十分ほど椅子に座っていた私はすっと立ち上がり、本棚のほうへと足を運ぶ。私の考えが正しいことを願いながら。いや、もし間違いであっても、私の思いがおじいさんに伝わることを願う気持ちで、本棚から一冊の古い本を取り出した。

「『ケルケゴルの宗教思想』ですか。面白い題名ですね」

本を受け取ったCさんは笑みを浮かべた。

「昔の本ですから。今は『キェルケゴール』と表記します。この本は、有名な宗教思想家であるキェルケゴールの評伝です」

「ケルケゴル、キェルケゴール。おじいちゃんが言っていた本の題名のようにも聞こえますね。明日病院に行って、この本を見せてみます。窮屈な書斎を探し回って大変だったでしょう。とにかくありがとうございました」

「とんでもない。私こそ、こんなに素敵な書斎を見学できたのは感慨深い経験です」

翌日の午後、Cさんから連絡が。おじいさんが本を見て喜んだという、ありがたい知らせだ。電話の向こうから聞こえる彼女の声は弾んでいた。

「本を見て笑っていました。母が言うには、他の本を見せたときは全く反応がなかったそうです。

本当にありがとうございます」

　その言葉を聞いた私もうれしい気持ちに。しかしまだ確認したいことがひとつあった。

「今回はCさんが直接、おじいさんに本を渡したんですよね」

「ええ。昨日店長さんがおっしゃったように、今回は母ではなく私が本を渡しました。でも、なぜ私じゃないとだめだと思ったのですか？」

「理由があることはあります。ところで、本を見せたとき、おじいさんは普段と違う行動をとったりしませんでしたか」

「とても喜んでいました。笑顔で私の手をしばらくぎゅっとつかんで」

「なるほど。お話を聞いたら、私の考えたふたつの可能性のうち、ふたつめが合っているのかなと思えてきました」

　しばらく間を開けたCさんは、真剣な声になり質問する。

「ふたつの可能性って、何です？」

「ひとつめは、おじいさんの探していた本がまさに『ケルケゴルの宗教思想』である可能性です。ふたつめは、ただの推測でしかないのですが、おじいさんの繰り返していた言葉が、著者の名前や本の題名ではなかった可能性。私たちが勘違いをしていたというわけです」

「著者や題名ではないとしたら、一体？」

「チェ・ゴウンさん、つまりお孫さんの名前を呼んだのではというのが、私の考えです」

「私の……名前を？」

「書斎の椅子に座ったとき、突然そう思いました。おじいさんが最も大切にしているのは、本ではなくたったひとりの孫娘、チェ・ゴウンさんではないか。それが私の推測です。妄想かもしれませんが、そう強く感じたんです」

Cさんはしばらく黙っている。余計なことを言ってしまったのではと、私は急に恥ずかしくなった。本の話だけでやめておけば、それなりに楽しい気持ちで今回の任務を終えることができたのに。しばらくしてCさんは、明るい声に戻り話しはじめた。

「店長さんがおっしゃるふたつの可能性、どちらも一理あると思います。おじいちゃんは宗教に深い関心を持っていたんです。キェルケゴールの本を見てうれしかっただろうと思います。それに私が久しぶりに会いに行ったこともあるでしょう。おじいちゃんの本心はどちらか分かりませんが、これからはもっと会いに行かないとと思いました。本当にありがとうございます」

通話を終えた私は、心の荷が下りた気分に。そして数万冊の本が並ぶ書斎に圧倒された時間を思いだし、また胸が高鳴った。人生の痕跡を感じさせる美しい書斎だった。

同時に、ひとりの男性が宗教に身を投じるがごとく思いを寄せた、美しき孫娘の姿も脳裏に浮かんだ。人生の最期の日々を送るおじいさんが彼女を愛する気持ちは、数万冊の蔵書と交換しても構わないほど強いものなのでは。これこそ人生のアイロニーだろうか？　そういえばキェルケゴールの本を見つけたのも、私が「アイロニーの部屋」と名付けた三番目の部屋の本棚だった。

全ての本は、人生と同じくアイロニーだらけだ。著者それぞれの人生の物語が、余すところなく詰まっているからだ。

小さな手掛かりでも構いません

『阿呆たちの国・ヘルム』
（韓国版題名）
アイザック・B・シンガー著、ファン・ミョンゴル訳
トゥレ、一九七九年

古本屋を運営する傍ら、依頼人の思い出が詰まった本を探しだし、謝礼としてその本にまつわる物語を聞かせてもらうという、変わった仕事を始めてもう十年経つ。本を探す理由や事情、本にまつわる物語というものは人それぞれだ。何年も探しているという本に特別な事情がない場合もあれば、胸がじんとする人生の物語に出会うこともある。謝礼という即物的な名前のもとに聞かせてもらうのはもったいないような、貴重な物語も少なくない。

どこにあるのか分からない一冊の絶版本を探すのは簡単なことではない。しかし、かつてこの世に存在した本であれば、いつか必ず見つけられるはずだと私は信じている。捜査を始めるには、どんな本にも存在する題名、著者、出版社、発行年などの出版情報が、ひとまずの手掛かりとなる。

ところがたまに、出版情報の分からない本を探してほしいという依頼者がいる。探しているのがどんな本なのか、本人も正確に分からないケースだ。題名も内容も分からない本を、どうやって探せというのだろう。それよりまず、なぜ依頼人はよく分からない本を探しているのか？　し

かしそんなケースは確実にある。数年前、古本屋にやってきた中年女性の依頼者がそうだ。

　Kさんは現在、普通の会社員であり、子供のころお父さんが読むよう勧めてくれた本を探している。私は手帳を取り出し、本の題名や出版社を教えてほしいと言った。

「ですが店長さん、それが……」

　もごもごと言葉を濁すKさん。

「ひとまず題名や著者、出版社が分かれば、どんな本でも探し出します。何か問題でも？」

　私の言葉に、Kさんはため息をついた。

「実は、本の題名は私にも分かりません」

「昔の本なら、題名が思い出せないのはよくあることです。著者や出版社だけでも教えていただければ、私が推測します」

「すみません、それが何も思い出せなくて。本を読んだのは七〇年代だから、そのころ出版された本だと思います。それ以外はちょっと」

　どう答えていいか分からず、Kさんの顔をぽかんと見つめてしまった。気を取り直し、些細な情報でもいいから本に関することを思い出してほしいと伝える。しかし彼女は、本の大きさ、表紙の絵なども全く覚えていなかった。

　一体どうしろというのか。私がエドガー・ケイシー並みの心霊術師であれば、依頼人の深層心理に潜り込み本の情報を探り出すことができるかもしれないが、そんなわけはない。Kさんは私に何を求めているのか。ふたり向き合ってコックリさんでもして本を探し出すとでも？　お客さん、今やそんなアナクロな設定、ドラマにも出てきませんよ……と心の中でつぶやいた。

　お互い無言のまま、どれだけ時間が過ぎただろう。Kさんが先に口を開いた。

「ですが、店長さんはどんな本でも探し出すと聞いてお願いしに来たわけです」

「とはいえ、何を探せばいいのか分からないのに、どうやって探せます？　本と関係すること、他には本当に何も覚えていないのですか？　だとしたら、そんな本をお客さんが探す理由、そっちのほうが不思議です」

　とにかく作戦を変えたほうが良さそうだ。記憶がおぼろげな本を探すときは、その本を読んだときの思い出を話してもらうのも良い方法だ。本と直接関係なくても、当時の印象的な事件や友達の話などをすれば、忘れていた本のことを突然思い出すことがある。私はKさんに、その本をどうやって知ったのか教えてほしいと言った。幸い彼女は、本以外のことについてはかなり具体的に覚えていた。

「子供の時、父が読んでみろと私にくれた本です。でも私は本が好きではなかった。その日は誕生日でも、何か特別な日でもなく、父がなぜ本をプレゼントしてくれたのか分かりません。ともかく私はその本をもらうとすぐ本棚にしまい、読みもしませんでした」

「お父さんがくれたものを、全く読まなかったのですか？　普通、ちょっとはめくってみたりするのでは？」

「もちろん、めくってはみましたよ、何日か過ぎた後に。私、本当に読書が苦手だったんです。一週間過ぎたころ、本は読んだのかと父から聞かれました。本当は開きもしなかったのですが、ちょっと申し訳なく思い『まあ、面白いかも』とあいまいに答えました。すると父は、大人が読んでも面白い内容だから、と私に言ったんです」

話を聞いて、今回のことは古本屋の主人ではなく探偵に依頼すべきなのではと思った。とはいえ、本を見つける仕事と探偵の仕事に大差はない。ディテールに注意して耳を傾け情報を集めたのち、パズルを解くというのが基本。Kさんの話にも、大きなパズルのピースがひとつある。私は探偵のふりをして目を細めた。

「今、とても大きな手掛かりがありました。大人が読んでも面白い、というお父さんの言葉。つまり、単なる子供用の本ではないということです。大人のための童話といったタイプの本かもしれませんね。『かもめのジョナサン』、『おおきな木』、そして『星の王子さま』のような部類だと推測できます。この情報だけでも、探す本の範囲が狭まったはず。他に覚えていることがあれば教えてください。何でも大丈夫です」

私の言葉を聞いたKさんは、「本当にすごいですね」とパチパチ手を叩いた。そして何かを思い出そうと思案顔になる。やがて何かすごいことを思い出したのか、手のひらで机をバンと叩いた。

「父に申し訳ない気持ちがあったため、後でその本を少しだけ読んだんです。読んだというより目を通したぐらいですが。まず絵本というには字が多かったです。挿絵は全て白黒。変な人たちが変な村に集まって暮らす変な話で、短い話が連続する短編集だったと思います。そう、内容は全然覚えていませんが、話のひとつに犬と猫が出てきました。舞台は農場、あるいは野原？とにかく登場人物のひとりに『ヤン』という人がいました」

Ｋさんが何とか思い出せたのは、残念ながらそこまでだった。引き続き何度も質問してみるが、役立つ情報は出そうにない。何か引き出すためには催眠術しかない状況といえる。ぎりぎり情報と言えそうなのは、Ｋさんはその本を小学生の時にもらったこと。つまり七〇年代中ごろから後半に出版された可能性があるということだが、それ以外に手掛かりは何もつかめなかった。

今度は本当に探偵をやることにする。小さな手掛かりから推理し、パズルの欠片《かけら》をはめていくのだ。しかし有名な探偵でも、ひとりで活動する人はほとんどいない。ホームズにはワトソンがいるし、ポアロにはヘイスティングズがいる。この事件を解決するのにちょうどいい相棒は、彼しかいないだろう。壊れた時計を修理して販売し、絶版本を蒐集するＮ氏だ。探すのが難しい本があるとき、私はＮ氏が働く作業場を訪れ会話を交わす。すると不思議なことに目の前の霧が晴れ道が現れるのだ。とはいえ今回もうまくいくだろうか？

「最初に『ヤン』という名前から始めるべきでしょう。そう思いませんか？」

Ｎ氏は作業用エプロンについた埃を手ではたきながら言った。

「ですよね。今の段階で使えそうな、確実なヒントはそれだけですからね。ヤンって誰なんでしょう」

私たちはしばらく黙り、考えに浸った。狭い作業室は、時計の秒針が動く音で満ちあふれている。私は壁にかかっている時計をゆっくり見回し、ふと違和感を覚えた。それぞれの時計が、それぞれ異なる時刻を示しているのだ。正確な物はひとつもない。このような状況で、お客はＮ氏の技術を信頼できるだろうか。私は、なぜ時間を合わせないのかとN氏に聞いた。彼は当たり前のように答える。

「時計を直す仕事をしていると、毎日時計ばかり見て過ごすわけです。壁にかかっている時計が全て同じ時間だったら、精神的に追い詰められる気がして。だからわざと少しずらしているんです」

「なるほど。時間は合っていなくても、時計はちゃんと動いていると。販売するときに合わせてお客さんに渡すわけですね」

私の言葉にN氏は「そうです。時刻は違ってても時計は正確ですから。全ての時計が同じ時間を示す必要はないです」と答えた。そして何か言おうとして口を開けたまま、硬い表情になった。同時に、私の頭にも何かきらめくものが通り過ぎる。私たちは同時に「あ！」と声を上げた。N氏が先に言う。

「ヤンという名前が、必ずしも人間の名前を示すわけではないですよね」

私が思ったのも、まさにその点だ。ヤンが人間でないなら犬や猫である可能性も。そしてヤンが動物の名前であるなら、その本の背景となる国家を予想できる。韓国で「チョルス」や「ヨニ」〔日本の太郎・花子のような、韓国では教科書などによく使われる一般的な男女の名前〕を動物の名前に使わないように、動物によく使われる名前というものは国ごとに存在する。原作本が出版された国を特定することができれば、本を探すのは何倍も楽になるだろう。別々の時刻を示す時計のように手掛かりの位置を少しずらしてみたら、パズルの欠片が突然ぴったりはまりだした感覚を受けた。

私たちは「ヤン」という名前から、その本がスラヴ系国家のどこかで出版されたのではと推理した。全ての推理が正解に向かうわけではないが、ひとまず捜索の範囲を狭めることができただけでも大きな前進だ。

ただし会話を終えて事務所を出るときも、N氏の声に力はなかった。

「スラヴ系といえども、ロシア、チェコ、ポーランドとかなり広範囲ですよね。絵本だとしたら『韓国近代西洋文学移入史研究』にも出てきませんし」

「時間があるときに図書館に行って探すほかないでしょうね。とはいえ今日はここに来てよかったです」

その日以降、暇さえあれば実際に図書館に行って童話の本をめくり続けた。七〇年代だけでも本の発行総数はかなり多く、全てを確認することは無理と判断し、基準を決めて目を通すことに。まずその本がロングセラーである可能性は高い。三十代後半のお父さんが、本をあまり読まない娘にあげるのであれば、広く知られている名作だろう。そして韓国の時代的特性を考慮すれば、本の内容はジョージ・オーウェル『動物農場』のような社会風刺ではないか。幼い子供が大人になっても読めるというからには、きっとそうだと推理した。

ついにその本を発見したのは、図書館に通いはじめてちょうど一年後のことだ。本の正体は、ポーランド出身のノーベル文学賞受賞作家、アイザック・バシェヴィス・シンガーの『阿呆たちの国・ヘルム』。その中には犬と猫が出てくる話があり、猫の名前が「ヤン」であることも確認した。予想が大きく外れておらず助かった。『ヘルム』は世界的なロングセラーであり、今でも最新版が書店で購入できる。さらに数か月の苦労の末、一九七九年にトゥレから発行された『ヘルム』の初版を手に入れ、Kさんに渡すことができた。

　Kさんが約二年ぶりに古本屋を訪れたとき、なぜ題名も内容も分からない本を探していたのか、その理由を尋ねた。

「父のくれた本を読まずに高校生になったころ、あまりに突然、父が病気で亡くなります。急なことだったので悲しむ暇もありませんでした。以降、私の家は引っ越しを繰り返し、本もなくしてしまいます。本当に後悔しました。あの本を一度でもちゃんと読んでいたら、父の美しい思い出が増えたのに。しかし本を見つけることはできなかった。題名も内容も分からない本を探せるはずがありません」

　亡くなったときの父より年を取ったKさんは、テーブルの上の古い本をしばらく黙って触っていた。そして私に聞く。

「ところで、どうやって題名も内容も分からない本を探しだせたのですか？　本当に不思議」

　私は『ヘルム』を紙袋に入れ、彼女に渡しながら言った。

「本を探したのは私ですが、この本が現れようとしなければ、今でも私はどこかの図書館で本の山に囲まれていたでしょうね」

「本が自分から現れた、ということですか？」

「私の経験上、そう考えます。本は、その本に出会う人と最初からつながっている――そう思わされることがよくあるんです。本はその人の心をよく知っています。その人の切実さを感じ取り、自分から姿を現すとでも言いましょうか。今回はＫさんの思いが本に届いたようですね。ですからこの本は長く大切にしてください。今度こそ読みきりますよね」

もちろん全部読みますよと何度も誓うＫさん。父が残したたったひとつの遺品だから、ずっと大切にしますと最後に付け加えた。本を探すのに二年近くかかったが、喜ぶ彼女の姿に達成感を覚える私だった。

本と人はつながっている。その糸は目に見えないが、確実に存在する。ふたつは心と心でつながっていて、人がいくら無理やり体を動かしてみても、簡単に出会えるものではない。心から切実に求める人に向かって本は静かに近づき、手を差し伸べるのだ。

筋肉マン

『哲学入門』
ロナルド・J・グロソップ著、イ・チボム訳
理論と実践、一九八六年

韓国の文化体育観光部が二〇一九年に調査した成人読書実態統計によると、年間ひとりあたり、平均六冊ほどの本を読むらしい。六冊とは……。しかもこれは平均値なので、全ての国民が六冊ずつ読むという話ではない。

例えば私の場合、本を扱うのが仕事のため毎月三十冊近く読む。私よりたくさん読む人も少なくないはずだ。その反対に、本を全く読まない人もかなりの数いることになる。同じ統計によれば、成人のうち四八パーセントが一年間に一冊も本を読まないという。混みあうスーパーですれ違う人々の半分が、本を全く読まずに暮らしているのである。

見知らぬ人々のうち誰が本を読まないのか、判別することは不可能だ。おでこに「読書はしません」とでも貼ってあればいいのだが、そうでない限り分かるはずがない。だが申し訳ないことに、そう見えてしまう人がいる。

私は長い間、読書する人・しない人についてある種の偏見を持って過ごしてきた。いま私の目の前に座っている〇さんのような人物に出会ったとき、こういう人はきっと本と縁がないのだろ

うという固定観念にとらわれてきたことを、ここに告白する。

Ｏさんが古本屋の扉を開けて入ってきた瞬間、私は当然のように、彼が店を間違えたのだろうと判断した。時々そういう人がいる。なぜだか分からないが、当店をトイレと勘違いして入ってくる人も少なくなく、そんな状況にはもう慣れっこだ。その人は扉の間から頭を出し「あれ？ごめんなさい、トイレかと思いました」と扉を閉めようとする。私は間違い電話がかかってきたときのように冷ややかな声で「御覧の通りここはトイレではありません」と言う。扉を開けた人もすぐ分かることだが、わざわざ強調することで迷惑な気持ちをアピールする。

現れた人は、まるでプロレスラーのような大きな体をしていた。ごつごつと硬そうな筋肉。服を脱いでいるわけではないのに、目のやり場に困ってしまう体つきだ。まさかスポーツジムだと思って入ってきたわけではないだろう。

Ｏさんは大股で歩き、私の目の前で止まる。自分の名前を告げた後、本を探しているがお願いできるかと言った。声は野太く見た目もワイルドで、少し怖いほどだった。話す内容は「お願い」だが、これはもしや「脅迫」なのでは。私は堂々と対応したつもりだったが、声が震えていたかもしれない。

「どんな本をお探しか分かりませんが、事前に連絡いただけたら、こちらで探せるかお答えしましたのに」

「事前にアポが必要だとは知りませんでした。すみません。でも弟がここに行けと言うんです。どんな本でも探し出す古本屋があるからって」

こう言われた私は、急にまんざらでもない気分になった。人の心とは奇妙なものだ。ちょっと前までは殴られるかもと想像し緊張していたのに、今は心が羽毛のように軽くなった。

「いやまあ、そんなことをたまに言われたりします。でも私も人間ですから、ありとあらゆる本を探せるわけではありませんよ」

「どこかに存在する本であれば、きっと見つけてくれるんだと、弟が言うんです。ぜひお願いします。今お伝えした弟の言葉を理解するまでにも、既に長い時間がかかったんです」

机の前の椅子に座るよう、Ｏさんに促す。彼の言葉に、複雑な物語が始まりそうな予感がした。

Ｏさんは椅子に座るなり口を開く。

「本を探している事情を話せば、その本を見つけてくれると聞きました。でも本当に個人的な事情でして……大丈夫でしょうか？」

「事情なんて、だいたい個人的なものですよ。もちろん大丈夫です。気軽にお話しください」

私の言葉にＯさんはズボンのポケットから紙を取り出した。腕の筋肉が隆々としており、そんな簡単な動作をするのも窮屈そうに見える。彼はふたつ折りにした紙を広げて、私の前に置いた。字のようだが解読するのは難しい、幼い子供が色鉛筆を握って初めて描いた絵を思わせる、抽象的なうねる筆跡がそこにあった。

「これは一体？」

私が尋ねると、Ｏさんは残念そうな声で「自分も知りたいです。ひょっとして社長さんなら分かるかもと思って持ってきたのですが」と言った。首を横に振ると、彼は話を続ける。

「探しているのは、ロナルド・Ｊ・グロソップという人の『哲学入門』です。今お見せした紙は弟が書いたものですが、何と書いてあるかは自分もさっぱり」

「弟さんが書いたんですか？」

再び紙に目を落とすが、いまだに宇宙人が書いた未知の言語のように見える。そんな私を見ながら〇さんは口を開く。

「自分が思うに、たぶん本の題名か、そのようなものだと思います。弟は大学の教養科目で哲学を教えていた非常勤講師でした。『哲学入門』も弟が教えてくれたんです。自分は普段あまり本を読まないのですが、この本だけは読んでみろと勧められました。弟がこうなってしまう前のことですが」

「すみません、弟さんがこうなったとは、どういうことです？」

解読不能の文字、非常勤講師の弟、筋肉質の兄、そして弟の今の状況。何の話なのかさっぱり分からない。

「失礼、話の順序がめちゃくちゃですよね。まずは弟の話をしないと……。自分は何をするにもめちゃくちゃで、あいつもそれが我慢できなかったようです。弟は半年前に脳卒中で倒れました。幸い意識は戻りましたが、意思疎通は難しい状態です。自分も両親も、弟の言葉を聞きとれません。何とか手を動かして紙に字を書いてもらうのですが、できる会話はそれくらいで」

〇さんは机の上の紙を手に取り、ゆっくり元通りに畳んだ。

「すみません、その紙、もう一度見せてくれませんか？」

話を聞いた私は、なぜか弟さんの字が読めそうな気がした。「哲学」という単語を頭において文字を見つめると、見慣れた単語がホログラムのように紙の上に浮かぶ。

「最初の文字は数字の〈6〉やアルファベットの〈b〉のようですが、ハングルの子音〈ㅂ〉だと思います。その横にある棒は、下の方で少し左に曲がっています。次は〈ㅌ〉、〈ㄹ〉で、その横にあるのは最初の棒と似ていますね。弟さんが書こうとしたのは、最初の一節は〈버트런드（バートランド）〉だろうというのが私の考えです。であればその次は〈ラッセル〉。その横にあるのは字ではなく記号、本の題名でよく使われる二重の鍵カッコだと思われます。ここが本の題名であるとしたら『西洋哲学史』と読めます。間違いありません」

早口で説明を終え頭を上げると、〇さんはおかしな目つきで私をぽかんと見つめていた。恥ずかしくなった私は、わざと「んんー」と声を出しつつ紙を〇さんに戻した。

「いやまあ、私の考えではこうだというだけです。間違っているかもしれませんよ」

〇さんは受け取った紙を再び見つめては、よく響く声を上げた。

「すごいですね！　社長さんの話を聞いたら、そうとしか見えませんね。バートランド……何でしたっけ？　しかしなぜ分かったのです？」

「バートランド・ラッセルです。弟さんの専攻分野が哲学というのがヒントになりました。哲学者の名前や本の題名だろうと思ったんです。イギリスの哲学者バートランド・ラッセルは、ノーベル文学賞も受賞した素晴らしい著述家ですよね。そして彼の書いた最も有名な哲学書が『西洋哲学史』なんです」

うなずく○さん。

「ああバートランド・ラッセル、人の名前だったんですか。知識のぶんだけよく見えるとは、このことですよね。自分は弟と違い読書や勉強はさっぱりで、子供のころからスポーツばかりでした。机の前で黙って座ってはいられない性格だったんです。御覧のとおり今でも大差ありませんが」

○さんは軽く笑いながら、手のひらで自分の胸元をトントン叩く。話していたらいつのまにか、私の緊張もほぐれていた。

「では、『哲学入門』を探している事情をお聞きしてもいいでしょうか？」

「申し上げたように、個人的な話です」○さんは静かに両手を膝の上に置き、話を始める。

「弟と自分は二歳違いなのですが、子供のころからもしや親が違うのではと思うほど、性格も体つきも正反対でした。自分はいつも外で友達と遊び、弟はいつも部屋で本を読んで。あいつは体が弱く、日頃から薬を飲んでいましたね。一方、自分はかなり健康なほう。勉強が得意で良い大学に進学した弟と違い、自分はスポーツに熱中しました。ふたりの人生は最初から別の道を進むことが決まっていたようです。弟が大学院にいるとき、自分はスポーツジムに就職しインストラクターになりました。今は独立して小さなジムを運営しています」

「弟さんは大学院を出てすぐ講師になったのですか？」

「最初から非常勤講師だったわけではありません」

静かに椅子に座って話をするのが慣れないのか、肩や首を少し動かす。

「最初はそれなりの大学で助教授になりました。ついにあいつの人生も軌道に乗ったと思ったものですが、弟はくそまじめで。同じ学校の先輩教授が研究費を少し着服しているのを見て、学校にその事実を伝えたんです。ところが学校側の反応は意外なものでした。教授が研究費の一部を私的に使うのは慣行だから何も問題ないと。このことがあって学校から追い出された弟は、他の学校で働くことも難しくなりました。しばらくして弟は予備校に就職します。しかし体の弱い弟が予備校のハードな業務をこなすことは到底難しく、見かねた自分は、働いているジムの事務職が空いてるぞと勧めたのですが拒否されてしまいます。弟との関係がぎくしゃくするのはそのころからです」

　勉強を続けたいと言う弟に○さんは、勉強なんかしてどうするんだと声を荒らげる。ふたりは全く別の道を歩んでいたため、話が通じるはずがなかった。怒りの収まらない○さんはある日、弟の部屋に入り本棚の本を床にぶちまける。弟はそんな兄の行動をどうすることもできず、床にしゃがみ散乱した本をもとに戻すばかり。

「あいつは本を書いていると告白しました。初めて聞く話でした。哲学について自身の考えを整理するのだと。その本を書き終えたら、兄貴の言う通りにすると言うんです。涙を流す弟が握りしめていたのは、原稿の束でした」

　そして弟は○さんに本を差し出す。

「『哲学入門』という本で、何度も開いたのか傷だらけでした。弟は、これを読んでみろと言うんです。悪気があったのではないでしょうが、バカにされていると思いカッとなった自分は、本をつかんで引き裂いてしまいました。その日以来、弟とはしばらく会わなくなりました」

〇さんは弟が、ある大学で非常勤講師として働いていると聞く。彼は非常勤講師がどんな仕事か知らなかった。大学で働くのだから、塾よりも楽で稼ぎも多いはずだと考えた。それほど安定的な仕事ではないと知ったのは、しばらく後のこと。ジムで働くアルバイトの学生より稼ぎが少ないと知り愕然としたものだが、その事実を知ったのも、弟が過労とストレスによる脳卒中で倒れてからのことだ。

「幸い意識は戻りましたが、会話するのも難しい状態で。自分が弟をこの状況に追いこんだのではと胸が痛みました。自分にできることは何かと考えました。その時ふと、弟が以前書いていた本の原稿のことを思い出して。原稿の仕上げをしていると言っていたから、自分が弟の手助けをすれば完成させられるのではと考えたんです」

漠然とした希望とともに弟の原稿を探し出すが、〇さんはまたもや壁にぶつかる。哲学に関する内容だから、何が書いてあるのか全く分からない。〇さんは原稿を弟のもとに持っていき、自分の考えを伝える。表情はゆがんでいたが、弟の目には喜びの光が見えた気がした。その時、弟の書いた文字が「バートランド・ラッセル、『西洋哲学史』」だ。

「その哲学概論書を読めば、原稿に出てくる用語や文章を理解するのに役立つはずだと言いたかったのではないでしょうか」

「社長さんの話を聞いたら確かにそう思えますね。破いてしまった『哲学入門』を探している理由は、以上です。本屋に行けば買えると思ったのですが、昔の本だからないと言われてしまって。

恥ずかしながら絶版という言葉も初めて知りました」

〇さんは下を向き、弟の字が書かれた紙を優しく触る。私も何か手助けできることはないかと静かに考えた。

「『哲学入門』は私が探します。弟さんの言う通り、どこかにあるなら、きっと探しだせると思いますよ。実はそれこそが、バートランド・ラッセルが語る哲学の方法でもあります」

「どういうことですか？」〇さんは何度も目をしばたたく。「哲学は人生の答えを探す学問ですよね？　バートランド・ラッセルは、その答えを見つけたのですか？」

「いいえ、人生の答えを探すことは、宇宙のどこかにある文明社会を探すのと似ています。数限りなくあるかもしれないし、全くないかもしれない。だから哲学は、答えを手に入れることではなく探す過程そのものだというのがラッセルの言葉です。弟さんが一生懸命探していたのも、答えではなくそこに向かう道だったはずです」

私は椅子から立ち上がり、哲学本を集めた本棚に向かった。

「この古本屋にもちょうど、ラッセルの『西洋哲学史』が一冊あります。有名な本なので書店で新刊も買えますが、当店にせっかく来てくださったのですからプレゼントしますよ。難しい本ではないので『哲学入門』が見つかるまでに読んでください」

本を受け取った〇さんは、ありがとうございますと腰を曲げた。まるで運動をするかのように、本を手にした腕を上下に静かに動かす。

「この本、なかなかぶ厚くて重いですね。自分が読むには時間がかかりそうです。読むのに疲れたら、ダンベルとして使えるから一石二鳥だ。ははは」

私は本を紙袋に入れようとした。しかし○さんは運動を兼ねてこのまま手で持っていきますよと、大きな手で分厚い本をつかんだ。

古本屋の扉を開けて出ていく彼の、広くてがっしりとした背中を見ていたら、○さんなら弟さんが探していた道をすぐに理解できるのではと思った。彼らがふたりで発見する人生の真実がどのような姿なのかは、私にも分からない。しかしどこかにあるのなら、きっと探しだせるはず。優しく手を取りあう兄弟は、人生が案内する、ふたりだけの道を歩いていく。

息子の彼女からの宿題

『世界を暗い目で見る法』
(日本版題名『歴史とユートピア』)
エミール・シオラン著、キム・ジョンスク訳
イッタン、一九九二年

子供のころから考え方が悲観的だと言われて育った。少しずつ直そうとはしているが、本来の性格なので簡単には変わらない。しかしこの性格は、私が古本屋で働く前、ＩＴ企業に籍を置いていたときは何かと役立った。

会社員であれば楽観的でなければという人もいるが、プログラマーという職種においては業務の性質上、むしろ反対の性格のほうが楽に仕事でき、良い結果も出る。

徹夜の多いプログラマーの間には、こんな言葉がある。「プログラムに誤りがあれば直すために徹夜し、誤りがなければあるかもしれない誤りを探すために徹夜する」。この言葉の裏には矛盾がある。存在しない誤りなんて見つかるはずがない。しかし複雑なプログラムには、そんな矛盾はつきものだ。誤りがあることは明らかなのに、プログラムはちゃんと動いてしまう場合があるのだ。

プログラマーはこうした誤りをソフトウェア・バグ、略して「バグ」と言う。言葉の通り、巨大なプログラムに比べれば小さな虫のようであり、最初のうちはプログラム実行の妨げにならな

いことが多い。家の中にゴキブリが数匹いても、すぐには大問題にならないように。しかしコンピューターの中の虫がいつエラーを引き起こすかは、誰にも分からない。明日、一週間後、あるいは数か月後に大きな問題を起こすかもしれない。そんなことであればむしろ最初からエラーが出て実行できないほうがすっきりする。その部分だけ直せばいいからだ。

だからプログラマーは悲観的な考えを持つようになる。一生懸命作ったプログラム、最後にエンターキーを押しても実行されないと信じていたほうが、楽に仕事ができる。皮肉にもそれは間違いない。

絶対にうまくいくと信じて実行させたのにエラーが出た場合、プログラムをすぐ直すことは難しい。うまくいくという考えしかなく失敗への対策が頭の中にないため、エラーに出会うと戸惑ってしまうのだ。反対に、最初からだめだと考えていれば、様々なエラーに対しイメージができているため、対処のスピードは早くなる。

コンピューターは万能ではなく、常に様々なバグを持っている。普段使う最新ノートパソコンやスマートフォンにもバグがあることは、時々ソフトウェアアップデートを行い問題を修正していることからも理解できるだろう。

このような生活を十年近くやってきた結果、あらゆることを悲観的に考える習慣ができてしまった。しかしこの世界はプログラムではない。全てを悪いほうに考えるのは良くないと自覚し、ゆっくりだが少しずつ考え方を変えようと努力している。本の積まれた空間で仕事をし、人々と出会うことは、そのことに大きく役立っている。

2 失われた本を求めて
── 家族編

例えば少し前、本を探してほしいと当店にやってきたPさんとの件がそうだ。この人は歴代のお客のなかでも「強敵」といえる。実際に会った悲観的な人のうち、最も典型的なのは誰かと問われたら、私はすぐPさんと答えるだろう。

彼が古本屋に入ってきた瞬間、外見から非常に重たい空気をまとっているのを感じた。時代劇では百戦錬磨の武士にはある種のオーラが漂うものだが、Pさんがまさにそうだった。どこかで会った人のようでもある。亡くなる前に一度お会いした児童文学作家・李《イ》五《オ》徳《ドク》（一九二五－二〇〇三）先生の、一途で頑固そうなお顔も思い出される。

「こちらにお座りください。絶版本を探しに来られたのですよね？」

私はできるだけ丁寧に、そして笑顔で告げた。しかし彼はすぐには座らず、私をじっと見つめている。怖い人なのだろうか？　やがて彼が口を開く。

「あなたが店長さんでしょうか？　店長さんに話があるのですが」

「はい、私がEメールで連絡を受けた者です。今日来られるとのことでお待ちしておりました。私以外に店員はいません」

「そうですか。とはいえ店長さんではない可能性もあるわけで、確認してみたわけです」

彼は片手で椅子を引いて座った。Pさんの言うことも一理あるが、そこまでする必要はあるのだろうかと、もやもやした気分になる。

「どんな本をお探しか教えてください。なぜその本を探しているのかも。Eメールでもお伝えしましたが、本を探す手数料として、その本にまつわる事情をお聞かせいただいております」

「ところで本当に探せるのですかね？　確実に見つかる保証もないのに事情から聞くなんて、ちょっと変だなと思いまして」

　ここまでくると悲観的というより猜疑心の塊というべきでは。本を探せないと思うのなら、なぜわざわざここに来たのか、むしろ私が質問したいところだ。しかしこんな調子だと口論になりかねないので我慢、我慢。ああ、社会生活はなぜこんなに面倒なのだろう。

「本が見つからない可能性はゼロではないですが、時間がかかってもお待ちくださるのなら、何とか探してみせます。この世に存在した本なら探せないはずがない、というのが持論です」

　そう言いながらも私は、存在しない本を探してくれという依頼を受けて無駄骨を折った事件を思い出した。まさか今回もそういうパターンではないだろう、とは思いながらも一応、予防線を張っておく。

「失礼なことを言ったのなら申し訳ありません。どうも悲観的な性格で……。でもそのおかげで事業もなんとか回っています。全てを楽観的に受け入れていたら既に倒産していたでしょう。私は何でも、ひとまず疑ってかかることから始めます。本を探しているのもこんな性格のせいです」

　それが良い性格だとは思えないが、ひとまずどんな物語が始まるのかわくわくしてきた。私は手帳を取り出し、Ｐさんの語りを書き留める。

　Ｐさんの家族は、妻と息子の三人だ。大学を卒業したばかりの息子には、少し前に交際を始めた彼女がいる。常に家父長的態度で息子に接してきたＰさんは、恋人ができたのなら親に交際の許可を得るべきであり、一度彼女を連れて来なさいと言った。息子は嫌々ながらも数日後に彼女を家に招待した。

「ふたりを前に私は、恋愛とは何か、結婚とは何かと、長いあいだ説教しましたよ。愛とは何か？　ただの感情だ。好きも嫌いも感情は永遠のものではないから、そんな理由で付き合うのならやめなさい、と。すると息子の隣に座っていたお嬢さんが言い返すんですよ。『愛が感情であり永遠でないなら、目に見える姿だけを見て誰かを好きになってもいいのでしょうか？』私は目に見えて触れられるものも永遠ではないから、それも意味がないと答えたのです」

話を聞いていたら当事者でもない私も、さすがに腹立たしく思えてきた。

「そんな話をするおつもりだったなら、なぜ彼女さんを家に呼んだのか、私には理解できませんね。愛とは何なのか、言ってほしい答えがあったのですか？」

「この問いに正解なんてないでしょう？　実際にも伝えましたが、ふたりの交際を反対したかったわけではないのです。正解のない世界でふたりで力を合わせ、意味と呼べるものを探しなさい、そう言いたかったのです」

やがて食事をすることになり、その席で特別なことは起きなかった。だが——Ｐさんはここまで話すと、ふっと笑顔を見せながら、姿勢を正して椅子に座りなおす。どこまでも不愛想で否定的なＰさんの表情が一瞬明るくなる。挨拶をして帰ろうとした彼女が、いきなり彼に宿題を出してきたのだ。

Ｐさんはニヤニヤとした表情で話を続ける。

「お嬢さんは、私が言った『意味と呼べるもの』が何なのか探してみると言うんですね。その代わり私に、エミール・シオランの『世界を暗い目で見る法』を見つけて読んでほしいと、交換条件を出すんです。大学時代に教授から勧められた本だが、絶版で探せず自分もまだ読んでいない。しかし私が読めば絶対に気に入るはずだからと。私はその提案を受けましたよ。お嬢さんの堂々とした態度も良くてね。息子にも、あんなところを学んでほしいと思ったものです」

エミール・シオランは一九一一年にルーマニアで生まれた思想家であり、第二次世界大戦以降パリに定住、母語ではなくフランス語で本を書いた。「ショーペンハウアーの再来」と呼ばれるほど文章には毒舌が飛び交う。特有のニヒリズム的思想に、彼の本こそ現代の聖書だと熱狂的な賛辞を送る人も。一方で、生きる上では何も役に立たない無意味な話だらけ、不平屋の愚痴に過ぎない、読む意味もないと酷評する人も少なくない。

「いやあ、そこまで悲観的なお客さんなら、エミール・シオランがお似合いですねえ」

ぐっと体を丸めた姿勢で分解された腕時計を見つめていたN氏は、私の話に顔を上げずに答える。私が本を探すとき、よく手助けしてくれるN氏の表向きの職業は中古時計販売商。しかしとんでもなく本が好きで、作業室には時計と同じくらい膨大な数の本が並んでいる。彼に本の題名を伝えれば、その本を探してくれたり、ある場所を教えてくれたりする。今日はPさんが依頼する本について聞きに来たのだ。

私は小さな椅子に座り、壁にずらりと掛かった時計を見ながら尋ねた。

「Nさんは時計を直すとき、どういう思いで始めます？　全ての時計が必ず直ると信じて始めるほうですか？」

「難しい質問ですね」

N氏は顔を上げ、私を見つめた。

「時計は人が作ったものですから、当然直せるはずだと信じています。時計を修理し最後に裏蓋を閉じたとき、時計の針が動かないかもと思ったことはありません。私はこの、愛想のない小さな工具たちを愛しているし、そして自分を信じています。実はこれ、エミール・シオランの哲学でもあるんです」

N氏は謎めいた笑みを浮かべ、一週間後にまた来てほしいと言った。エミール・シオランは自分も好きな思想家で、『世界を暗い目で見る法』の初版もちょうど持っているのだが、あまりに本が多くて週末でないと探せないという。

私は持ってきたセイコークオーツを机の上に置いた。八〇年代の日本製で、私が大事にしている腕時計のひとつだ。

「思ったよりも早く本が見つかりそうで、本当に助かります。ついでにこの電池交換もお願いします」

「ボタン電池は一万ウォンですが、では三万ウォンもらえますか。二万ウォンは本代と危険作業費です。本が山ほど積んであって、あちこち動かしてたら崩れて怪我するかもしれません」

そう言うとN氏はまた下を向き、小さな時計の中に潜り込むかのように体を丸めた。

次の週、約束通りN氏は持っていたエミール・シオランの本を私に譲ってくれ、私はそれをP

さんに渡した。『世界を暗い目で見る法』の原書題は *Histoire et utopie* であり、訳せば『歴史とユートピア』だ。題名が固いと判断した編集者がアレンジしたのだろう。

　Pさんは本を受け取ると「厭世主義の思想家と聞いたのですが、ユートピアに関する本とは興味深いですな」と言いながら軽く笑った。久しぶりに本探しがあまりに簡単に終わってしまった私は、すっきりする一方で物足りない気持ちもあった。

「本を読み終えて余裕ができたら、また今度、お店に寄って感想を聞かせてください。私も読んだことがなくて、どんな内容なのか気になります」

　挨拶のようにそう言ったものの、彼はもう来ないだろうと思った。あるいは、そう決めつけてしまったほうが気が楽だから、そう思うのかもしれない。よくよく考えると私は悲観的なのではなく、常に楽なほう楽なほうに考えるクセがついているだけなのでは？　その気づきはしばらく心に残り、悩みの種となった。

　ところが一か月ほど過ぎたとき、本当にPさんが古本屋にやってきた。彼はかばんの中からあの日持ち帰ったエミール・シオランの本を取り出し、机の上に置いた。

「薄い本だからすぐ読めると思ったのですが、いやあ時間がかかりました。良い本ですよ。個人的にもとても勉強になりました。自分の考えや行動への反省にもなりましたし」

「では、お客さんもこれからは楽観的に行こうと？」私は本を手に取りながら聞いた。

「人はそう簡単に変わりませんよ。私は今でも悲観的な考え方を捨てられません。むしろ、この本のおかげで元気をもらいました。悲観的でも充分、生産性ある結果が出せるのだと希望を感じました。世界と自身を損なうような悲観ではなく、全ての物事にはいつも新しい方向性があることを考え続ける『生産的な悲観』です」

そう言いながらPさんは、本のあるページを開いて私に指さした。そこには「望むということの完全な意味は、望んでいるという事実を知らないことであり、意志の働きにおいて、何らかの圧力も拒否することである」という、よく分からない文章があった。

「自分が望むものが何かをよく知っている者だけが、望むという事実から解放される、というように私は理解しました。これからは会社や家で、あまり意固地にならないよう行動しなければと決心したのです。なぜなら意固地というのは、私が望み、求めているということだから。時代を逆行する意固地ではなく、毎日少しだけでも前に進めるような健全な意固地になるつもりです」

Pさんは本を閉じて私に渡す。そして、いつか機会があればまた会いましょうという挨拶とともに軽く会釈をした。キイッという音を立て木の扉を開ける。

「あっ、お客さん！　本、持っていかないと」

いまだに本が私の手元にあることに驚き、急いで声をかけた。Pさんは私の声で立ち止まり振り返ると、笑いながら言う。

「私は全部読みましたから、他の人に売ってあげてください。きっとまた誰かが必要とする本ですから。売る前に、店長さんも一度読んでみてくださいね」

本を手にしたままの私は何と答えていいか分からず「はい、そうしますね。ありがとうございます」と頭を下げた。「笑ったら素敵ですね」と付け加えようとしたが、やめておいた。誰でもあの笑顔を見れば、良い気分になるだろう。わざわざ言う必要もない。

この出来事があってだいぶ時間が経つが、相変わらず私の悲観的な性格は変わらない。ただしエミール・シオランの本がなかなか売れず、何度か読み返すことになったおかげで、Pさんが言っていた「健全な意固地」が何なのか、少し分かった気がした。

自分はもうプログラマーではなく、コンピューターなんかと格闘しなくていいわけだから、悲観的な物差しで世界を判断する必要はないさ。そう自身の心と対話しながら、今日も古本屋を営業している。

K氏の静かな午後

『アンデスマ氏の午後』
（『現代世界文学全集2』より）
マルグリット・デュラス著、クァク・グァンス訳
新丘文化社、一九六八年

私たちふたりは一冊の古い本を挟み向かいあって座った。時刻は午後三時四十五分。この中途半端な約束時間はKさんが決めたものだ。六か月前、私は彼からこの本を探すように依頼され、その日も私たちは今と同じく向かい合って座った。ところが今日の彼は、わずか半年しか過ぎていないのにもかかわらず、まるで数年ぶりに会ったかのように老けて見えた。

「気のせいではありませんよ。七十過ぎた人間は、十代の少年よりも早く時間が流れるんです」

Kさんは本の上に皺だらけの手を置き、軽く触りながら言った。新丘文化社《シングムヌアサ》から一九六八年に全六巻で出版された『現代世界文学全集』第二巻の初版。この本にはル・クレジオ、マンディアルグ、そしてマルグリット・デュラスの小説が収められている。Kさんはなかでもデュラスの『アンデスマ氏の午後』のためにこの本が必要だったという。

「アンデスマ氏。この人と同年代になってしまったか……」

Kさんは目をゆっくり閉じ、また開けた。

「高校の時に初めて読んだとおっしゃいましたよね。今読んだらまた違う思いがあるのでは」

「そうですとも。全然違う小説に感じるかもしれません」

Kさんは口の中で言葉を転がしているのか、時々唇をぴくぴくと動かした。古本屋にお客が少ない平日の午後ということもあり、お茶を沸かして一杯差し出した。

「お若いころ、この本を読んでどう思ったのか聞きたいです。お客さんがデュラスを読んでいたとき、私はまだ生まれてもいなかったわけですから。よかったらお帰りの前に教えてくれませんか」

「ほっほっ、そんな昔の話……」Kさんは笑う。「息子たちにも聞かれたことはなかったですね。子供らは仕事で忙しいから。私がアンデスマ氏だったら違う人生を送っていたでしょうか？——ああ、また中間を飛ばしてしまいましたね。すみません。では思い出してみます。もう歳をとって細かい部分は正確ではないでしょうが、お許しを」

Kさんはお茶を一口飲むと、本を手に取り『アンデスマ氏の午後』が始まるページを開いた。

「そいつは道を左に曲がった——。小説はこう始まります。そう、思い出した。ここは犬についての説明。最初に犬が出てくるんです。アンデスマ氏は、とある邸宅のテラスの椅子に座り、こちらにやってくる犬を見ています。彼は七十歳を過ぎました。そういえば私が住んでいた町にも野良犬がいたな。季節は春、私は高校三年生でした。高三といえば大切な時期。大学入試は学生にも親にも大変な出来事です。私はといえば、ずっと優等生でした。私がどの大学に行くのか、担任の先生から町の人々までみんな気にするほどでしたね。私は光州《クァンジュ》第一高等学校に通っていて、テストは毎回一位、一位以外とるはずがないと思われていました。私は期待に応えるため勉強ばかりしたものです。変に思われるかもしれませんが、当時の私には夢がありませんでした。一位だけが目標でしたから。傷のない成績表を作ることが最優先で、はめを外した思い出はありません。友達もいなかった。彼女はもちろん、親しい男友達すらいませんでした。しかし私は本が好きでした。小説の中の登場人物だけが友達だったのです。三年生になったとき、両親が好きな本を買ってくれると言うんです。入試を前に、元気の出るプレゼントをしたかったのでしょうね。私はためらわず、新丘文化社の『現代世界文学全集』が欲しいと答えました。いつか町の本屋で広告が貼られていたのを見たんです。六巻セットで、目録を見るとジョン・ファウルズ、アップダイクなど新鋭作家の作品がいくつか入っていて、ぜひ読んでみたかった。機会があれば両親にねだろうと考えていたところでした。……ところで古本屋さん、デュラスを、その作家の作品を読んだことはありますかね？」

　Kさんがいきなり話題を変えてデュラスを出してきたため、黙って聞いていた私は戸惑い、そわそわと体を動かした。そう言われると、デュラスは少ししか読んだことがない。

「『ヒロシマ、私の恋人』と『愛人 ラマン』は読みました。有名な作品ですから。それと死の直前に書かれた『これで、おしまい』も。高宗錫《コジョンソク》（一九五九－）翻訳版で、薄い本でしたね。『アンデスマ氏の午後』は今回初めて読みました。実はご依頼を受けるまで、デュラスにこんな作品があるとは知りませんでした」

　Kさんはうなずく。そして机の上にある本を私に渡し、ヴァレリーが登場する場面を探してくれと言った。私はヴァレリーの乗る黒い自動車が現れる部分を指さし、「ここで初めて出てきます」と答える。

「ヴァレリー……」息を大きく吸った後、Kさんは続きを語る。

「金髪という以外にヴァレリーの容貌についてほとんど描かれていませんが、彼女の姿を勝手に想像し、奇妙な憧れを抱いたものです。『アンデスマ氏の午後』は、デュラスが『愛人 ラマン』で有名になるずっと前に発表されました。老人に関する話ですが、高校生の時の私は少しもそうだと感じなかった。これっぽっちもです。老人は若いときに事業で大金を得ますが、他のものは何も持っていない。妻は先に亡くなり、家族は十八歳の娘・ヴァレリーだけ。アンデスマ氏はヴァレリーを溺愛します。欲しい物は何でも与えてやり、ヴァレリーが村から離れた森の中の別荘を買ってくれと言えば、それも買ってやります。さらに別荘のテラスを豪華に改修したいとねだれば、それも受け入れます。だから彼は今、建築業者のミシェル・アルクが見積もりを持ってくるのを待っているのです。しかし彼は、約束の時間からだいぶ経つのに姿を見せません。——これがこの小説の全部です。最初読んだときは、あっけにとられてしまいました」

「では、ヴァレリーのどういうところに惹かれたのですか？　小説を読むとヴァレリーが登場する場面はかなり少ないですよね」

私が途中で言葉を挟むと、Kさんは「あっ」と驚き、すみませんと言った。

「そうでした、ヴァレリーの話をしていましたね。歳をとると考えと言葉がかみ合わず、話が行ったり来たりしてしまいます。そうです、ヴァレリーは小説にはほとんど出てきません。アンデスマ氏の回想シーンでその姿がちょっとだけ描かれるだけです。しかしおぼろげに登場することで、むしろ憧れが膨らみました。小説を読んではあれこれ想像しましたよ。豪華なテラスのある深い森の別荘で、ヴァレリーと結婚して暮らす夢も見ました。その時は済州島《チェジュド》にすら行ったこともありませんでしたが、南仏にあるというその村の様子を勝手に思い浮かべたものです。だからヴァレリーは、私の初恋の人とも言えます。ははは」

Kさんはヴァレリーのおかげか、より勉強に力を注いだ。最初は全南《チョンナム》大学を目標にしていたが、結局ソウル大学に合格する。町の人々の喜びようは祭りすら開かれるほどだった。しかしそれ以降のKさんの人生は、無味乾燥としたものとなる。大学を卒業しすぐ大企業に就職。そこでずっと働き、お見合いで結婚した。子供は息子ふたりに娘ひとり。今はみな成長し、それぞれの生活を送っている。Kさんよりも年上の妻は、数年前に先に亡くなった。小説の中のアンデスマ氏のように、今の彼が持っているのは、家一軒と大金が入った通帳、そして手に余る生活だけだ。

「今でも本が好きです。ですがもう新しい本を読む体力は残っていません。だから昔読んでいた本を読み返したいのです。カナダのピアニスト、グレン・グールドのように。彼はプライドが高く同じ曲を録音することはなかったそうですが、バッハの『ゴールドベルク変奏曲』だけは二度したそうです。音盤デビューの時に録音した曲を、人生の後期でまた録音したわけですね。私はどちらのレコードも持っていますよ。――おっと、また無駄話が長くなってしまいました。ヴァレリーにまた会わせてくれてありがとう。今読んだら、たぶんアンデスマ氏の姿に思いを重ねることでしょう。私も彼と同じ年になったから。氏と同じように、私の時間もほとんど残っていません。だけど私は約束を守ろうと生きてきました。建築業者ミシェル・アルクは三時四十五分に行くと言っておきながら、日が沈んでも現れなかったじゃないですか。だけど私は時間通りに来ました。そうですよね？」

「その通りです。時間ぴったりに来てくださいましたね。今日は事情を聞かせてくださり、ありがとうございました。お客様のお話は、他の人たちの物語と合わせていつか本にするつもりです。本を見せたらお子さんたちにも喜んでもらえると思います」

Kさんは席を立ち、頭を下げた。

「その本、子供たちは読まないだろうと思います。今まで私の話をちゃんと聞いたこと、一度もないんですよ。全部、私の失敗です。その話はまた、別の機会にお話ししたいと思います。機会があれば……」

Kさんはあいまいな言葉を残したまま、店の扉を開けて出ていった。しばらくの間、私はその言葉が何を意味するのか想像すらできなかった。

それからふたつの年が過ぎたある日、Kさんと出会う機会はもう二度とないということを知る。彼の訃報を、スマホ宛てのメッセージで受け取ったからだ。葬儀社が故人の携帯電話の連絡帳を調べ、一斉送信したと思われる。私は黒いスーツを引っ張り出し、その夜、葬儀場へ向かった。引退したと聞いていたが、事業をしていたからか弔客は少なくない。息子さんたちはみな忙しそうで、私は簡単に挨拶して帰途に就《つ》いた。

それから一か月ほど経ったころ、一本の電話がかかってきた。Kさんの二番目の息子からだった。

「実は、亡くなった父の本を整理しようと思いまして。故人の財布の中に、お宅の名刺が入っていたので電話しました。一度来てもらってもいいですか？」

「はい、訪問いたします。お客様は数年前に当店に来られたことがあります。その時は、探している本があるとおっしゃり……」

「ええ、そうなんですね。失礼ですが私が業務中でして。メッセージで住所を送りますね。そちらに来てください」

　終始冷ややかな声の彼は、本当は業務中ではなく単に面倒なのではと思える形ばかりの相槌を打ち、すぐ通話を終えようとした。私は彼の態度に気分を害したが、仕方がなくそれ以上は話さず、ではメッセージを送ってくださいと伝えて通話を終えた。

　Kさんの住んでいた家は、古いが立派な二階建ての家だった。庭には生前の彼が直接手入れしたであろう木々や植物がそのまま残っている。リビングに入ると、みっつの大きな本棚がまず目に飛び込んできた。リビングの一方にある扉を開けるとそれなりの大きさの部屋があり、そこにも本があった。Kさんが書斎として使っていた部屋だろう。本は五百冊ほどありそうだ。リビングには、私に電話した二番目の息子とその妻がいる。

「リビングと書斎にある本、全部です。今後、私たちがこの家を使うことになりまして、リビングの壁にはテレビを設置する予定です。本だけでなく、本棚も処分してもらうことも可能ですか？」

　二番目の息子の声は、電話より実際に聞くほうがより気分を害するものだった。しかし私はK

さんのことを思い、心を落ち着かせた。

「本棚は私も使い道がありません。住民センターで粗大ごみステッカーを購入して、それを貼って家の前に置いておけば大丈夫です」

「そんなことくらい私でも知っています。ただ、本棚がこれだけあると費用も結構かかりますし」

皮肉のように吐きだされる彼の言葉に、私は吐き気を催す。本棚はリビングにみっつ、書斎にひとつだけなので、処理費といっても二、三万ウォン〔二、三千円〕程度だろう。両親の家をもらったくせに、そんな額も惜しいだなんて。腹が立ったが私はそのことには何も触れず、本と本棚を持っていくと言った。結局その本棚は、私が自費でステッカーを購入し粗大ごみとして処理した。

古本屋に戻り、持ってきた本の束を解いて整理すると、二年前に私が探して渡した『現代世界文学全集』第二巻もあった。デュラスの小説の部分だけ紙がよれているから、あれから何度も読んだのだろうと思われる。本の間には、カード型の薄いルーペも挟まれていた。これを使って小さな字を拡大して読み、しおりとしても使ったのだろう。

小説の最後の部分を読むと、ヴァレリーが村の既婚男性を誘惑して遊んでいるらしいという話を、アンデスマ氏が耳にする場面がある。しかし彼は少しも動揺しない。彼に残された最後の、そして唯一の愛する人であるヴァレリーのことだから。Kさんも自分の子供たちを愛していただろうか？　それは分からない。

長らく売れずに店の棚に残っているデュラスの小説を見るたび、私はいつもKさんのことを思い出す。七十歳ではなく高校生のＫさんだ。人は死後、自分が最も幸せだった年齢に戻り、新しい人生を歩むという話を聞いたことがある。ひょっとしたらＫさんは今、南仏の和《なご》やかな青空の下のどこかにある小さな別荘のテラスで、ヴァレリーと一緒に幸せな日々を過ごしているかもしれない。

そして冒険は続く

『冒険小説』
ジャック・ロンドン著、チョ・エリ訳
ハヌル、一九九二年

歌手の金光石《キムグァンソク》（一九六四－九六）がまだ生きていたころ、私は大学路《テハンノ》の小劇場で彼のライブを何度か観たことがある。金光石は歌ももちろんうまいが、曲の合間に小さい声で語る話が面白く、観客たちを大いに笑わせたものだ。

ある時は舞台で一曲歌い終えた後、意味ありげに言った。「次の曲は、歌手の人生は自分の曲のようになるものだと言われ、しばらく歌わなかった曲です」

次の言葉を聞こうと人々は耳を傾け、何人かはすでにクスクス笑っている。なおこの小話はライブでよく話すレパートリーのひとつだ。金光石は言う。「それでは聞いてください。『路頭《コリエソ》』（に迷う）です」

彼が笑うと、観客たちもつられて大笑いする。私は客席に座って演奏を聴きながら、歌だけではなく全ての芸術作品が関わる人を同じ運命に導くのではという、ばかげた想像をした。本であればどうだろう。例えば本の題名によって作家や編集者の運命が定められるとしたら、彼らの頭の中はさらに煮えくり返るはずだ。

ところで本当にそんな不思議な本に出会ったことがある。題名は『冒険小説』。アメリカの小説家、ジャック・ロンドンの代表作『荒野の呼び声』と、『道 The Road』〔韓国版題名。日本では『ジャック・ロンドン放浪記』『アメリカ浮浪記』の名で知られる〕がセットになった本だ。『道』は作家本人が困窮し、各地を放浪して暮らしていた時代を回想した内容であり、列車に隠れて乗ったり他人の家のドアを叩いて食べ物を求めたりという毎日が、かなりリアルに描写されている。

『冒険小説』という本を探しているのだが、体の調子が悪いため家に来てほしいと、Lさんは私に助けを求めた。今になって言うが、本一冊のためにこんなに苦労すると分かっていたら、Lさんに会うことはなかったかもしれない。『冒険小説』とともに始まる冒険だなんて、誰が予想できるだろうか？

建設業で働くLさんは最近、病院で急性椎間板ヘルニアと判定され、回復を待ち一日中横になって過ごしていた。彼がこうなったのは毎日現場で重労働に携わっていたこともあるが、一か月前に父親が亡くなりストレスを受けたことも大きい。

「父は持病もあって、ここ何年かは調子が悪かったようですが、こんなに急に亡くなるなんて意外でした。自由な心の持ち主でしたね。私はそんな父を尊敬しています」

本を探している理由を聞くと、まず亡くなった父のことから語りはじめるLさん。そしてぎゅっと目をつぶる。大変なことになった、と私は思った。両親の話を、しかも目を閉じて語る場合、私の経験上、壮大な話になるのは必至だ。私は本心がばれないように注意しながら、楽な姿勢に座りなおした。

「私は父をアナーキストのような人だと思っていました。父が直接そう言ったわけではありませんが、とにかく誰にも縛られず生きていましたね。私たち兄弟にもそのような生き方を教えてくれました。ところで私には兄がひとりいるのですが、兄は父のことが全然好きではありません。お金が人生の中心にあり、お金こそが暮らしを良くすると信じています。同じ両親から生まれたのに、兄弟ふたりは見た目以外、似ているところが全くないんですよ。これから会ってもらえたらすぐ分かると思いますが……」

「お兄さんもこの家に住んでいるのですか？」

急な話に驚いた私は、思わず質問した。Lさんはベッドに横になったまま、不自然に体をひねる。

「すみません、整理した上で話すべきなのに、順序がめちゃくちゃですね。兄夫婦は、ここから遠くない所に住んでいます。私が依頼する本は、兄が持っています。恥ずかしながら、店長さんには私の代わりに兄に会い、本をもらってきてほしいとお願いしたいわけです」

怪しい依頼だ。いくら調子が悪くて起きられないとはいえ、近所に住む兄から一冊の本をもらうために、私に連絡するだなんて。そこまでしなければならない理由は何なのか。

「生前の父は、自分の痕跡を残さないように生きていました。後悔せず毎日をちゃんと生きることが、死んで何かを残すよりも価値のあることだと。ですが遺産が少しだけあります。大きくない一軒の家と、いつも父が読んでいた本。おおよそ千冊ほどあります。兄は私と話し合わず、それらを全部持っていってしまいました。私も勝手にしろと言いましたよ。父がいないのに、遺産なんて意味がないと思ったんです。でも、父の書斎にあったジャック・ロンドンの『冒険小説』だけは取り返したい。その本は高校の時、父がくれた本なんです。その中には、父が私に宛てた短いメモ書きがあります。しかし兄は、絶対に渡さないと言うんです。無理なお願いだとは思いますが、だからこうして店長さんにお願いしたいのです。すみません、こんな個人的なことで……」

私は話を全て聞き終え、頭の中で整理した後、口を開いた。

「そんな事情があったのですね。申し訳なく思う必要はないですよ。とはいえ、お兄さんに直接話しても本をくれないのなら、私が行ったところで結果は変わらないと思うのですが」

声を低くするＬさん。

「そこで計画があります。兄は本が好きではなく、千冊あっても困るはずです。店長さんに兄の連絡先を教えます。いい値段で本を買うと言えば、すぐ承諾するはずです。買値がいくらであっても、私が出します。他の本は店長さんがもらってください。価値ある本も多いはず。私は父の言葉が残っているジャック・ロンドンの本、一冊だけあればいいんです。それが父の残した唯一の痕跡だから」

私にすがりたい気持ちからかＬさんの声は震えていた。目の周りには涙の跡が見える。こんな顔を見せられてきっぱり断れる人などいるだろうか。遺産問題に関わるなんて困った仕事だが、もし簡単に解決するのなら、私にも少なくない利益が入り込むわけだから反対する理由もない。

簡単に解決すれば、だが。

Lさんと計画の細部を詰めた後、店に戻る。すぐLさんの兄に電話して本の話をした。電話番号を入手した経路については、Lさんが事前に考えた通り伝えたところ、少しも怪しまれなかった。

「あの日は式でお忙しそうでしたから、覚えていらっしゃらないかもしれませんね。一か月後に連絡が欲しいと名刺をいただきまして、今日電話いたしました。あの時、少しお話ししましたが、故人の本を私が買いとってもよろしいでしょうか？　価格は、お望みの金額に合わせたいと思います」

Lさんの兄は私の話に一瞬とまどった様子だったが、ずうずうしさと欲を併せ持つ人ならではの、冷ややかな声で答えた。

「あの時お会いしましたっけ？　いや、事業で普段から多くの人と会うものですから……。私がメモを残していないことを見ると、重要な話はしなかったようですね。いずれにせよ、本は全部処分してしまいました。古物商に全部」

Lさんすら予想できない結果だった。私はどうしようもなく、本を持っていった古物商の連絡先を聞き、何の利益もなく通話を終えた。今できることはただひとつ、古物商に急ぐことだ。本が売られてから二週間も過ぎているのでまだ本がある確率は低いが、藁をもつかむ思いでそちらに向かった。しかし結果は惨憺《さんたん》たるものだった。

「二週間前、あの家から本を買い取りましたよ。覚えています。本が山ほどあり邪魔なので早く持っていってほしいと急《せ》かすものだから行ってみたら、まず買値はいくらかと聞くんです。本をゴミみたいに扱っておいて金を欲しがるなんて、感じの悪い人でしたね。ともかく本はここにはありません。一週間に一度、古紙回収業者がやってきて紙を持っていってしまいます。一部は他の古本屋が引き取りましたが、傷んだ本が多く業者が回収したもののほうが多かったです」

狼狽するばかりだった。もし『冒険小説』が回収業者に行ったのならゲームオーバー。しかし小さな希望が残っているのなら、まだ終わりではない。本を引き取った古本屋の連絡先を教えてもらい、すぐそちらに向かった。ジャック・ロンドンに出会えますようにと願をかけながら……。

清渓川《チョンゲチョン》にある○○古書店の社長は、幸いにもその日のことを覚えていた。

「三百冊ほどもらいましたよ。店の入り口に積んであるので確認してください。ジャック・ロンドン？『冒険小説』は最近売った記憶がないから、その日持ってきたのなら、そこにあると思いますけど。でもそんな本、見なかった気がするなあ」

社長の言う通り、そこにジャック・ロンドンの本はなかった。ひょっとしてと考え、店の中も見させてもらったが無駄骨だった。力が抜けた。こうなった以上、本は回収業者が持っていったと判断する他ない。残念だが冒険はここで終えなければ。

次の日、私はＬさんのもとを訪れ、これまであったことを報告した。お父さんの唯一の痕跡が世界から完全に消えてしまったという言葉を聞いたＬさんは、かなりがっかりした様子だった。しかしこればかりはどうしようもない。私も何の利益も得られず店に帰った。

ところが数日後、意外な知らせを受け、再び胸が高鳴る。その電話は、先日会った古物商の社長からのものだった。私はすぐ古物商へと駆けつける。到着すると、社長は中学生くらいに見える子供と一緒だった。

「孫です。今年、近所のＳ中学校に入学しました」続けて子供に言う。「お前が話しなさい。本を持ってるだろ、例の本を？」

その子は読書が好きで、小学校のころから時々祖父の古物商に立ち寄り、本ばかり眺めては気に入った本を持っていくことがあった。社長もそのことは放任している。そして少し前、孫に変わった古本屋がやってきた話をすると、孫は『冒険小説』という題に覚えがあると言うのだった。

「題名が気に入って、一度読んでみようと思ったんです。途中に絵もあって面白かったな」

心臓がドキドキする。

「その本、まだ持ってる？　おじさんに見せてくれない？」と私が言うと、少年は肩をすくめて微笑んだ。

「本、もうないです。学校の図書館に寄贈しました。僕、面白い本があれば、読んだ後に図書館に持っていくんです。友達にも読んでほしいなと思って。小学校のころからそうしてます」

さあ、これからどうする？　考えるまでもなく目的地はひとつだ。今すぐＳ中学校に行かねば。誰かが言った。全てが終わるまで、絶対に終わりではない、と。

翌日、私はＳ中学校に電話し、図書館司書の教師にアポをとった。一縷《いちる》の望みを抱いて学校を訪問すると、確かに『冒険小説』があった。本を開くと、Ｌさんのお父さんが直接書いた字も確認できる。しかしこの事件の難関はこれからだった。

「事情は分かりましたが、困りましたね。お渡しすることができないんです。既にデータ処理が終わり、図書館の蔵書に登録されているので……。とはいえ方法はあります。同じ本を持ってきてくださったら交換します。ただし、二週間以内にお願いしますね。その後は本に図書館のステッカーが貼られ、蔵書印も押されてしまいます」

これは不幸中の幸いなのだと、自分を勇気づけるほかなかった。しかし三十年ほど前に世に出て絶版になった本を、たった二週間でどうやって探せばいいのだろう？　ジャック・ロンドンは韓国でも翻訳本の種類が増えているが、残念ながら『冒険小説』の改訂版はまだない。つまり、絶版本を探さなければならないのだ。すぐ見つかることもたまにあるが、それはよほど運がいいときだけ。二週間で解決できることなんてまずない。

だがやるしかない。できることは全てやってみないと。本と人との間には見えない糸があると、私は信じている。Lさんとお父さん、そして本が、縁の糸でしっかりつながっているのなら、きっと不可能ではない。

その日の夕方から、私は東廟《トンミョ》や清渓川にある古本屋の社長たちに電話をかけた。見つかりさえすれば大田《テジョン》、大邱《テグ》、釜山《プサン》はもちろん、全国どこでも取りに行く作戦を立て、毎日古本屋に連絡。インターネットで本を売らない店には直接足を運び、ほこりまみれの本の山をあさった。

本は全く予想できない場所から出てきた。その本は古本屋や古物商にはなかった。私の話が興味深かったのか、司書の教師は数日後、他校の教師との食事会でその話をした。すると偶然、その場にいた教師が全く同じ本を持っていたのだ。彼は昔からジャック・ロンドンの作品が好きで、本を集めていた。

「先生はその本を図書館に寄贈してくれるそうです。本当によかったですね。本が持ち主のもとに戻って、私もうれしいです」

司書の教師は受話器の向こうから弾む声で報告してくれた。私は自分の宝物を取り戻したかのように、何度もありがとうと繰り返した後、電話を切る。そしてすぐＬさんに吉報を伝えた。

次の日、学校に行き本を受け取ってからＬさんのもとを訪れた。これまでの顚末をＬさんに伝えると、申し訳ありません、そして本当にうれしいですと私の手を握る。「この本で合っているか確認してください」と本を差し出した。Ｌさんはページをめくると、父が自分にあてた言葉を私に見せた。漢字交じりの短い文でこう書かれていた。

「世界は君のものだ。誰も君の人生を奪うことはできない。自分だけの人生を所有し、喜んで享受すること」

Ｌさんは父の文字を指でなぞり、小さな声でゆっくり読んだ。私は軽く挨拶し、席を立つ。外に出ようとすると、Ｌさんが待ってほしいと言った。ベッドの下の白い封筒を取り出し、私に差し出す。

「この小説はジャック・ロンドンが作家になる前、浮浪者だったときのことを記録した話です。彼は、物乞いをするのも能力であり、その対価をもらうことは少しも恥ずかしいことではないと言っています。ましてや、一冊の本のためにそのような冒険も厭わなかったわけですから、それ以上の対価をお渡ししないと申し訳ないです」

何度も断ったが、Ｌさんがとにかく強く申し出て、仕方なく封筒を受け取り店へと帰った。確認すると封筒の中にはかなり大きな額が入っていた。兄の本を買い取ろうと準備しておいたお金のようだ。

私は自分の仕事の対価としてこのようなお金を受け取ることが正しいことなのか悩んだ。本を探してあちこち足を運んだ。しかし本を発見したのは私ではない。今回も運が良かっただけで、大したことは何もしていない。今回のことを通して得たものといえば、本を手に取る前には題名に注意しなければという教訓だ。笑いごとのようだが、それだけで充分。いつものように私が本を探す対価は、その本にまつわる素敵な物語だけでいい。

数日後、私は先日訪れた古物商に再び立ち寄り、本が好きなお孫さんに、文房具や新しいリュック、そして運動靴をプレゼントした。本を探していたLさんからの感謝の気持ちだと伝えた。そして本を寄贈してくれた教師にも、やはりLさんからの本代だからと告げ、残ったお金を封筒に入れて渡した。

これで冒険は終わり、私の心も軽くなった。今回よりもっと手ごわく、わくわくする冒険は、またやってくるだろうか？　それは分からないが、世界に本があり本を探す人がいるなら、冒険は続くはずだ。

3 奇妙なお客たち
——不思議編

666

『オーメン』
デヴィッド・セルツァー著、チョン・ヨンイル訳
英一文化社、一九七六年

恐ろしき邪気をまとう本のことを聞いたことはあるだろうか。中世ヨーロッパの話ではない。所有するだけで不思議な力を享受できる、そんな本が今現在も存在すると私は主張したい。これからお伝えする『オーメン』初版本に関する話は、小説ではなく実話だ。心臓の弱い方は、ここで本を閉じることをお勧めする。

古本屋の常連客であるＲは、普段はインディーズミュージシャンとして活動する一方、ファッションモデルも兼業している。十年前、店の片隅にある小さな舞台で歌を歌いたいと、私のもとにやってきたのが最初の出会いだ。Ｒは古びたギターを取り出し、ダミアン・ライスの曲、そして自作曲を二曲披露した。それを聴いた私は、古本屋のイベントである「深夜書店」のステージに出演してもらう。歌もうまいが、すらりとして異国的な風貌は、ステージで人気を集めそうだと思った。

ところでＲの外見に既視感があった。どこかで会っただろうか、いやそんなはずはない。彼のようなハリウッド俳優似の人なんて、偶然にだってなかなか出会えない。しかし確実に見覚えが

あるとしばらく考えた後、ひとりの映画俳優の名が浮かんだ。ジョニー・デップ。Rは彼とそっくりだった。そう思うと、普段着から古い中折れ帽、アクセサリーまでジョニー・デップを連想させた。実際に本人もファンだという。

Rはアーティストらしく霊的な世界にも関心があった。自分の先祖はアメリカインディアンであると信じるほどに。最初は冗談かと思ったが、そうではなかった。何年か前にRはアメリカに渡る。インディアンの部族と兄弟の契りを結ぶため、呪術的な儀式を受けたのだ。しばらく韓国にいなかったRが現れ、呪術師と一緒に撮った写真を出したとき、私は仰天した。彼のインディアンに対する思いは、決して表層的なものではなかった!

彼はインディアンの霊魂が自分を見守り、良い道へと案内してくれるのだと強く信じている。実際に儀式を受けた数日後、とんでもない事件をぎりぎりのタイミングで回避したことがあった。彼が立ち寄ったレストランで無差別銃乱射事件が起きたのだ。そのニュースは韓国でも報道され大きな衝撃を与える。しかしRは幸運にも事件が起きる直前にその店を離れており、野外で仲間とサンドイッチを食べていた。もし彼が予定通りにそのレストランで昼食をとっていたら、撃たれていたかもしれない。Rはサンドイッチとコーヒーを手にしながら、近い距離で銃声を聞いたという。

その事件以降、彼はますます霊魂の存在や心霊現象を信じるようになったようだ。ある日、Rは当店で『オーメン』初版本を買う。映画で広く知られる『オーメン』は、アメリカの脚本家デヴィッド・セルツァーが自ら書いた小説版があり、一九七六年に英一文化社《ヨンイルムヌァサ》が韓国語版を出版している。この本は、韓国でも大ヒットとなる映画の封切とほぼ同時期に発売された。

「夏はホラー小説もいいですよね」と言いつつ、私は他の本も紹介した。

「この『巫堂《ムーダン》〔朝鮮のシャーマニズムにおける巫女のこと〕』という本、『オーメン』と同じ時期に出版されたんですよ。これも有名な映画の小説版です」

「韓国の作家ですか？　『悪魔追放者』とは不気味な響きですね」

　Rは表紙に漢字で書かれた副題を読み、肩をすくめる。

「違うんです。実は映画『エクソシスト』の原作で、原題はもちろん『エクソシスト』ですが、韓国で翻訳出版される際に『巫堂』という題になりました。現代なら『退魔士』などでも良さそうですが、当時はそういう単語が一般的ではなく、苦労の末『悪魔追放者』という副題を付けたようですね。とはいえ退魔士より巫堂のほうが、なかなか不気味ではあります」

「へえ、有名なホラー映画ふたつが同じ時期に封切されたんですね」

「アメリカは六〇年代にヒッピー文化を経験し、七〇年代には経済成長期に入ります。追いつけないほどの急激な現代化の一方で、原始世界や心霊現象に対する好奇心や恐れもふくらんだのでしょう。スピルバーグ監督の映画『ジョーズ』も同じころに発表されました。ちなみにですが、韓国で翻訳された原作小説の題名は『アガリ〔韓国語で人や動物の口〕』でした」

「アガリですか？　笑えるけど、妙にしっくりきますね。ジョーズの口かあ。ははは」

　私たちはエアコンをつけた店でそんな話をしながら涼んでいた。Rは退魔士より悪魔そのものに関心があるからと『オーメン』を選ぶ。そして他の本もいくつか選び、会計をしたところその日の金額は六万ウォンだった。さあ、不思議な出来事はここからだ。

何日かして、ひとりの男性が古本屋の扉を開けて入ってくる。店にはドアベルのついたガラスのドアと、木でできた中間ドア、ふたつの扉があるのだが、なぜかまったく開いた気配がなかった。机の前に座ってパソコンを使っていた私は、お客が突然目の前に現れたものだから、驚きのあまりひっくり返りそうになった。何も言わず私の前に立っているお客は、またしても映画俳優に似ている気がした。長い顔は筆で書いたように線が太く、目や口元の皺は深く刻まれている。今度は誰に似ているか、すぐ思い出した。映画俳優の安聖基《アンソンギ》だ。

彼はまるで予約していたかのように「『オーメン』の初版をください」と言った。低い声には感情がなく少し怖い気さえした。この声で『オーメン』を出せと言われたら、誰でも同じ気持ちになるはずだ。

その本はあったのだが、ちょっと前に別の人が買っていったと告げた。男性はやはり無表情のまま、自分は今年六十歳になり、定年退職をしたため暇つぶしに本を集めていると言った。

「お名前と電話番号を書いてくれますか。もしまた本が入ったら連絡します」

紙とボールペンを男性に渡す。彼は何も言わず紙に数字を書いた。メモを見ると、名前はなく電話番号だけしか書かれていない。お客の中には本名を明かしたくない人もおり、この人もそうなのだろうと思った。彼が帰った後、紙に書かれた電話番号の上に「安聖基」と書いておく。

そんな少し変わったことがあって数日後、Rから連絡があった。良い知らせだ。あるファッションメーカーから、歌手デヴィッド・ボウイをテーマにしたブランドのモデルにRを起用したいと連絡を受けたのだ。その後も、ネットのファッションモールから連絡が来て、ウェブマガジン用の撮影も行ったそう。不思議なくらい良い出来事が続いている。

　しかしそれよりも気になる話があった。最近Rが、とある外国の手製本アーティストから、「悪魔が書いた本」を買ったという。まさか、そんな本があるはずないだろう。『オーメン』を読んで陶酔するあまり、少し頭がおかしくなったのでは？

「実際に悪魔が書いたわけではないですよ。映画『ナインスゲート』に出てくる本。ジョニー・デップ演じる古書探偵が富豪から莫大なお金をもらい、十七世紀に悪魔が書いたという本の真贋を調べるストーリーなんですが」

　主人公が立ち向かうのは『影の王国への九つの扉』という古書。現存する三冊のうち、二冊は元本を模写した精巧な偽物で、一冊だけが本物だ。悪魔ルシファーが書いたとされ、所有者が本の中の呪文を唱えれば、永遠の命が手に入るという。彼に本の捜索を依頼した大富豪も、その能力が欲しくて大金を投資したわけだ。

「チャットで仲良くなったアーティストが、その本の復刻版をアートグッズとして作って売っているそうで。僕も『ナインスゲート』のジョニー・デップが大好きだから、ひとつ注文しました。手作りだから届くのに時間がかかるでしょうが、かなり楽しみですね」

　アーティストの頭の中は、本当に不思議なものだと思った。実在しない、映画に出てくる本の復刻版を作るアーティストがいるだなんて。そしてそれを買いたいアーティストもいる。古い歌謡曲ではないが、まさに『世界は万華鏡』だ。

あれこれ考えていたら、急に恐ろしさがこみ上げてきた。周囲に不穏な空気が漂っている気がする。やがて頭の中に、奇妙なパズルの欠片がどっと押し寄せた。

最初の欠片は、Ｒが『オーメン』を買ったときの金額が六万ウォンだったこと。ふたつめに、別の客が来て同じ本を求めた日は、数えてみるとＲが購入してからちょうど六日後だということ。不吉な予感がして男が残した電話番号を確認する。背筋がぞっとした。彼が書いた電話番号には、数字６がみっつも入っている！　Ｒが六万ウォンの本を買った日から六日目に同じ本を求めてやってきた男性の年齢は六十歳（ちなみに韓国版『エクソシスト』といえる映画『退魔録』には、悪霊と戦うパク神父役として、男性とそっくりな安聖基が登場する）。そしてその男性の電話番号には６がみっつも。これは『オーメン』の重要なモチーフである、悪魔の数字〈６６６〉では！

ここで終わりではない。ひょっとしたらと思い、安聖基似のお客が書いた番号に電話してみた。受話器の向こうから冷たい機械音が聞こえる。「この電話番号は現在使われておりません……」瞬間、私の腕の毛穴がぶるぶる震え鳥肌が立つ。恐ろしさのあまり声を上げそうになった。

では最近Ｒに良いことばかり起きるのは、『オーメン』初版が持つ悪魔の力によるものなのでは？　悪魔と魂の取引をしたファウストのように、Ｒにも同じことが起きないと誰が言えるだろう？

ある日、Ｒが古本屋に現れたので、『オーメン』を求めてやってきた安聖基似の客の話や、〈６６６〉に関するあれこれを伝えた。そしてもしや、ひょっとして、万が一にも、最近良いことばかり続く理由がそれと関係あるのかを聞いた。

「何の話かよく分かりませんが、アメリカに行ってインディアンの儀式を受けてから、確かに良いことばかり起きます。銃乱射事件のこともそうですし、衣装モデルの提案も急に増えました。本業であるミュージシャン活動が減ってしまうくらいに」

確かに当店でも、最近はRが歌うステージを企画できていない。彼のモデル活動がとても忙しいからだ。Rが本当は、本に宿る悪魔の力を信じているのではと疑わざるを得ない。

「『オーメン』はまだ持っていますよね？　その本から特別な気のようなものを受けていると思います？」

「もちろんですよ。『オーメン』は少し前に届いたルシファーの本『影の王国への九つの扉』と一緒に本棚に並んでいます。悪魔の力はさすがにないでしょうが、そのふたつの本にいい気をもらっていると思いますよ。それよりも、僕はインディアンと兄弟になる儀式も受けているから、彼らの霊魂が私に力を貸してくれるのだと信じています」

「なら良かったです。小説のように万が一にも悪魔に魂を売るようなことがなければいいんです。さっき話したようなことがたびたびあったから……」

「ご心配なさらず。僕は洗礼まで受けたカトリック信者ですよ。週末には聖堂でボランティアするぐらいですし。ははは」

季節はめぐった。オーメン事件以降、数年の月日が経ったが、安聖基に似たお客は一度も当店に現れなかった。私は本を手に入れて彼に連絡したいと願った。しかし電話番号どころか名前も分からないから、彼が現れるまで待つしかない。果たして彼は何者だったのだろうか？

事件は今でも進行中だ。Ｒは最近、テレビＣＭのオーディションを受けたところ、相当な競争率のなかで見事に合格。そのＣＭは宇宙が背景となり「ギャラクシー」という単語がモチーフとなるようだ。ちなみに偶然と言えば偶然なのだが、前に連絡を受けたデヴィッド・ボウイをモチーフとしたモデル撮影も、映画『ガーディアンズ・オブ・ギャラクシー』で流れるデヴィッド・ボウイの音楽との関連で行われた。ギャラクシーつながりだ。

ギャラクシーのオーディションは、Ｒをまた別の道へと導いた。オーディションに合格できたのはＲの演技力ももちろんだが、ＣＭ監督がアメリカ人だったことも大きい。海外暮らしの経験を持つＲが、特有のコミュニケーション能力で自身を監督にアピールしたことが合格につながった。それ以降Ｒは、別の外国系広告媒体から何度もラブコールを受ける。彼は時々私に連絡をくれ、どんな業者と契約書を交わしただとか、モデルエージェンシーからあれこれ提案を受けただとか、弾む声で近況を教えてくれる。

これらの出来事をＲがどうやって引き寄せるのか、ミステリアスではある。私が知る事実はただひとつ。所有者に力を分け与える、不思議な力を持つ本は実在する。しかしそういう本は、ミステリアスな力の存在を信じる人のもとにだけやってくるものだ。

いつか偶然出会ったら

『放浪』
ヘルマン・ヘッセ著、ホン・ギョンホ訳
汎友社、一九八五年

古本屋で働く前から日本に関心があった。その理由はただひとつ、本だ。日本人は誠実勤勉で、本をたくさん読むと話に聞いていた。本当だろうか？　海を間に置きすぐ横にある韓国は、ＯＥＣＤ加盟国のうち読書量では最下位クラスなのに。日本はなぜ読書大国になれたのだろう——そのような疑問から、いつの日か必ず日本を訪れ、自分の目でどんな国か確認したいと心に決めていた。

ところがいざ日本に行ってみると、私はほとんどの時間をショッピングと観光だけに費やすことになる。東京はとても素敵な街で、お店に行けば韓国にはない不思議なものであふれているからだ。

頭では日本の読書文化を探りたいと考えているのに、ひとまず空港に降り立つとあちこちに目が行ってしまい、当初の目的は完全に忘れてしまう。羽田空港に到着した瞬間から、やっぱり帰りは免税店に寄らなきゃと弾けた気分に。そんな自分の姿にはっと気付き情けなくなることもあるが、反省や自責が一瞬で消えてしまうのも困ったものだ。空港から都内へ移動するモノレールに乗れば、外を流れる風景から目が離せなくなり、頭の中はショッピングリストでいっぱいになる。

こうした私の旅行パターンを変えてくれた、小さなきっかけがある。「事件」とは言えない、あまりに些細なエピソードだ。ある年の冬、東京観光で一週間ほど滞在していたときにその出来事は起きた。

毎度のことだが私の旅行計画は盛りだくさんだった。海外旅行はタイム・イズ・マネー。できるだけ多くの場所を訪問できるよう、効率のいい動線を練ることが重要となる。当時の私は、旅行の基本的ルールをこう掲げていた。「一か所に三十分以上留まらないこと」。

私は上野駅で降り、わき目もふらずまっすぐ公園に向かった。今日のスケジュールはこうだ。公園を少し眺めた後、公園の端にある日本最初の近代式動物園、上野動物園を見学。再び駅のほうに向かい、国立西洋美術館で展示を見る。その次は日暮里駅まで歩き、猫の街で有名な商店街を散策する。なんて完璧な動線だ——そう自分を褒めながら、涼しい風が吹く上野公園の道を歩いていた。

公園は広く、周囲には様々な施設もある。その中に球場もあり、その日はソフトボールの練習試合が行われていた。ソフトボールは野球と似ているが、投手はボールをアンダースローで投げるというルールがある。ソフトボールの試合を見たことがない私は、少し立ち止まって見学することに。

球場は安全のため、緑のネットで囲まれており、その周りには見学用のベンチもいくつかあった。そこには既に何人かが座っている。立って試合を見ていた私は、ひとりの中年男性が遠くないベンチの端に座っていることに気づく。ベンチの反対側の端に座ればその人にも失礼ではないだろうと考え、そちらに向かった。彼は試合に集中しているようで、私が近づいてもずっと前だけ見ている。五十代だろうか、手入れの行き届いた中折れ帽に、ゆったりとしたスーツを身にまとっていた。秋の日差しを避けるためにサングラスをしており、同じくサングラスをしていた私が横に座れば、外からは面白い光景に見えそうだなと思った。

　私がベンチに座ろうとすると、その紳士はやっと私のことに気づいたのか、ちらりとこちらを向いた。私は「こんにちは」と軽く頭を下げる。彼も私に黙礼したが、特に声を出すことはない。外国人が変な発音で挨拶したものだから、戸惑っているのかもしれない。彼は再び試合を見つめる。

　それからも彼は何かを言ったり動いたりすることなく、ずっとソフトボールを見ていた。熱心なファンなのだろうか、もしかしたら選手のなかに自分の子供がいるのかもしれない。私はしばらく試合を見ていたが、いつのまにか三十分過ぎたことに気付く。予定通り動物園に行かねばならない時間だ。立ち上がって横の紳士に軽く黙礼をした後、球場を出た。

　計画通り動物園を訪れ美術館を一周すると、だいぶ時間が過ぎていた。日暮里行きの過密スケジュールを消化するため、歩くスピードを上げる。公園を出てふと見ると、ソフトボールの試合は終わっており、緑のフェンスには誰もいなかった。しかし、先ほどの紳士はまだ同じベンチに座っている。遠くから見ただけだが、彼なのは確実だ。一体何をしているのだろう？　最初からソフトボールのためにそこに座っていたのではないのかもしれない。

私が体験した出来事は以上である。大した事件でないのは明らかだが、不思議と私はあの紳士のことが忘れられなかった。旅行を終え韓国に戻っても、時々彼のことを思い出すほどに。とはいえその記憶は時間が過ぎるとともに少しずつ消えていった。もうひとつの事件がなければ、完全に忘れ去っていただろう。

それから何年か過ぎて、私は小さな古本屋を運営し、仕事の合間にお客の物語が詰まった絶版本を探す生活を送っていた。その日もあるお客との約束があり、私はこざっぱりとした恰好をして、わくわくとした気持ちで物語を聞く用意をしていた。

古本屋の扉を開けて入ってきた彼は、とにかく健康そうに見えた。私よりも年上なのは明らかで、高い身長とがっしりした体つきは運動選手を思わせた。片手に持つ視覚障害者用の杖がなければ、彼が体の不自由な生活を送っているとは分からないだろう。

Bさんは視力を失い十年が経つという。しかしそのことがあるまでは、世界中のありとあらゆる場所を巡る遊牧民のような生活をしていたという。分厚い胸の底から響く、乾いた声で彼が言った。

「駅馬殺〔一か所に落ち着かず駅馬のように忙しく過ごさざるを得ない運命〕とでも言うのでしょうか、私はそれなんです。小学生のころも、学校が終わってもずっと出歩いていて、いつも母が私を探しまわったものです。高校の時はよく無銭旅行もしました」

家が貧しかったため、大学に入るなりすぐ学校近くの書店でアルバイトを始めた。興味のない本の仕事ということで想像するだけで体がムズムズしたが、いざやってみると体を動かす作業が多く、性に合った。書店の店長も、健全な体格で力のあるＢさんのことが気に入る。本屋で働きたい人たちは、本が好きなだけで体が弱く仕事に耐えられないことが多いが、体力のあるバイトがやってきて良かったとＢさんを褒めた。しばらくして店長は彼に店を任せ、外出することも多くなる。

そんな生活を送るなか、Ｂさんは書店によく現れる女子学生のことが気になりだす。ふたりは本格的な付き合いが始まる前から、互いに熱い視線を送りあった。ある日、彼女はＢさんに本を一冊プレゼントする。――Ｂさんは今日、その本を探してほしいと私に依頼しに来たのだ。

「書店の店員に本をプレゼントするだなんて、最初はちょっと変に思いましたよ。小さな文庫本でした。読書は好きではなかったのですが、これぐらいなら簡単に読めそうだなと」

Ｂさんは片方の手のひらを広げ、そこに本を載せるしぐさをして私に見せた。文庫本の大きさを説明したようだが、手のひらが大きく私の目には一般的な単行本のように見えた。私は頭の中で勝手な想像をし、手帳に「文庫本」と書いた。

「プレゼントをもらった後、ふたりの関係に進展はありましたか？」

「残念ながら、店長さんが考えているようなことはなかったです。現実は映画と違いますよ、ははは。でももっと劇的なことが起こりました」

私は当然のように、彼が女子学生と付き合いはじめる結果を期待していた。しかし、現実はもっと劇的だった。本を読んで刺激を受けたＢさんは、大学を自主退学する。学校側は休学を勧めたが、彼はもうこれ以上、講義室に座っていられない心境だった。本当の学びは、世界を直接経験することにあると悟ったのだ。彼はあふれる熱情だけをリュックに入れ金浦《キンポ》空港へと向かう。

「その本に出てくる、ある一節だけが強く印象に残っていて、申し訳ないのですが本の題名は覚えていません。正確ではありませんが——好きな場所ならどこであろうと、そこに座って考えに浸れば、取り巻く世界が幸せなハーモニーを与えてくれる、といった一文です」

　これは難題だ。正確でない一節から、題名の分からない本を探すだなんて。幸いBさんは作家の名前を覚えていた。ヘルマン・ヘッセだ。探す範囲はだいぶ狭くなったが、まだ道は険しい。方法はひとつ。ヘルマン・ヘッセの作品を全て読むしかない。韓国で翻訳されたヘッセの作品は十冊ちょっとだから、不可能ではないだろう。

　結果から言えば、その作戦は失敗した。書店に売っている本を全種類買い求め、完読するまで三か月以上かかったが、Bさんの言っていた文章を発見することはできなかった。じっくり考えてみる。ひょっとしてBさんが作家の名前を間違えて覚えていた？　そうでなければ別の方法を試そう。Bさんがその本をもらったのは一九八六年だから、そのころ出版されたヘッセの本を調査すればいい。著作権の問題で、かつては翻訳書があったのに今は出版されないということが、たまにある。この可能性にかけてみよう。

　さらに数か月かかった末、とうとう本を探し出した。これこそ執念の勝利、誰も分かってくれないが私は私を褒めてあげたい！　こうして原稿を書きながら、その時のことを思い出して涙が出そうになるのだった。おかげで学生時代に読まなかったヘッセ全集を、今になって何度も繰り返し読むことになった。

探し出した本は、意外にも小説ではなく散文集『放浪』だった。この本は今でも翻訳書が出ているため、最初にヘッセ全作品を調査したときに当然読んだはずだ。なぜその時、例の文章を発見できなかったのだろう？　理由が衝撃的だった。Bさんが記憶する文章が出てくる「農家」という散文が、現在販売されている本からはまるごと省かれているのだ。理由は分からないが八〇年代の版にだけその文章は載っていた。

再び古本屋にやってきたBさんに本を渡しつつ、発見するまで全集を繰り返し読んだこと、「農家」の部分は新しい翻訳書からは削除されていたことなどを語った。Bさんは両手のひらで本を包む。そして自分が覚えている文章をゆっくり読んでほしいと言った。

「自分が好きな場所なら、たとえそこが塀の上であっても、岩であっても、切り株であっても、野原であっても、地面であっても、座ってみること。そこがどこであろうと、映像と詩があなたを包みこみ、あなたを取り巻く世界は美しく幸せな音調を響かせるだろう」

この文章を口に出して読んだのは初めてだ。自分の耳で聞きながら不思議な思いが浮かんだが、当時はそれが何なのか分からなかった。Bさんはしばらく黙っていた後、かけていたサングラスを外し、窓のほうへと顔を向けた。

「こちらが少し明るいようですが、窓があるんですよね？」と私に聞く。

窓があるのは正しいが、本に光が当たるのを防ぐために分厚いカーテンを掛けてある。しかし私は、窓の外には大きな木が見えると嘘をついた。いや、嘘ではなく半分は本当だ。実際に窓の外には大きな木があり、カーテンで見えないだけ。
それから長いあいだ沈黙が流れた。私は雰囲気を変えようと「最近も若いころのようにいろいろな所に行ったりするんですか？」と聞いた。彼は明るく笑い「これはかりはやめられませんね」と言う。そして「世界を巡ってみて、本当に美しいものは目で見るだけのものではないと分かりました。ここで感じとらないと」と言って片手で自分の胸を静かに撫でた。

Bさんと会って二年ほど過ぎた秋に、私はまた東京に旅に出た。神保町古書店街にある書店の主人が私を呼んでくれ、トークイベントを行う予定だった。私はいつものように細かい旅行計画を立てた。イベントは週末にあるから少し早く東京に到着し、平日の都心をゆっくり歩いてみたかった。

ちょうど国立西洋美術館でルネッサンス期の画家の展示があり、最初の日はそこに行くことにした。道の途中で、何年か前に上野公園の球場のベンチで見かけた紳士のことを思い出す。何の縁もない彼のことが、なぜ記憶に残っているのだろう。国立西洋美術館に行くためにはいずれにせよ上野公園を横切る必要があるので、思い出を辿りながらあの球場にも寄ってみた。平日だから試合はなく、周辺は静かだ。グラウンドを眺めるベンチもほとんど空いている。

その時、衝撃的な事件に遭ったかのように私の頭は真っ白になった。向こうのベンチ、かつて私とあの紳士が一緒に座ったベンチに、今でも紳士が座っている白昼夢を見たのだ。もう一度注意を向けるが誰もいない。しかし私の頭には、今まさに自分の目で見たという明瞭な感覚が残っていた。座っていても分かる大きく健康的な体格、中折れ帽の下にちらりと見える白い髪、茶色と黒が混ざった不思議な色のアセテートフレームのサングラス。あの紳士が実は古本屋にやってきたＢさんだったのではと思い、心がざわついた。気配を感じて首を動かす動作、試合が終わってもずっと前を見ているその姿は、確かにＢさんにそっくりだった。私は東京を旅行していたＢさんとここで偶然出会ったのだろうか？

複雑な思いがした。私はありとあらゆるものを自分の目で見たく、散歩に出た子犬のように東京の街を忙しく歩き回った。しかし彼はそこに座って、目ではなく心で東京を感じていたのかもしれない。私は世界的な大都市に圧倒された思い出以外に、何を家に持って帰ったのだろう。ショッピングバッグとその中身しかない。

私はゆっくりベンチのほうに向かった。そして今度は、Ｂさんだったかもしれない紳士が座っていた場所に腰かけてみた。ベンチは日の光を受け、寄りかかると背中に温もりを感じた。そして目を閉じる。風が吹くのを感じた。風は広い公園のあちこちを巡り、木々の深い香りを私のもとに運ぶ。つかむことも、所有することもできない風。ショッピングバッグに入れることのできない秋の光と風を、私はこれまで一度も感じ取ることができなかった。

その後、私の旅は変わった。スケジュールにゆとりが生まれ、ショッピングは減った。目よりも心がひかれる場所をゆっくり歩く。こうやって歩いていけば、また偶然Ｂさんと出会うかもしれない。もし再会することがあれば、彼にありがとうと言いたい。心で旅する方法を教えてくれた人に、いつの日か私の気持ちを伝えたいのだ。

誰も聞いたことのない本

『中南米現代短編小説集』
ボルヘス他著、ミン・ヨンテ編
文学思想社、一九九二年

誰も聞いたことのない本を探している依頼人がいた。話を聞くと彼は私より少し年上だったが、瞳は澄み、顔には皺ひとつなく、実年齢よりも十歳ほど下に見えた。年をとらない魔法にかかった小説の主人公を連想させる、不思議な印象の人だった。

探す事情を話せば本を見つけ出す古本屋があると聞いてやってきた彼は、自分が探している本の題名を覚えていなかった。よくあることだ。特に子供のころ読んだ本であれば、忘れてしまうのはざらだ。本の内容を記憶していますかと質問する。依頼人は少し目を閉じると、その本は短編小説集で、ひとつの作品だけ記憶に残っていると答えた。

「かなり面白くて、その作品だけはっきり覚えています」

「そうなんですね。でも、そんなに面白かったなら、題名や作者も覚えていそうですが」

私はMさんの言葉を手帳に記すとペンを置いた。基本的には本を探すのに、題名と作家名は必須だ。そこから出版社や出版年が推測できる。それらの情報が何もない状況は、それこそ茨の藪で小さな針を探すようなもの、ソウルでキム何とかさんを探すようなものだ。作品の内容だけ分かっても、よほど有名な本ではない限り手掛かりにならない。これまでにも、本の内容からヒントをつかみ何とか探し出したことはあったが、何度も成功するものではない。ここは古本屋であり、探偵事務所ではないのだ。

Mさんは私の言葉を聞くと、子供のような天真爛漫な笑みを見せた。

「内容が印象的なあまり、題名も作家も忘れてしまったんだと思います。有名な本でなくても、私にはそれくらい面白かったんです。探せるのは先生、あなたしかいません」

そう言われると調子に乗ってしまう私がいた。まあ、そうでしょうとも。依頼者すら分からない本を、私以外の誰が探せるだろう？　とにかく彼が覚えている「かなり面白い」小説のあらすじを聞くことにした。今はどんな小さなヒントでも必要だ。

「その小説は、一匹の猫から始まります」

Mさんは待ってましたとばかりに、うれしそうな声で語りはじめた。

「名もないひとりの青年が、猫を眺めています。青年は最近、苦労して入った職場で小さなミスをおかし、追い出されてしまったばかり。貧乏で彼女もおらず、若くて健康だという以外に何のとりえもない彼は、絶望に打ちのめされていました。自分以外の人たちがみんな優れていて、楽しい日々を過ごしているように見えます。午後に道で見かけた猫でさえも、自分よりいい暮らしを送っているのではと思えてきました。することもなく暇な青年は、何時間も猫を観察します。猫は、彼が見ようが見まいがお構いなしに、体を丸めて毛づくろいをし、体を伸ばしたり昼寝したりします。猫をうらやましく思った青年は、生まれ変わったら猫になりたいと神に願います。

その瞬間、驚くことが起きました。青年の魂が、猫の中に入ってしまったのです。神が願いを聞いてくれたのか、夢を見ているのか分かりませんが、とにかく猫になった青年は街をめぐり、人間ではなく猫の目で世界を見つめます。青年は、働いていた工場に忍び込むことにしました。最初は緊張しましたが、誰も猫である自分に気づかないことを知り、さらに大胆に人々を観察します。そこで目撃したのは、知りえなかった事実でした。かつて青年の失敗を強く叱責した上司は、自分より上の人には幼稚な言葉を使い、あからさまな媚びを売っているではありませんか。さらに他の人たちを観察すると、同僚だと思っていた人も、自分よりも優れていると思っていた人も、実は自分と大差がありませんでした。猫の青年は他の場所にも行ってみます。市場、学校、そして英雄と称えられる革命家の家にも忍び込み、彼らの本当の姿を盗み見ます。物語の終盤で、猫の中の青年は悟ります。人間は誰にも未熟な部分があり、他の動物、あるいは野に咲く花や、いつも同じ場所に居座る木とも、大差ない存在だということです」

　予想以上にMさんは作品の内容を細かく覚えていた。たった今、本を読んだばかりのように詳細にあらすじを語りきった彼。水で口を濡らすと、笑みを浮かべる。

「人間だったときには分からなかった小さなことが、猫になってやっと見えたという話。どうです、面白くないですか？」

　確かに面白い話だ。しかし初めて聞いた小説のあらすじをヒントに本を探すなんて、簡単なことではない。Mさんはその日、猫青年が主人公であるその小説や、それを読んだ自分がどう感じたかについて、さらに二、三時間話して帰った。私は知人たちにそんな小説を知っているか聞きこみ、インターネットでも検索してみた。

約一か月後、連絡もなく再び彼が古本屋にやってきた。正直、本の題名や作家名が分かる場合でも、絶版本を一か月で探せることはほとんどない。しかし本を待つ人の立場からすれば、一か月すら長く感じるのだろう。私はまだ見つけられないと伝えた。

「催促しに来たわけではないんです。実はその本に収録されていた、別の短編もひとつ思い出しまして。もしお仕事の邪魔にならないようなら、聞いてもらってもいいでしょうか？　本探しのヒントになるかもしれませんし」

Mさんは私にわざわざ見せたいのか、演劇俳優のようなオーバーな動きで店内を見回した。店にはだれもいない。いや、今日は店を開けてから、ひとりもお客が来ていない。Mさんの提案を断る理由はなかった。

「いいですよ。ふたつの作品が分かれば、本を探せる確率も増えるでしょう」

「ありがとうございます。では、話しますね。もうひとつの小説もかなり面白かったのですが、なぜ最近まで忘れていたのか不思議です。そこまで年はとっていないはずなのに」

そして語りはじめるMさん。気のせいか、一か月前より表情は明るく見える。

主人公は小説家。彼は昔から多くの作品を書いたが、本が売れるほうではなかった。ほとんど売れなかったと言っても過言ではない。彼が作家という事実を誰も知らなかった。彼の両親すら息子が小説を書いているとは知らないほど。しかし彼は自分の作品に自信があった。運さえよければ、いつの日かセルバンテスやトルストイのように称賛されるはずだと信じている。いつか、いつの日か。やがて無名作家は心を病んだ。ドン・キホーテが読書にはまり正気を失ったように、彼は小説を書くことでそうなってしまう。彼は短編小説を書きはじめる。この小説は名作になるだろうと彼は思った。主人公は自分自身。あらすじは単純だ。作家である主人公は、ある雑誌社から依頼を受けて短編小説を書きはじめる。その小説の主人公は作家自身。小説家であり主人公である作家自身は、自分が小説の主人公として登場する小説を書きはじめる。そのあらすじは単純。人気のない作家が自分を主人公として小説を書くというもの。その小説において、主人公、つまり作家であり、別の小説の主人公でもある彼自身は、またもや小説の中で雑誌社から依頼を受け、作家であり、いま書いている小説の登場人物であり、そこで雑誌社から依頼を受けた自分自身を主人公として小説を書く。その小説の主人公は自分自身であり……。

「もう大丈夫です。聞いているだけで頭が痛くなりますね」

私はＭさんの話を遮った。結局その小説家は、自分の書いた小説の輪に閉ざされ、永遠に終わらない物語の中で生きていくことになるというのが、作品のあらすじだった。

「どうです、面白くないですか？」

彼は前回と同じことを言った。私は面白いと答える。ひょっとしたら、ボルヘスが書いた知られざる幻想小説のひとつなのでは。

「それっぽくもありますが、絶対にボルヘスじゃないんです」

私がその名を出した途端、ボルヘスとはディテールが違うと手を振った。では誰がこんな小説を書くのだろう。フランスのヌーヴォー・ロマンの作家のひとりかもしれない。

3 奇妙なお客たち
——不思議編

「先生の意見に私も同意です。ロブ＝グリエやミシェル・ビュトールのような。ヌーヴォー・ロマンの作家たちの実験精神には、まさに脱帽ですよね」

Ｍさんの言葉を皮切りに、私たちはロシアのＳＦ作家からイタロ・カルヴィーノ、ジャージ・コジンスキー、ロベルト・ボラーニョまで、同じ傾向にある小説家の名前を長い時間かけて挙げていった。彼は小説について、かなり広い知識を持っているよう。特に韓国で翻訳されたロベルト・ボラーニョの本、六つか七つの全ての題名を途切れることなく言えたときには驚いた。こんなに本好きな人が、なぜ面白いと思った本の題名を覚えていないのか不思議に思ったが、どうしようもないものはどうしようもない。その日も長い時間かけて話をしたが、探す本のヒントにはならなそうだった。

Ｍさんが三度目に古本屋に現れたとき、私は彼がどんな話を始めるのか、密かに期待していたことを告白する。Ｍさんには言わなかったが、彼がここに来る理由が分かった気がした。

予想は完全に当たっていた。彼は今回も、全く同じ理由でやってきた。別の短編を突然思い出したというのだ。私はやはり前回と同様、簡単な挨拶をし、手帳を取り出し、水を一杯渡す。やがて彼は語りはじめる。

「主人公は若い野球選手です。彼はプロ球団に入団してから二年しか経たない、そろそろ才能を発揮しなければならない新人選手でした。しかし投手としての天賦の才能がないことは、彼自身も知っています。努力を重ねても、いつも成績は中ほどなのです。彼が野球を始めたきっかけは、現役時代にＭＶＰを十回も獲得した伝説的な投手の存在でした。その国の人なら、野球好きではなくても誰もが知る人物です。二十歳で選手生活を始めた彼は、五十近くまで現役で試合に出場するほど、実力や自己管理能力に長《た》けていました。無敗の抑え投手として選手生活最後のＭＶＰを受賞したのも、四十五歳の時です。引退後は様々な球団から監督就任のオファーを受け、海外からも声がかかるほどでしたが、彼は全てを断ります。そして永遠なる伝説となるわけです。主人公である若い野球選手は、伝説の投手がデビューから引退までずっと同じグローブを使っていたことを知っています。そのエピソードは有名で、ニュースで何度も取り上げられました。若い野球選手は、伝説の選手の家に忍び込みグローブを盗む計画を立てます。象徴的なものを所有すれば何かの護符となり、野球の才能が開花するのではと信じたからです。ついに彼は計画を実行に移します。しかし彼の盗みの才能は、野球の才能よりもなかったようです。グローブの場所を突き止める前に、家主である投手に見つかってしまいます。若い野球選手が事実を全て話すと、伝説の投手は意外な事実を語りだします。デビュー当時から使い続けたグローブなんて存在しない。それは注目を集めるための作り話であり、注目を集めれば集めるほど良い成績が出たので、注目が途切れないよういろんな話をでっちあげた、と言うのです。小説はそこで突然終わります。困惑させられる、力が抜けるような終わりかたでした」

　紙面の関係上、私は彼の話を短くまとめざるを得なかったが、実際には語り終えるまで一時間近くかかった。面白い話だった。彼は小説をまるごと暗記しているのではと思わせるほど、些細な部分まで加えてあらすじを語った。しかしこの小説も、聞いたことのないものだった。日本の作家の小説だろうか？　例えば大江健三郎の初期短編のひとつかもしれない。

この日も私たちは小説に関する話を二、三時間ほどした。会話するのが嫌だというわけではないが、本が見つからない限り、同じやりとりが何度も続くだろうと確信した。なぜＭさんは一か月に一度、小説の内容を思い出すのだろう？　不思議というより、怪しいのだ。しかし本を探すと約束してしまった。聞き込みを続けながら、時間があれば大きな書店に寄り短編小説集をめくる。

　そしてまた一か月が過ぎ、そろそろＭさんが現れそうな予感がした。しかし彼は、直接訪れず電話をかけてきた。この間、迷惑をかけて申し訳ないと謝るＭさん。そしていきなり、本の題名を思い出したと言いだす。

「『中南米現代短編小説集』という題名でした。ミン・ヨンテ教授による編集です。この間、店長さんとあれこれ話したおかげで思い出しました。本当にお恥ずかしいことです。だから今回は電話したわけです」

　伝説の投手が伝説のグローブを持っていなかった、という物語と同じくらい力の抜ける話だった。しかも、その本は絶版とはいえ、わりと簡単に探せる部類の本だ。

　本は予想通り、二、三週間のうちに見つかった。ところが何度ページをめくっても、Ｍさんの話と一致する作品はひとつもない。本を取りに古本屋にやってきたＭさんは、意外な事実を告白する。今まで話した物語は全て自分が書いた小説であり、子供のころから小説家になりたくて密かに書き続けているというのだ。

　しかし結婚して家庭生活を築くなか、だんだん小説家の夢は遠のき、家庭内でも小説の話は嫌われるように。自分の小説の話を何時間も真面目に聞いてくれる人は先生しかいなかった、と告白する彼は、私に感謝の意を伝えた。

「ですが、全てが作り話というわけではありません。『中南米現代短編小説集』は、私が最も好きな本なのですが、だいぶ前に引っ越しでなくしてしまい、いつかまた読みたいと思っていました。だから本を探していたのは事実ですよ。その本に収録されている、ボルヘスやガルシア＝マルケスのような偉大な幻想文学作家になりたいと夢見ながら、ページをめくったものです。今でもその夢は捨てていません。いや、捨てることは不可能です」

Mさんのことを思い出すたびに、初めて出会った日のことを思いだす。今でも彼は小説を書いているのだろうか。私は彼が小説を書き続ける限り、彼にかけられた年をとらない魔法は、ずっと解けないだろうと密かに信じている。人は夢を大切にするあいだは、子供のような純粋な心でいられるものだ。

運の悪い万引き犯

『エデンの園』
アーネスト・ヘミングウェイ著、キム・ウングク訳
時事英語社、一九八六年

本屋というものは美しく、静かで穏やかで、夢あふれる店だという偏見がある。かつては私もそう思っていた。しかしいざ本屋で働く立場になってやっと分かった。それは実際とかけ離れた偏見だと。実際の本屋はとてもうるさく、ありとあらゆる事件が起きる、この世界の縮小版である。さらにそこが古本屋であればなおさらだ。本の中に広がる無限の宇宙と、お宝を探そうとする人間の欲がめまぐるしく絡まりあい、足の踏み場もない市場のよう。あるお客の言葉を借りれば「本屋とは楽園のように美しく飾りあげられた地獄である」と言えるかもしれない。

私の経営する古本屋は狭くて薄汚い所であるが、それでもやはり騒々しいことばかり起きる。試しに記憶を掘り起こせば、すぐ頭に浮かぶ事件の数々。最も印象的な事件を挙げろと言われたら、万引き事件ははずせないだろう。本を盗むなんて、頻繁に起きること？　もちろんである。本の万引き犯は想像以上に多い。

盗むのであれば、お金や宝石だろう。なぜ本なのか？　理由は大きくふたつ。ひとつは読むため。もうひとつは、本を売ってお金を得るため。時に両方の利益を狙う輩《やから》もいる。盗んだ本をま

じめに読んだ後、別の古本屋やインターネットで売るのだ。
盗っ人はどこの書店にもいる。ゴキブリみたいなものと言おうか。ちらっと見ただけでは分からないが、実際はかなり多い。本のある場所には必ず出ると言っても過言ではない。大型書店、スーパーの書籍コーナー、地下鉄の待合室に設置された公共の本棚。さらに教会や聖堂に忍び込んで聖書を盗み、売り払う人もいる。

古本屋は特に盗っ人がうじゃうじゃ発生する場所だ。絶版本が多いからだ。求める人が多いのに再発行されず、普通の書店では買うことのできない絶版本は、定価よりも高く売れる。需要のある本は定価の二、三倍で取引されるし、十倍、二十倍に跳ね上がることも。有能な万引き犯は、古本屋に入りざっと眺めるだけで、そうした本を一瞬で見つけることができる。

そしてもうひとつ、古本屋の万引き犯の特徴と言えば、面識ある者による犯行が多いということだ。高い本を盗むために、わざわざ狙う店の常連になることもある。店に何度も足を運び、安い本を何冊か購入して主人と親しくなり、警戒心が薄れたころを見計らって高い本を盗むのだ。他の犯罪も似ているかもしれないが、初めてやってきた人がその日に本を盗んでいく確率は極めて低い。

初めて訪れた本屋で万引きする人は、ふたつのパターンのどちらかである。もともと盗っ人ではないが、ふざけて盗っ人の真似をしてしまった場合、あるいは盗っ人としての経験値が極めて高い場合だ。そのどちらでもないなら、その本を盗まなければいけない複雑な事情があると思われる。

ある年の秋、六十歳ほどに見える男性客が当店の扉を開けて入ってきた。私は彼が普通のお客でないことは、ひと目見て分かった。変に曲がった肩、不安そうな表情。通常のお客なら、本屋では穏やかな表情をしているものだ。ここを訪れるのは、本好きな人である。本がたくさん並ぶ空間で表情がゆがむはずはない。そんな表情の人は、何かしら事件を起こす確率が高い。私は軽く挨拶した後、別の仕事をするふりをして体の角度を変え、片目の端でそのお客の姿を追った。

お客は臆病な草食動物が匂いを嗅いで回るように、店のあちこちを歩き本棚に顔を寄せて本を眺める。探している本があるようには見えなかった。彼は右側にある本を指で触りながら、左上の本を見つめている。

しばらくして心配していたことが起きた。彼は小説の棚の前にいたかと思うと、一冊の本を抜き出し着ていたロングコートの内ポケットに入れた。その動作をしっかり見ていた私は、ふたつのことを確信した。ひとつ、彼は本を盗んだ。ふたつ、彼はもともと盗っ人ではなかった。もし慣れた万引き犯だったら、あんな不自然な姿勢で本をコートに入れたりはしない。ひょっとしたら本人も、犯行が雑だったと思っているかもしれない。本を服の中に隠した後、彼の行動はもっと変になった。正体不明の注射を打った実験用マウスよろしく、落ち着かない様子で店のあちこちを速足で行き来すると、突然扉のほうに向かう。ドアノブをつかんだところで、ためらうように動きを止めた。その顔には、おでこから頬、顎にかけて汗がしたたる。

私は彼が扉を完全に開けるまで待ち、わざと大きな声で、しかし丁寧な態度で声をかけた。

「お客様！　すみません、本の会計をお忘れのようですよ」

その言葉に彼は、プログラムエラーで止まってしまったゲームキャラのように、ぶるりと体を震わせ動かなくなった。黙りこくる彼。顔色は蒼白になっていく。私は彼に近づき、今度は低い声で話しかけた。

「何かお困りですか？」

彼は汗まみれの顔を私に向けると、すぐうなだれ、小さな声で独り言をつぶやく。

「運が悪い」

「はい？　何です？」私は驚きのあまり聞き返すほかなかった。

彼は答える代わりに、コートの内ポケットから本を出し、私に渡す。ヘミングウェイの小説『エデンの園』だ。作家が自殺してこの世を去る前に残した最後の小説で、韓国語翻訳版は時事《シサ》英語社《ヨンオサ》が独占契約し一九八六年に出版。今や絶版本だが、危険を冒してまで盗む価値のある高い本ではない。しかし、運が悪いとは一体どういうことか。

私は汗を拭くようハンカチを渡し、椅子に座って休むよう提案した。彼は素直にうなずき、再び店内に入る。椅子に座って彼は初めて、本を盗んですみませんと謝った。

「本の裏にも書いてありますが、本の値段は五千ウォン〔約五百円〕です。お金がなかったんですか」

「お金ならあります」

彼は財布を開けて見せた。そこにはざっと見ても、数万ウォン以上の紙幣が入っていた。

「変ですね。高い本でもないのに、なぜ黙って持っていこうとしたんですか？」

「私の運を試したかったんです」

　十年以上古本屋をやり、万引き現行犯を捕まえたことは何度もあるが、こんな理由を聞くのは初めてなので当惑した。普通は言い訳をするものだ。会計し忘れたとほらを吹くのはかわいいほう。最初から自分が持っていた本だと言い張る人もいる。私はこの人には、何か特別な事情があるのではと感じた。運を試すために本を盗むとは、一体どういうことか。この中年男性と、ヘミングウェイの遺作のあいだには、どんな物語が存在するのだろう？　私はひとつ提案することにした。

「高い本ではありませんが、本を盗むのは犯罪です。代金五千ウォンを払っていただきます。ところでお客さんがこの本を持っていこうとしたのも、何か事情があったのでは？　もしその事情を聞かせてくれたら、今日のことはなかったことにします。どうでしょう？」

　彼はしばらく考えにふけった後、とうとう首を縦に振り、「この本は、私が長年探していた本なんです」と告白した。

　彼の名は○。私の予想とは異なり、五十二歳と見かけよりもかなり若かった。顔のあちこちに刻まれた深い皺と眉間を寄せる不安そうな表情が、そう見せるのだろう。

　○さんはまず、「世界の全ての出来事は、運で決まると思いませんか？」と聞いた。

「どうでしょう。時々はそう考えます。でも全てのことが運で決まるとしたら、努力も計画も無意味になってしまうから、人生つまらなくなりそうですね」

「人によって違うのかもしれません。でも私の場合は、全てが運でした。運のおかげでこの世に生まれ、まだ死ぬ運がないから生きているだけです。私はそう信じます。考えてみてください。

最初に神が人間をつくったとき、もちろん神の計画はあったのでしょうが、最初の人間であるアダムの立場からすれば、生まれたことが偶然、まさに運のおかげです。他に何がありますか？彼は神の計画を全く知りません。それが苦悩の始まりです。楽園で暮らすことに何の意味がありましょう。解決できない根本的な苦悩がアダムを支配していたとしたら、エデンの園は世界で最も美しく飾られた地獄と変わりありません」

彼が何を言いたいのか、私には全く分からなかった。カルト宗教にはまっておかしくなったのではとすら思った。しかしなぜか彼の言葉には本心が感じられた。

〇さんは続ける。運良く生まれ、運良く死ななかったこと以外は、彼はいつも不運だったと語る。貧しい家に生まれた〇さん。父はアルコール依存症で、母はつぶれそうな飲み屋で働いていた。小学五年生の時、彼は初めて自分の運の悪さを認識する。試験で誤って鉛筆を落としたのがきっかけだ。少年〇さんが席から立ち鉛筆を拾おうとしたところ、先生に大声で名前を呼ばれる。先生は〇さんの話を聞きもせず、カンニングしただろうと決めつけ、生徒たちの前でテスト用紙を破った。その日以降、〇さんは激しい不安感に悩まされるように。彼の精神をなだめてくれたのは、母の意外なひとことだった。

「その事件があって数日後、私の様子が変だと感じた母は、何があったのかと聞いてきました。私は試験のことをそのまま話しました。すると母はがっかりした声で『運が悪かったね』と言うんです。私はその言葉に失望するどころか、晴れ晴れとした気分になりました。自分のせいではない。ただ運が悪かっただけ……」

　しかしそんな思いも一瞬だけで、彼の精神状態はすぐ暗いトンネルへと潜り込んでしまう。運の良かったことがほとんどないことに気づいたからだ。彼が貧乏な家に生まれたのも、問題の多い両親のもとに生まれたのも、運が悪いからだ。〇さんは自分の人生が不運に支配されていると信じるように。その決定打は、浪人して何とか入学したばかりの大学で起きた。

　〇さんと同じ学科に、とても美しい女子学生がいた。彼女と同じ教室で勉強できることは幸運だと考えた。普段、読書が好きな〇さんは、夏休みの前に彼女に本をプレゼントして気持ちを告白しようと計画する。

「ちょうどそのころ、ヘミングウェイの遺作である『エデンの園』が翻訳書として出版されました。これも幸運の兆しだと思いましたよ。ヘミングウェイの作品が好きだったんです。読んでみたところ、作家である主人公と若い女性が保養地で出会い、紆余曲折の末に結ばれるという内容です。私はその本に気持ちをしたためた便せんを挟み、彼女に渡しました。しかし結果は完全なる失敗です。なぜそんなことが、というような話なのですが、彼女は私の差し出した本を見ると手紙を確認することなく、この本は受け取れないと言うんです。なぜかと聞くと、仏教徒だからと答えます。『エデンの園』という題名から、キリスト教に関する本だと思ったのでしょう。宗教の本ではないと言ったのですが、彼女は表紙の翻訳者名を指さし、『殉教者』の著者・金恩国《キムウングク》（一九三二―二〇〇九）とあるじゃない、そう冷たく言うんです。それで終わり。卒業するまで、その女子学生と再び話すことはありませんでした」

　不運は雨雲のように彼を追いかけ、行く先々に暗い影を落とした。学校の成績はさえず、卒業しても仕事を探すことが難しかった。工事現場で働いていた時期に、煉瓦を運んでいて腕の骨を折った。なんとか小さな会社に就職したものの、社長が夜逃げし給料が支払われなかった。知人から事業を興《おこ》そうと提案を受けたこともある。大きな物流会社の下請けで、まずは小さな倉庫が必要だからと投資を持ちかけられた。Ｏさんは全財産を集め、それでも足りず借金をし、彼に現金を渡した。当時はなぜ彼が現金にこだわるのか怪しむこともなかった。何日経っても連絡がなく、Ｏさんから電話をかけてみる。今回も運が悪かった。知人は既に姿をくらましており、教えてもらった電話番号もつながらなかった。

Ｏさんの人生はいつでも不幸、失敗、挫折、そして苦悩の連続だった。今でも彼は木賃宿を渡り歩き、建設現場で日雇い仕事をして暮らしている。以上が彼の人生の要約だ。

「たまに振り返ると、『エデンの園』を読んでいた時代が懐かしく思えるんです。女子学生にプレゼントしようと心を込めて手紙を書いたあのころは、なんて純粋だったのだろう。もしやり直せるなら、あの本を手にした瞬間に戻りたい。しかしそんなことはできません。代わりに私は、数年前から古本屋を巡り『エデンの園』を探すようになります。もしその本があったら、盗もうと決めました。変に聞こえるかもしれませんが、本を盗むのに成功すれば、私の人生にも良い運が巡ってくるのではという、よく分からない思いがあったからです。でも、今回も運が悪かった」

Ｏさんは話し終えると、くたびれた財布から五千ウォン札を一枚取り出し机に置く。そして何も言わず本を手にして立ち上がった。店に入ってきたときと同じように、肩を丸め扉のほうに向かう。私は彼に何か声をかけたかった。

「小説の内容、まだ覚えていますか？」

私が声を上げると、彼は扉の前で立ち止まり振り返った。

「かなり昔に読んだものですから、細かくは覚えていません」

「第三部の最後のほうだと思います。主人公のデイヴィッドが思いを寄せる女性、マリータと結ばれる場面です。それも実は運のおかげでした。マリータがデイヴィッドに、私たちは幸運なのかと質問すると、デイヴィッドはそうだと答えます。その部分を読んでみてください」
○さんはページをめくり、私が伝えた場面を探す。私の記憶が正しければ、デイヴィッドの答えは彼にとって何かのヒントになるかもしれない。しかし記憶違いということもある。それこそ運に身を任せる瞬間となった。○さんはついにその場面を探し出す。小説の終盤だ。彼はデイヴィッドの台詞をそのまま読みあげる。
「今朝、あるいは昨夜のあいだに、運は変わったのだろう」

私は黙って彼の顔を見た。○さんは本を閉じると、私に顔を向けた。彼は私のほうにゆっくり近づき、手を差し出し握手を求めた。私たちは手を取り合い軽く振る。○さんが口を開く。

「思い出しました。最初読んだとき、なぜこの部分を発見できなかったのでしょう。デイヴィッドとマリータは、様々な幸運が重なりあって結ばれます。でも、ふたりの冒険がなかったら……」

その続きを私が伝える。

「不運をすり抜けようとするふたりの冒険心がなければ、ふたりの愛は実らなかったでしょう」

〇さんはうなずく。軽く別れの挨拶をして出入り口に向かう。扉を開けながら「何年も探していた本を、このお店で運良く見つけました。素敵な本なのだから、もっと高く売ってもいいんですよ」と言った。

彼が帰った後も、私はしばらく扉を見つめ立ち尽くしていた。ポケットには彼が支払った五千ウォン札の存在感がある。私は小さな金庫を開け、今日初めての売り上げであるそのお金を入れようとした。しかしふと違和感を覚え、紙幣を広げる。それは五万ウォン札だった。色が似ているから勘違いしたのだろうか？　私は走って〇さんの後を追うか悩んだ。しかし彼は店を出る前、「もっと高く売ってもいい」と言っていた。本を盗んだことに対する申し訳なさを込めて、五万ウォンをよこしたのではないか。

その後、〇さんに出会うことはなく、真実は分からないまま。何はともあれ彼の運が翌日の朝、あるいは夜のあいだに、良い方向へ変わってくれればと願うばかりだ。本を盗むことは犯罪だが、彼にとっては運にあらがう冒険だったのだろう――私はそう考えることにした。当店で起きたことをきっかけに、彼のもとに幸運が舞い降りることを祈った。

東《トン》廟《ミョ》前《アプ》古書探し対決

『泥棒日記』
ジャン・ジュネ著、パン・ゴン訳
平民社、一九七九年

秋はやっぱり読書の季節だ！

しかし本当に本に詳しい人なら、この言葉が現実と異なることをよく知っているはず。秋は天気がいいから外出したくなるものだ。高い空、澄んだ空気、美しい服に着替えた野山——一年のうちたった数週間しかないこの季節に、わざわざ本屋に足を運び鬱々と本を選ぶ人なんて何人いるだろう？

「そういう人こそ真の常連客でしょ」

客がいなくて退屈過ぎる昼下がり、ひとりで本を選んでいたMさんが私に笑ってみせた。実はMさんはそれほど良いお客というわけではない。たまにこの古本屋にやってくるが、本を買うことはほとんどない。年齢は私より少し下のようだが、何をしているのかさっぱり分からない人物だ。金曜の午後にやってきて何時間も本を眺めているから、少なくとも会社員ではないだろう。言葉や行動が軽いのが鼻に付くが、本についての知識はなかなか広い。

「よく来るから常連客ってわけではないですよ。たまにしか来なくても、本をたくさん買ってくれる人が本当の常連客です」

　Mさんがまた何か話しかけてきそうな雰囲気を感じた私は、少し皮肉っぽく言った。こうやって線を引かなければ、Mさんは噺家のようにずっと自分の話ばかり続けるだろう。

「いい本があれば買いますって。ところで、この店には貴重な本を保管する別室があると聞いたんですが、本当ですか？　一度見せてくれませんかねえ」

「なぜ知ってるんです？　誰にも言ったことないのに」

　私は驚いてMさんを見た。相変わらず私に背を向け本棚に顔をうずめていると思いきや、突然クックッと笑って振り向く。

「あ、当たっちゃった。鎌をかけてみただけですが、やっぱりなあ。ははは！」

　しまった、またやられてしまった。いつもこうだ。Mさんは狐と熊が合わさったような性格で、のそのそと近づいてきたかと思いきや、こずるいやり口で一杯食わせようとする。その手腕はプロ並みだ。

「いずれにせよMさんに見せるほどのものはないので、諦めてください」

「僕も期待はしてませんから。ただしその部屋から貴重な本がなくなったら、僕が盗んだんだと思ってくださいね。ははは、冗談ですよ冗談……」

　面白くもない冗談だ。本当に、どこからどこまでも気に食わない男である。

　こうして私たちが小競り合いをしている間に、会う約束をしていたBさんが古本屋の扉を開けて入ってきた。小柄ながらも、がっしりした体形。白いものが交じる頭に年齢を感じる。しかし顔の血色はひときわ良く、表情も明るいため健康そのものに見えた。

「面白い仕事をされていると聞きまして、私もひとつ一緒に楽しみたくてやってきました」

Ｂさんは子供のような好奇心いっぱいの丸い目で、私を見つめる。確かに、依頼者の本にまつわる事情を聞くのは本当に楽しい。しかしどこにあるのか分からない古い本を探すのは、人が思うほど楽しいことではなく、そして大変である。Ｂさんはどんな本を探しているのだろう。私に探せるだろうか？ 話を聞く前から体と心が一気に緊張しはじめる。

「フランスの作家、ジャン・ジュネの本を探しています。とても有名な本で、今でも街の書店に行けば買えるのですが、最近のものを読んでも全然しっくり来ないんです。私が昔読んだ感じと違う気がして」

「昔読んだ感じとは、具体的にどういう意味でしょう。それよりまず、ジャン・ジュネの何という本を探しているのか教えてください」

「ちょっと荒々しい感じとでも言いましょうか。ジャン・ジュネはちゃんとした教育を受けた作家ではなく、だから基本的に文章も内容も荒々しいわけです。私は読書が好きなほうではありませんでした。家が豊かではなく、早くに仕事を始めたということもあります。高校を卒業し……」

その時、いきなりＭさんが横から口をはさんだ。

「ジャン・ジュネ、『泥棒日記』ですよね？」

私とＢさんは同時にＭさんを振り向いた。Ｍさんは気にせず続ける。

「荒々しい感じと聞いてピンと来ました。『泥棒日記』は、まさに生々しい作品ですから。一九四〇年代に作家が牢屋にいたときに書いた小説で、僕の記憶では、韓国語で初めて翻訳出版されたのは、三省《サムソン》出版社の『世界文学全集』です。確か一九七〇年ぐらいに」

「お客様と話しているところです。静かにしてください」私は意図的に声を張った。しかしBさんは気にしていない様子だ。おまけに彼は笑みを浮かべ、手を振りMさんを迎え入れようとする。

「そう、『泥棒日記』です。私が探しているのは三省出版社ではなく平民社《ピョンミンサ》から出た単行本。文学のこと、よくご存じですね。店員さんですか？」

「店員ではなく、僕も客です。常連客とでも言いましょうか。ただし、店長よりも本に詳しい客というのがポイントです。ははは」

　Mさんは軽口をたたきながら勝手に椅子を出してきてBさんの横に座った。私は腹が立ち、何かひとこと言おうとMさんをにらんだ。しかし怒ったところで損するのは自分だけだ。再びBさんに向かって座りなおす。

「平民社の単行本『泥棒日記』は、七〇年代後半の発行ですよね。若いころの思い出が詰まった本でしょうから、必ず探してみます」

　するとMさんがまたもや横から入り、嫌味を言う。

「店長さんに探せます？　僕が代わりに探してあげましょうか？　僕はいつも暇ですから問題ないですよ」

　これ以上黙っているのは私の前にいるお客にも失礼だと思い、ついに大声を出した。

「黙っててください。本を探すのは私の仕事です。用事が済んだのならどうぞお帰りください」

店内は突然静かになった。お客の前で声を荒らげたのはもっと失礼だったと思い、Bさんに「すみません」と頭を下げた。Bさんは黙って私とMさんを交互に見つめ、いきなり豪快に笑う。

「ははは！　面白いことになってきましたな。私がジャン・ジュネの小説が好きな理由も、面白いからです。作者は実際に浮浪者として盗みもしていた過去もあるから、『泥棒日記』の描写は本当にリアルで面白い。私もジャン・ジュネのように、子供のころはかなり貧乏でした。おかげで、盗み以外のことは何でもして暮らしましたよ。ところが定年退職してみたら、少しも面白くない。退屈だとどんどん老化します。そこでですが、私がふたりに楽しいゲームを提案してみたくなりました」

私とMさんの顔を順番に見つめるBさん。私たちが返事をせずにいると、彼は秘密の計画を打ち明けるように体をかがめ、わざとらしく手のひらを擦りながら話を続けた。

「おふたりとも本に関して自信がおありのようですが、どちらにも公平な条件で本の捜索を依頼したいと思います。それだけでは面白くありませんから、賞金をかけて。先に見つけたほうに現金五十万ウォン〔約五万円〕ということでどうでしょう？　ご興味、ありますか？」

Mさんがすぐ反応した。まるで時代劇の悪代官のように下品に首をへこへこさせると、「いいですね、いいでしょう！」と言って私の腕を叩く。

「どうです？　こちらの先生のご提案、なかなか面白い対決になりそうじゃないですか」

私は相変わらず腹を立てていたが、よくよく考えると悪くない機会だ。対決で勝てば、これまで私を不愉快にしてきたMさんにやり返すことになる。しかし狐のようにずる賢いMさんが、今度もどんな汚い手を打つか分からない。悩んだ末、対決を受け入れる。

「わかりました。やりましょう。ただし、おっしゃる通り公平に行きたいものですね。明日はちょうど土曜日ですから、朝、地下鉄の東廟前駅で会いましょう。そこからスタートして、周辺の古本屋を回って『泥棒日記』を先に見つけたほうが勝ちということで」

「もちろんオーケーです」Ｍさんが白い歯を見せて笑う。「『泥棒日記』はどの古本屋にもいろんな版で一冊はあるものです。見つけるのは平民社の初版。どうです、先生」

Ｂさんはさらに快活な声で答える。

「では合意ということで。この楽しい対決、主催者である私が見逃せるはずがない。私も東廟に行きますよ。地下鉄駅前にある喫茶店で待ってますから、本と領収書を先に持ってきた人に、約束の賞金をお渡しします」

「いいでしょう」

私とＭさんは同時に答えると、深刻な表情でお互いの目を見た。Ｂさんは今この状況がかなり楽しいのか、店を出るときもずっとにこにこしていた。

次の日、三人は決めた通り、朝十時に東廟前駅三番出口の前で集まった。これから周辺の古本屋を限定に本を探し出すことになる。終了時間は午後三時。それまでにどちらも発見できなければ賞金もなし。簡単にルールを確認した後、Ｂさんは喫茶店へと歩いていった。

三番出口は東廟公園とガラクタ市場が始まる場所であり、遠くない場所に「ヨングァン書籍」「古本百貨店」「清渓川《チョンゲチョン》書店」と大きな古本屋がいくつか集まっている。さらに週末なので路上に雑多な商品を陳列する露天商が現れる。本を扱う人も少なくなく、全て巡ろうとしたら一日あっても時間は足りない。制限時間は午後三時だから、計画を立てなければ。ふたりが同じ店に行くのもばからしい。まず一番近くのヨングァン書籍にどちらが行くのか話し合うことにした。

「コインを投げて決めましょう。表が出たら私がヨングァン書籍に行きます。裏が出たらMさんが行ってください。どうです？」

Mさんは生意気にも「お好きに」と言う。コインは表が出て、私がヨングァン書籍へと向かった。Mさんはその店を通り過ぎ、古本百貨店のほうへ後ろを振り向くことなくまっすぐ歩いていく。私は古本屋の店主に軽く挨拶した後、本格的に本探しを始めた。

本は床から天井まで積み上げられ、初めて来た人はとまどうことだろう。しかしよく来る人には分かる。混沌《カオス》の中に、何らかの秩序《コスモス》が存在するということを。本は適当に積まれているようだが、店主ならではのやり方で分野別に整理されている。その整理法を把握することが本を探す最初の手順だ。

ヨングァン書籍の場合、『泥棒日記』のような海外小説は書店の真ん中から奥にかけての場所に集まっていた。この店ではお客の傾向から韓国小説がよく売れるため、それらは入り口近くの本棚に並ぶ。そして最近入庫された本は、早く売れるよう入り口の扉の前に積まれるのが基本。売れ残ったものは後で整理される。

予想通り、二〇〇〇年代以降に民音社《ミヌムサ》が出版した世界文学全集のひとつである『泥棒日記』は、簡単に見つかった。平民社版はない。経験上、探している本が見つからないからと同じ本屋で何時間も捜索を続ければ、集中力が途切れてしまう。だから私は三十分だけ本をあさり、次の本屋に向かうことにしている。不思議なことに、後で最初訪れた店を再訪すると、さっきは見つからなかった本が突然現れたりするものだ。

ヨングァン書籍で本探しに集中した後、道に敷かれたシートに並ぶ本をゆっくり探りつつ、次の本屋へと移動した。ところでMさんは今どの本屋にいるのだろう？　それよりも気になるのが、Mさんが今どんなやり方で本を探しているかだ。あそこまで大口を叩くぐらいだから、彼だけの秘訣でもあるのだろうか？

そう考えながら店をあちこちのぞいているうちに、本を探しているのではなくMさんを探している自分に気づいた。しかし最初の店はもちろん、次の店にもMさんの姿はない。もしやこのあたりは全部見終えて次の場所に行ったのだろうか？　そんなはずはない。そのふたつの店もヨングァン書籍並みに広く、ざっと眺めるだけでも一時間以上かかるはずだ。反対側にある小学校の裏の道にも中古レコードと本を扱う店がある。そこは良い本がなかなか多いので、Mさんは最初からそちらのほうに向かったのかもしれない。

しかしそこにもMさんはいなかった。仕方なく私は再び本探しに集中する。彼を探すために貴重な時間を浪費したのではと思うと癪《しゃく》だった。

彼を見つけたのは、意外にも本屋ではなく食堂でだった。午後一時を少し過ぎた時間、昼食をとる暇もなく東廟の通りを駆けずりまわっていたところ、道の向こうの古びたクッパプ〔スープとご飯の料理〕屋に座っているMさんの姿を見かける。彼はのんびりご飯を食べていた。驚くどころか、力が抜ける感じさえした。まさか悠々と食事をしているのは、もう本が見つかったから？　彼は食事を終えてティッシュで口を拭くと、リュックを背負い立ち上がる。その姿を遠くから見ていた私は、彼の跡をつけることにした。

Ｍさんは本屋や露天商には目もくれず、すたすた歩いて東廟公園のほうに向かう。到着したのは私が午前、ヨングァン書籍の次に向かった古本百貨店。この店は本棚の間の通路が狭く、荷物は入り口に置いて入店することになる。Ｍさんもリュックを入り口に置いて店の中に入っていった。

彼はそれほど時間をかけず、一冊の本を手にレジへと向かう。『泥棒日記』ではなかった。床に置いてあったリュックを持ち上げ、前のポケットから財布を取り出しカードで会計する。買った本は大きなポケットのチャックを開け、そこに入れた。その時、リュックの中にあった別の本が床に落ちた。表紙を見ただけでそれが何の本かすぐ分かった。『泥棒日記』である。しかも平民社初版！　ではＭさんは本当に昼食の前に本を見つけたということか？　彼は落とした本をすぐ拾い、再びリュックに入れて店を出た。

Ｍさんが向かう場所は、確認するまでもなくＢさんが待つ喫茶店だ。軽快な足取りで三番出口へと向かう。私は十歩ほど距離を置いてついていくが、週末だから人は多く、Ｍさんは喫茶店に入るまで後ろに私がいることに気づかない。

座っていたＢさんはＭさんがやってくるのを見ると、腕時計を確認した後、立ち上がって彼を歓迎した。喫茶店の壁掛け時計は二時十五分を指していた。

「おお、お座りなさい。ふたりが同時に入ってくるとは思ってもみなかった」

Mさんはその時やっと、後ろに私がいる事実を知る。振り向く彼の顔に驚きの表情が浮かぶが、偉そうに肩をすくめてみせ、リュックから『泥棒日記』を取り出し机の上に置いた。

「平民社の一九七九年初版です。やっぱり僕のほうが、古本屋の店長さんより一足早かったですねえ。ははは」

「おお、まさにこの本です。領収書もありますね。ふたりはほぼ同時に到着しましたが、最初に入ったのはMさんですから、賞金はあなたのものです」

Bさんはハンドバッグの中から白い封筒を取り出した。私はいくら考えても変だと思いMさんに問いただす。

「すみませんが、本をどこで買ったか教えてください」

「構いませんよ。レシートに店名が書いてあるでしょう。古本百貨店です。本がたくさん積んであって、探すのに苦労しました」

私は『泥棒日記』の上に置かれたレシートを手に取り、内容を確認する。私の直観は正しかった。そのレシートは古本百貨店のものであり、販売価格の二万ウォンが印刷された時間は午後一時五十五分。つまり、私がMさんの後を追い様子をのぞいていたときに発行されたものだ。その時彼が買ったのは、『泥棒日記』ではなく別の本。私はBさんに告げる。

「正直に言いますと、私は『泥棒日記』を見つけることができませんでした。しかしMさんも、この本を東廟の古本屋で買っていないのは確実です。さきほど偶然、Mさんが古本百貨店で本を買うところを見たんです。その時買ったのは『泥棒日記』ではなかった。レシートには買った本の名前まで出ませんからね。彼のリュックの中に、実際に買った本が入っているはずです。既に持っていた『泥棒日記』をリュックに入れてきたのではないですか？」

「いや、僕がそんなことするはずないですよ」戸惑うMさんの声が大きくなる。

話を聞いていたBさんは表情を硬くし、レシートを再び眺めた。

「とにかく事実を確認すべきでしょうね。いま古本百貨店に行って、何の本を買ったか聞いてみてもいいですか？　時間は経ってないから『泥棒日記』なのかどうかは覚えているでしょう」

観念したMさんは事実を告白する。やはり彼が古本百貨店で買った本は『泥棒日記』ではなかった。本はもともと所有しており、ちょうどBさんが賞金の提案をしたものだから、今回のことを思いついたと話す。うまくいけば、一冊の本を五十万ウォンに変えるチャンスだった。

「それこそ泥棒と変わりませんよ」Bさんは断言する。黙って頭を下げるMさん。Bさんは彼に話しかける。

「あなたは『泥棒日記』を読みましたか？　題名通り、泥棒の話です。この本を書いたとき、ジャン・ジュネは牢屋にいました。しかし本を読んだ当時の知識人たちは、この作品に犯罪行為以上のものを見たのです。ジャン・コクトーは彼の詩に感嘆し、サルトルは彼をジャン（Jean）・ジュネではなく、聖者（Saint）・ジュネと呼ぶべきだと称賛しました。でもね、あなたの行動は、考える余地なくただの泥棒だ。賞金泥棒。お金の大小にかかわらず、私はふたりと楽しい一日を過ごしたかっただけ……でも台無しですよ。私はもう帰ります」

Bさんは私たちに軽く黙礼した後、席を立った。私は最初からこの提案を受けなければ良かったと苦しく思った。その時Mさんが静かに立ちあがり、Bさんに声をかける。

「本当に申し訳ありませんでした。僕が浅はかでした」そう言うと、机の上に置いてあった『泥棒日記』を手に取りBさんに差し出した。

「謝罪も込めて、この本を先生にぜひお渡ししたいです。お受け取りください」

Bさんはしばらく私たちをじっと見まわし、「受け取らないことにします」と言って振り返り、立ち去った。私とMさんはコーヒーを注文し黙って飲む。喫茶店を出て、そのまま別れた。外はまだ明るく、秋の午後の爽快な青空が広がっていた。

それからしばらくして、Mさんが再び私の店にやってきた。彼の手には前も見た『泥棒日記』があった。彼はいつもと違い、きまりの悪そうな声で言った。

「この本、読み終えたので売りたいのですが」

私は迷った末に答えた。

「ちょうどお探しの人がいます。ただ、古い本ですし、紙も変色していて状態も良くないようですから、買取価格は高くありません」

「大丈夫です。もう必要ない本ですから」

本を受け取ると、私は準備してあった封筒をMさんに渡した。封筒を受け取った彼は金額を確認することなく、逃げるように店を出ていった。

実はその封筒には五十万ウォンが入っていた。東廟の事件があった翌日、Bさんが店に現れ置いていったお金だ。あまりに冷たくＭさんの謝罪を拒絶してしまい申し訳なかった、と話すＢさん。しばらくしたらＭさんが『泥棒日記』を持ってこの古本屋に現れる気がするから、その時これを渡してほしいと封筒をよこしたのだった。

「もし彼が来なければ、本を探す手間賃としてあなたがもらってください。とにかく面白い本だったのでまた読みたいんです」

その事件以来、Ｍさんの言葉と行動は以前とだいぶ変わった。私たちはもうあの日のことを話すことはないが、少しだけお互いを理解するようになった。相変わらずＭさんは当店に来ると、本の知識を広げそれとなく私を挑発しようとする。しかし私も以前のように、やっきになって反応することはない。牢屋で原稿を書いたジャン・ジュネがずっと泥棒としての人生を歩まなかったように、Ｍさんもそこまで悪い人ではないと私は知っている。

怪しい依頼

『小説文学』創刊号
小説文学社、一九八〇年五月

「書三痴」という言葉がある。本に関するみっつの愚かな行動をする人をこう呼ぶという。ひとつめに、本を貸してくれと言う人。ふたつめに、本を貸してくれと言われて素直に貸す人。みっつめに、借りた本を返す人、あるいは、貸した本を返してもらおうとする人だ。

しかし本が好きな人で、このみっつの愚かな行動を一度もしたことがないと言ったら、それは嘘だろう。本は奇妙な存在だ。本は人を賢くするが、うまく生きるためにはちょっと愚かなほうが有利だと教えてくれるのも本だ。

ソウル文化社《ムヌァサ》からの初版本である馬光洙《マグァンス》（一九五一－二〇一七）の小説『楽しいサラ』を、人に貸すことになった。借りていった人は評論家の何とか氏。ある雑誌の取材のためにこの古本屋に現れ、絶版本が並ぶ本棚で彼はその本を発見する。私へのインタビューを終えると、自分は今、馬光洙に関する原稿を書いていて、ちょうどその本が必要だったと語る。

すぐに私は彼の本心を見抜いた。彼は本が必要だが、絶対に買わないだろう。なぜ分かったかって？　大したことはない。古本屋で長く働いていると、本についてシャーロック・ホームズ並みの直観力が発達するもの。本を買おうと思っている人は、自分がなぜこの本を必要としているのか、わざわざ細かく説明したりはしない。必要な本が見つかったら、金を出して買う。実に分かりやすい行動だ。

しかし何とか氏は、絶版となったソウル文化社版『楽しいサラ』が、古本屋でどれだけ高く扱われている本なのか既に知っていたのだろう。ただ原稿を書くのに少し参考にしたいだけで、わざわざ買いたくはないというわけだ。

馬光洙に関する長い演説が終わった後、とうとう何とか氏はその本を一週間ほど貸してほしいと言った。全く知らない仲でもなく、ジャンルは異なるが原稿を書く同業者だから、本を借りたい気持ちが分からないでもなかった。……ああ、なんて私は思いやり深いのだろう！　結局、貸してあげた。しかし七日なんてことはない、七年経った今この瞬間も本は戻らないままだ。

金と本は一度貸したら返ってくると思うな。よく聞く言葉だが、未練が残るのはどうしようもない。果たしてあの本を取り戻せるのだろうか？　忘れて暮らせばそのうち私のもとに帰ってくる？　時間がかかってもいつか再会できる、そんな縁は私とあの本の間にあるだろうか？

何年か前、くたびれた服を着た男性が古本屋にやって来て、とある話を聞かせてくれた。その時私は、本と人は決して切れることのない縁の糸でつながっているという事実を再確認したのだった。

彼は背が小さく、年齢を推測するのが難しいほど表情のない顔をしていた。この古本屋のことはよく知っていると話す。

「娘がここを推薦してくれたんです。本を探してくれるそうですね」

「はい。とはいえ何でも探せるわけではありません。本を探す興味深い事情があれば、そのお話を聞かせていただくことで手数料とします。本が早く見つかることもありますが、全く見つからない場合もあります。その点はご了承ください」

「そのことも聞きました。ですが、秘密は守ってくださるのですね？　私の話したことについて」

　男はなぜかかなり緊張している様子だ。何かに追われているように不安げで、話しながら私と目を合わそうともしない。一体どんなことを語るつもりなのか。

「もちろんです。秘密は守ります。雑誌や本にお話を紹介することもありますが、個人情報は公開しないのが原則です。まずはお名前と連絡先、そして探している本について教えてください」

　私は引き出しから手帳とペンを出す。

「Sと申します。探してほしい本ですが、実は既に私が持っています」

　私は耳を疑った。彼は聞き取れなかったと判断したのか、もう一度言う。

「なので店長さんは本を探す必要がありません。変だと思うかもしれませんが、そういうことです。本は私が持っていますから」

　何が言いたいのだろう？　探そうとする本を本人が持っているのなら、なぜ本を探してくれと言うのか？　頭のおかしい人ではなさそうだが、彼の言葉が全く理解できなかった。

「お客様のご依頼は、本を探しているが、既に持っているから、私は探さなくてもいいと。そういう意味でしょうか？」

「まあそういうことです」

Ｓさんは使い古したかばんから、雑誌を一冊取り出した。『小説文学』という文学雑誌の創刊号だ。昔の雑誌だが状態はとても良い。買って読まずに保管していたのだろう。

「そのうちＬという人が、この雑誌を探してくれとお願いしに来ると思います。そしたら渡してくれませんか？　私から受け取ったことは内緒で」

奇妙な依頼だ。私の前に座っているＳさんと、まだ誰かも分からないＬさん。そしてこの雑誌。そのみっつの間には、複雑な物語がからまりあっているに違いない。

「失礼でなければ、Ｌという方とこの雑誌にまつわる事情を教えてほしいです。もちろん秘密は守ります」

「もちろんお伝えします。そのためにやってきたのですから。もう肩の荷を下ろしたい」

Ｓさんは長く息を吐く。私はポットに入れておいたプーアル茶を一杯注ぎ、彼に勧めた。体が温まれば話しやすくなるだろう。Ｓさんはガラスのマグカップを両手で包むように持つ。彼の顔が湯気にぼんやりと包まれた気がした。

「Ｌとは大学で出会いました。ふたりとも英文科の新入生で共通点が多く、よく一緒に遊んだものです。地方からソウルに上京してきたことも、貧乏な家庭の一人息子ということも一緒で話が合いました。しかし基本的な性格は正反対。Ｌは明るく積極的でしたが、私にとって世界は常に真っ暗闇。でもそれが良かったのでしょう。ふたりとも明るかったり、その反対だったとしたら、そこまで親しくなれなかったはず」

お茶を飲んでひとまず語りはじめたSさん。縮こまっていた肩も、少しなだらかになる。私は目の前に置かれた雑誌を手にした。創刊が一九八〇年五月とは。私はその時まだ子供で、韓国でどんなことが起きているのか全く知らなかった。しかし大人になった今は、一九八〇年五月という日付にひとつの事件――光州事件を思わざるを得ない。民主化運動、軍部による暴力的な鎮圧、戒厳令、それらのイメージとは逆に雑誌の表紙を飾る若き小説家、朴範信《パクボムシン》（一九四六－）の爽快な笑顔が非現実的で、妙な気分にさせる。

「一九八〇年に入学したのですか？」私はSさんに雑誌の表紙を見せながら言った。彼は再び雑誌を手元に寄せ、ページをぱらぱらとめくりながら答える。

「そうです。あの年です。雑誌についての話はまた後でしましょう。ご存じの通り、その年はあまりに多くのことが起きました。でも私はそれらを避けて生きるのに必死でした。やりたいことは多いのに、いつも思うだけ。生まれながらの臆病者でしたね」

雑誌は私の手に戻っていた。Sさんはより落ち着きを取り戻した声になり、続きを語る。

「大学生になった感傷にひたれたのも一瞬だけ。入学後、すぐに休校令が発布され、学生たちは登校する代わりにデモ隊の集まるソウル駅に向かいます。Lもほぼ毎日デモに参加していましたが、私は最初から行きませんでした。怖かったんです。一方、Lは楽しんでいる様子でした。そんな日々でも私たちはよく会い、食事したり下宿で酒を飲んだりしたものです」

Sさんの部屋は人を呼べないほど狭く汚かったが、Lさんの下宿はすっきりしていた。部屋の大きさは変わらなかったが、本や服がきちんと整理されていたのだ。本は特に多く、どこに本を買うお金があるのかと思ったという。

「そしてもっとうらやましかったのは、私以外にも友達が多かったことです。下宿にはいつも二、三人いて、足を伸ばすこともできなかった。時々女子学生も来ましたね。Ｌはいつも、みんなに優しかった」

五月には本当に様々なことがあった。休校、デモ、戒厳令、光州……。Ｓさんはその全てに距離を置き、昼も夜も小説を読んで過ごす。英文科を望んだ理由も、金承鈺《キムスンオク》（一九四一―）のように大学生のうちに文学賞を取り、颯爽と文壇デビューしたかったからだ。しかしＬさんを始め、誰にもその思いを打ち明けることのできない時代でもあった。

「この惨たらしい世界で文学だなんて！」

感情的になったＳさんは、声が大きくなる。

「ある日、Ｌの下宿に寄ると、彼は読んだ本について語りはじめます。その場には私以外にふたりいて、私は部屋の隅で丸くなって座りました。彼はトルストイやドストエフスキーの話をしていたかと思ったら、いきなりケルアックに触れるんです。私には、どこかで目にしたかっこいい言葉を並べているだけのようにも聞こえました。そのうち彼は、今月創刊した文学雑誌だと言って、布団の下からこれを取り出します」

話しながらＳさんは雑誌をトントンと指で叩いた。

「もちろん私もその雑誌のことは知っていました。でも、お金がなくて買えません。それがいま軽口を叩いているＬの手にあるんです。Ｌはここに李炳注《イビョンジュ》（一九二一―九二）先生のカラー記事があるぞと言って、まるで辞典の販売員のように雑誌を広げて見せます。一緒にいた同級生たちが『うわー』と同時に声を上げました。Lはページをめくり、今度はジョン・アップダイクの短編小説の載ったページを見せます。韓国では初めて翻訳されたものだそうです。同級生たちはその雑誌を読もうと、狭い部屋で奪い合います。その時、Lが私の名を呼びました。演劇俳優さながらのよく通る声で、『同志よ、彼こそがこの雑誌を一番先に読むべき人なのです』と宣言するように言うんです。『覚えておくように、彼こそ第二の金承鈺になるであろう作家の卵なのだから』と、雑誌を私に差し出しました」

「ではこの雑誌は、その時Lさんからもらったものですか？」

　私はSさんのほうに体を傾け聞いた。

「いいえ、その代わり私は大声で悪態をつきました。『この惨たらしい世界で文学だなんて！　それでも愛国少年か？』瞬間、空気が凍りました。なぜ私がそんなことを叫んだのか分かりません。冗談で済ませられる発言ではなく、周りの人もそう思ったはずです。私は再びうずくまりました。その日はそうして終わりました」

　それから数日後、Sさんは誰もいないLさんの部屋に忍び込み『小説文学』創刊号を盗む。微妙な感情が絡みあう偶発的な行動だった。Lさんはしばらくその雑誌のことを聞いてまわるが、犯人を見つけることはできなかった。二か月ほど過ぎると、誰もがその事件を完全に忘れる。そのうえSさんは雑誌を一度も読むことはなかった。

「表紙を見るたびに、朴範信に悪口を言われ、笑われているような気分になるんです。大学を卒業するまで、雑誌を取り出すことは一度もありませんでした」

そんなことがあったにもかかわらず、ふたりは友達でいることができた。Ｌさんは卒業後、もっと学ぶためにアメリカに留学した。現在は貿易会社の理事となり、学生時代は貧乏だったと聞いて信じる者は誰もいないほど豊かな生活を送っている。Ｓさんは卒業して外国小説を翻訳する仕事をしばらくした後、小さな塾に就職し中高生を相手に英語を教えた。ＩＭＦ経済危機以降、ネイティブでなければ塾の仕事を続けることも難しくなり退職、現在は町の文化センターで英会話の授業を行っている。彼は昔と同じく貧しいままだ。

ふたりの人生は別の方向へと向かったが、今でも友情に変わりはないという。会って食事をすればいつもＬさんが支払うが、Ｓさんが居心地悪くならないように気を使ってくれる。ちょうど一週間前は、酒を交わしながら大学時代のことを語りあった。話は糸巻きのようにどんどんつながり、とうとう『小説文学』創刊号が跡形もなく消えた事件にまでたどり着く。

「Ｌは単に思い出としてその話をしただけでしょうが、私は心臓が止まる思いでしたよ。これまで、雑誌を返さなければと思ったのは一度ではないのですが、勇気が出ませんでした。悩んだ末、雑誌を盗んだことだけは隠して家族に話してみたところ、娘がここに行けと言うんです。事情があれば本を探してくれる変わった古本屋があるからと」

Ｓさんの話は終わり、雑誌は私の手に残った。秘密は必ず守ってほしいと念を押すと、彼は古本屋を出た。

それから一か月ほど過ぎたころ、本当にＬと名乗るお客がやってきて、本を探していると言った。こざっぱりとした身なりはSさんの話のまま。友達も既に訪れている事実を全く知らぬまま、大学時代の話を私に語り、大切にしていた雑誌の創刊号が消えた事件も詳しく説明する。少し前、Sさんと酒を飲み当時の話をする機会があったのだが、しばらくして彼が電話でこの店を教えてくれたのだという。

「私はSのそういうところが好きなんです。だからこうして長く友達でいられるのでしょうね。あいつはいつも思慮深くて、感受性も豊か。反対に私は、良いものは良いと浅く考えてしまうほうです。尊敬する面の多い友達ですよ」

Sさんは Lさんを自分より上に見ているようだったが、会ってみるとLさんも同じだった。ある人は言う。誰かと友達になるということは、自分にない部分を相手に見つける特別な喜びであり、気持ち良い事件なのだと。

Sさんとの約束通り、『小説文学』創刊号は私が何週間か保管した後、まるで他の所で入手したかのようにLさんに渡した。これで雑誌は約四十年ぶりにもとの場所に戻ったことになる。貸したのでも借りたのでもないが、ふたりは本をやりとりした。そのうちひとりは、本にまつわる秘密を知らずにいる。

本は自分があるべき場所を知っており、時に人の心を動かしては旅をする。時間がかかっても気にする必要はない。ある歌手が歌うように、全てのものがあるべき場所に帰る風景こそ、もっとも美しい姿〔河徳奎（ハ・ドッキュ、一九五八－）「風景」より〕だから。彼らの友情も、同じように長く美しく輝いてほしいと願う。

消えた本、消えた友達

『円形の伝説』
張龍鶴（チャン・ヨンハク）著
思想界社出版部、一九六二年

運命というものは、本当に存在するのだろうか。人間は生まれてから死ぬまであらかじめ決められた道を流れていくだけだという話を、私は信じない。しかし人と本の間には、運命と呼ぶべき見えない糸があるように思う。だいたいにおいてその糸は直線でつながってはいない。人生のようにあちこちからまっていて、ぐるぐる回って思いもよらない場所を通ったりもする。

あるお客が私に探してくれと依頼した『円形の伝説』という本の内容が、まさにそれだ。ご高齢の依頼人に初めてお会いしたとき、その一冊の古い本に、運命の糸がそこまで複雑にからまっているとは想像もできなかった。依頼人も到底分からなかっただろう。ものを言わない本だけが、全ての秘密を知っている。

『円形の伝説』は、小説家・張龍鶴《チャンヨンハク》（一九二一－九九）の代表作であり、韓国戦争という我が国の悲しい現代史を中心に起きる、ひとりの人間の避けようもない運命についての物語だ。観念的な内容に加え、作家ならではの難しい文体もあり、数十年経った今も研究が続いている。新刊書店に行けば簡単に買える作品だが、彼は一九六二年に思想界社《ササンゲサ》から発売された初版を求め当店にやってきた。

「初版じゃないとだめなんです。私が読んだのは初版なので。それが必要なんです」

Pさんは低く落ち着いた声で「初版」という単語を強調した。

「簡単には見つかりませんよ。何十年か前に出版された本ですし、当時の発行部数は今ほど多くなかったはずですから。ところでなぜ初版なんでしょう。事情があるようでしたらお聞きしてもよろしいでしょうか？」

私の言葉にPさんは微笑みを浮かべ、うなずいた。

「事情、もちろんですとも。実は知人がここに行ってみろと言うんです。事情を話せば、その話を手数料として本を探してくれるそうですね。探しにくい本であることは私も知っています。事情もちゃんとお話ししますし、店長さんも手数料として満足できる内容だと思います」

「私がお客様の話に満足するかどうかは、あまり関係ありません。お客様の物語は全て、特別なものです。個人的な話をするだけでも勇気のいることですし。では始めましょうか。お話は手帳に書き残しますね。ちょっとしたことでも構いません、思いつくままお話しください」

私はPさんに椅子を勧め、水の入ったコップを彼の前に置いた。

「その小説を読んでいた六〇年代の話からしましょうかね。私は大学生で、正義感にあふれていました。より良い世界をつくろうという一念で、社会運動に生涯を捧げる決心をします。しかし私は共産主義者でもアナーキストでもありません。マルクスもよく知りませんでした。全ての人が正しい環境で自由に暮らせる、そんな絵を想像しただけであり、主義や理念があったわけではありませんでした」

環境問題に興味のあったＰさんは、外国の本を買ってよく読んだ。当時の韓国政府は環境汚染や地球温暖化などの問題にほとんど関心がなかった。関係するＮＧＯ団体すら存在しない状態で、Ｐさんは自らレイチェル・カーソン『沈黙の春』などの本を部分的に翻訳して紹介したりした。最初はＰさんひとりで活動していたが、大学生のあいだで彼の翻訳する外国書籍が話題となると、活動を大きくさせてみたくなる。まずは仲間が必要だ。Ｐさんの最終目標は、外国で紹介しても恥ずかしくない環境問題についての雑誌を作ることだったから、準備段階として何人かで薄い冊子を作ることにした。

学校近くの書店にある掲示板に「環境問題を共に考える学友を待つ」という見出しのチラシを貼ったところ、仲間はすぐ集まった。当時は小さな書店が学生たちの情報交換の場となっていた。一週間に数回、十名以上で集《つど》い、外国の思想家の本を読んで勉強しながら、日本経由で入ってきた他国の環境問題関連の書籍やセミナー資料を翻訳しパンフレットを作った。

Ｐさんはその時一緒に活動した仲間たちの名前を、今でも全員覚えていた。長く時間を共にできなかったとしても、そこで出会った良き心の持ち主たちが今の自分をつくったと話す。

「たまに連絡してずっとつきあっている人もいます。何人かは早くに亡くなりました。私たちは国際環境連合という仰々しい名前をつけて活動していました。外国に実在する組織の韓国支部みたいですよね。遊び心でつけた名前ですが、満足でした。まさか私たちがつくった団体が本当に国際的な環境連合の本拠地になるなんて、当時は誰も分かりませんでしたよ！　そこで出会った仲間はみんな素晴らしい人たちで、特にLという後輩が思い出深いです。年は私より少し下だったのですが、考えや行動が大人っぽかった。すぐに私たちは気の置けない仲となり、お互い文学が好きなこともあって、別の場所で会っては本の話をしたものです。そんななか、大切にしていた『円形の伝説』を貸しました。確かLの誕生日だったはず。プレゼントを買うお金もなく、代わりに本を貸したんです。読み終わったら返してくれと伝えましたが、戻らなくても残念には思わなかったでしょう。ところがその本は、意外な理由で本当に戻りませんでした」

　しばらくPさんの話に集中していた私は、彼が水を飲むあいだに、本がどうなったか推理してみた。Lさんがわざと返さなかったのではないだろう。本をなくしたのかもしれない。読書に集中するあまり、もともと自分の本だったはずと錯覚する可能性もある。よくあることではないが時々聞く話だ。しかしPさんが明かした理由は、もっと衝撃的だった。

「今でも理由は分かりませんが、いきなり警察が私たちの事務室に押し寄せ、書類と本を押収していったんです。彼らは捜索令状の代わりに棍棒を持って入ってきました。暴力団と変わりありませんよ。警察は私たちが読んだ本、翻訳した本を、禁書だから没収すると言うんです。環境を守ろうという本がなぜ禁書なのか全く分かりません。私はその日、警察署に連行され、深夜まで調査を受けました。恥ずかしいことは何もないのですが、人生で最も恐ろしい夜でしたね。私はその日の朝、追い出されるように警察署を出ます。押収された本は戻らず、私たちはゼロからやり直しです。大変だけど若いから何とかなると励まし合いながら毎日事務室に通いました。しかし、なぜかLの姿が見えません。彼から何日も連絡がないので家を訪れてみました。扉を叩くと

Ｌのご両親が迎えてくれたのですが、暗い顔をしています。悪い予感がしました。この二週間、Ｌが帰ってこないとご両親が言うんです。警察署には行方不明届を出したそう。私はわけが分かりませんでした。Ｌの荷物は家にそのままある状態なんです」

　Ｌさんが突然行方不明になったのは、国際環境連合の事務室に警察が現れた二日前だった。Ｌさんが消えた事件と関係ありそうなことといえば、それくらいだとＰさんは考える。しかし事務室の責任者である彼ですら問題なく解放されたわけで、直接的な関係はないのかもしれない。

　その日のＬさんはいつもと変わらない様子で「学校に行く」と告げ、簡単な服装とかばんひとつで家を出たという。『円形の伝説』は、かばんの中に他の本と一緒にあったのではないか。

　Ｐさんは事務室の仕事を後回しにし、Ｌさんを捜すためあちこち駆けずりまわった。しかし何の手掛かりもつかめなかった。目撃者はひとりもおらず、彼がよく通っていた食堂や喫茶店にも痕跡はなかった。Ｌさんはいきなり水蒸気のように蒸発したのだった。

「ただひとつ、気になる点がありました。後にＬのご両親と何度か会って話を聞いたのですが、Ｌは私たちの事務室以外にも通って別の活動をしていたようなのです。なんというか、ちょっと過激な団体に関わっていたのではないでしょうか。ご両親も少しご存じのようでした。ひょっとしてとＬの部屋に入り、床紙をはがしてみると共産主義革命に関する薄いパンフレットが何枚か出てきたんです。これが原因でＬは警察に連れ去られたのでしょう。そのパンフレットは、ご両親に見つからないように持ち出し焼き捨てました。——私の話は以上です」

「今まで、本はもちろんＬさんに関する情報は何も得られないのですか？」

私は手帳を確認しながら聞いた。Lさんのご両親とともに二十年近く行方不明の後輩を捜したが、結局何もつかめなかったとPさんはため息をつく。

「Lのご両親は二人ともこの世を去りました。亡くなる前に、Lの死亡届を出したそうです。彼はもはや書類上でも存在しません。しかし人ひとりを、簡単に忘れることなんて不可能です。私が『円形の伝説』を探しているのも、読んでLの記憶をとどめておきたいからです」

Pさんが最初に言ったように、本をめぐる彼の物語は張龍鶴の小説のように、私の心に強く複雑な思いを残した。難しいのは分かっていたが、本は何としても見つけたかった。しかし出版社すら存在しないほど昔の本だ。あちこちで私なりに聞き取り調査をしたが成果はない。

それから一年ほど経ったころ、偶然にも本を入手することができた。当店の近くに昔ながらの住宅街があったのだが、再開発地域に指定され立ち並ぶ家の撤去が進んでいた。そこに暮らすお年寄りから連絡を受け、本を買い取りに行くことに。その中に『円形の伝説』初版はあった。

ご高齢のそのお客は、所有する全ての本を譲りたいと言う。「財産を全て処分したら、余生は旅人として過ごしたい」という不思議な言葉と一緒に。彼の紳士的な態度に、説明しがたい尊敬の念のようなものを感じた。

「そうおっしゃっても、持っている本を一冊残らず処分する人なんてなかなかいないものです。引っ越し先を教えてくだされば、いやお客様のお名前だけでも教えてくだされば、いつかご挨拶しに伺いたいと思います」

彼はふふふと笑い私の肩をさすった。「私もあなたのように、若いころは健康だったものです」

と話す彼。そして真意の分からない言葉を加える。

「私は名もなき人間です。これまで名無しで生きてきたから、教えられるものもなくてね」

冗談かと思った私は軽く笑ってその場をやり過ごした。彼は体が思うように動かないのか、私が本をひもで縛り車に載せる間、離れて立って見守るばかり。作業を終えた私は、事前に準備していた白い封筒を取り出してお客に渡す。

「ご連絡くださったとき、買取価格についてお話がなかったので、私のほうで計算して準備しました。いただける本に比べ少ない金額かもしれませんが、引っ越しのお役に立てばと思います」

彼は封筒を持つ私の手を押し返した。

「お金は必要ありません。充分ありますので。ただ、誰かがこれらの本を大切に読んでくれるようにしてもらえたら、私には一番ありがたいことです」

何度も勧めたが、彼は結局封筒を受け取らなかった。仕方なく私は封筒を再びポケットに入れ古本屋に帰ることに。本を載せたトラックが道を曲がって消えるまで、お客は私に向かって手を振ってくれた。——彼には縁さえあればいつでも会いたいと思っているが、その後どうしているのか分からない。

『円形の伝説』を探していた依頼人に一年ぶりに連絡した。再び来店したＰさんは、お礼と言って一万ウォン札が何枚か入った封筒を私に渡し、店を去った。

今回の依頼は一件落着。しかしそれから二年ほど経ったころ、ふとこんな考えが頭をよぎった。もしかして、あの時私に本をくれたお年寄りこそ依頼人の後輩、Ｌさんだったのでは？　年齢も

Pさんと近そうだったし、思い返せば、庭まで私を迎えに出てきた彼は一方の足を引きずっていた。前のめりに傾く体はあまりに自然で、昔からそうであるかのようだった。Lさんは警察に連行されたとPさんは確信している。あの時代には、警察から拷問を受け、死んだり体に障害を持つことになったりした人が少なからずいた。消えてしまった後輩も、ひょっとしたら……。

数年前にお年寄りから本を譲り受けた場所には、もう高層マンションが建っている。以前はそこが古びた住宅街だったという事実も、人々の記憶から消えかけている。しかし五十年前に本をやりとりしたふたりの青年の運命の糸は今でもこの世界のどこかにあり、一冊の本を介してつながっているのではないか。

世界に本が存在する限り、その本とともに過ごしてきた人々の縁も消えることはない。私が古い本を扱う仕事で得た学びのうち、最も深く胸に刻まれたのはまさにこのことだ。

4 本と生きる
―― 人生編

完全のための不完全

『完全主義者の夢』
張錫周（チャン・ソクジュ）著
チョンハ、一九八一年

蒸し暑いある夏の午後、私たちはついに対座する。真冬にＬさんと出会ってから半年ぶりだ。彼は以前と変わらない短い髪型で、皺ひとつないワイシャツを身にまといネクタイを締めている。正確に左右対称となった結び目、ぴったりベルトの先にかかる三角形と、少しの誤差もなく結ばれたネクタイを見ていると息が詰まりそうになる。緊張する私とは逆に、Ｌさんはかなりリラックスした表情を浮かべていた。彼は私を見て無言で口角を上げる。どこにも隙がない、奇妙な微笑だ。六か月前も、私はこの表情を前に落ち着かない気分になった。悪い人物ではないことは知っているが、彼の笑みにはまだ慣れない。

「やはり正確な時間に来られましたね」最初に沈黙を破ったのは私だ。

「時間は守るために存在しますから」とＬさんはすぐに返す。

「前にもお伝えしましたが、これはテストではなく、個人的な好奇心によるものです。ですからあまり不愉快に思わないでくださいね」

「不愉快だなんて。むしろ楽しみですよ。店長さんから連絡をもらって何よりうれしかったです。

さあ、始めてください」

私は視線の先を彼に固定したまま、準備しておいた紙を取り出し上から読んでいく。

「16の3」

「『海の風景』ですね」

驚くべきことに、彼は考える様子もなく答えが目の前にあるかのようにすぐ反応した。機械的に言葉を並べる。「私はどこまでもどこまでも疲れ果て、砂漠を渡りゆく駱駝《らくだ》となり、ふと振り返る」

まさかここまでとは。衝撃的だったが努めて毅然とした態度を崩さず、表情を抑えて次の問題を出す。

「次は、6の4です」

「『私は花を咲かせたくて燃える体』ですよね。4なら『私は些少で、私たちは些少ではない』」

どこまでも単調な声で答える。入力すれば答えを出す機械だ。

「今のが正解かどうか、気になりませんか？」こう言って彼をちらりと見る。本で読んだことが正しければ、こう質問するのは相手に圧迫感を与えて失敗を誘うやり方のひとつ。しかし彼は私の攻撃にも動じず、はっきり答えた。

「気になりませんね」

「なぜです」

「それはもう、間違えではないことを知っていますから」

予想以上の強敵だ。少しの隙もない人物。私は一度咳払いをして再び紙を読みあげる。

「では最後です。34の1……」

今度は私が言い終わる前に口を開いた。

「それは『空気』ですね。私が好きな詩です。『つらい眠りから覚め、注意しながらのこぎりで木を切りだした』と始まります」

もはや私は認めるほかなかった。本棚に準備しておいた本を取り出す。彼はこの本を所有する資格がある。私は本をLさんに差し出した。

「完璧ですね。ひとことも間違っていませんでした」

「ははは、ありがとうございます。ですが最初に会ったときも申し上げた通り、完璧ではなく完全という評価を自分に与えたいですね」

Lさんは私に握手を求める。そして本と再会させてくれてありがとうと頭を下げた。このミステリアスなお客の「本をめぐる物語」は、こうして幕を閉じた。しかし私にはまだひとつ疑問が残っている。全てにおいて完璧に見えるLさんが、どうして完璧に失敗することになったのか――。その事情を知るために、彼と初めて会った冬に時間を戻そう。

スーツをきっちりと着こなしたLさんは、標的を狙うような鋭い目と、固く結ばれた口元のため、近寄りがたい雰囲気が漂っていた。本を探す事情を聞かせてくれと言うと、彼は冷たいどころか、時代小説における剣豪の殺気さえ感じさせる顔で、わけの分からない言葉を並べた。

「……私はかなり酔った。流れる月日、酒、暗闇に。私の血管はあまりに酷使された」

始まりから終わりまで、一瞬も言い淀むことなく滑らかに読んだその詩は、詩人・張錫周《チャンソクジュ》（一九五五－）の『完全主義者の夢』という作品だった。短い詩でもないのに、彼は正確に暗記していた。

「どうです？　完全に覚えているでしょう？　いや、この場合は完璧と言うべきですね。ははは」

そう言いながらLさんは、大きな目を何度も瞬きさせた。その時の私は、彼が本当に詩を暗記しているのかどうか分からなかった。題名を聞いたことがあるだけで、内容まで知らないからだ。私はコンピューターの電源を入れ、インターネットで『完全主義者の夢』を検索する。誰かのブログに詩の全文が載っていて、確認すると一字も間違いはなかった。

「いやあ驚きですね。学生の時に暗記で悩まされた私としては、不思議としか言いようがありません」

私の言葉に彼は、片方の肩をすくめて答える。

「いや、大したことではありません。私は今読んだ部分だけではなく、詩集に出てくる全ての作品を暗記しています。便利ですよ、本をかばんに入れておく必要がなく、読みたいときに取り出せるわけですから」

彼は細くて長い人差し指で、自分の頭をとんとんと叩いてみせた。

「ではなぜこの本をお探しなのでしょう。内容は頭の中にあるのですよね。あるいは暗記するほど愛着ある本なら、既に持っていそうですが」

「店長さんの言うことは正しいです。持っていたんですよ。でも十年前に売ってしまいました。家に大きな書斎があったのですが、本は全部処分しましたね。小さな事業をしていたのですが倒産、最近の言葉で『滅亡した』わけです。私財は売り払い、逃げるようにソウルを離れました」

処分した本のうち、ただ一冊、『完全主義者の夢』だけは再び手に入れたいと考える彼は、本を探す事情を私に語る。

Lさんの父はとても厳格で、息子が何か失敗したり成績が落ちたりすれば、火のように怒った。この世は弱肉強食だから人の先を行かなければ後れをとるだけだと、執拗に繰り返した。Lさんはそんな父が恐ろしく、自分も完璧主義者にならねばと努力した。

「父はもう亡くなりましたが、本当に完璧な人でした。自分が進んで手本になったわけです。哲学者カントのように全ての面で徹底していて、全く隙がありませんでした。特に時間の管理については、今でも父の影響下にあります。父はよく言いました。人間の寿命を百年と仮定した場合、生きているあいだにいくつ意味あることを成し遂げられるかと。本にたとえるなら、他のことをせず生涯本だけ読んだとしても、一週間のうちに全世界で出版された本さえ読みつくすことはできない、とも言っていましたね。人間は努力により何でも成し遂げられるが、時間の壁だけは超えることができない。だから限られた時間を徹底的に管理することが、良い人生を送るために必要不可欠だと、私に諭しました。私はいつの間にか、宗教的な信仰と変わらないほど父の言葉を信じるようになります。父もそうだったように、その言葉の通りに生きていたら、何事においても失敗することはありませんでした」

『完全主義者の夢』はＬさんが高校の時に出会った本だ。直接的な題名にひかれ衝動買いした。しかしいざ読んでみると、意味の分からない言葉ばかり並んでいる。Ｌさんは腹が立ったが、これまでいつもそうしてきたように、その詩集を制圧したい欲望に駆られた。内容はどうであれ、とにかく詩を暗記することにしたのだ。若き完璧主義者は一か月かけて詩集が傷むほど読み込み、掲載されている全ての作品を暗記した。

その経験はＬさんに大きな自信をもたらした。詩集は彼のお守りとなり、どこへ行くにも持っていた。相変わらず詩の意味はよく分からなかったが、本一冊を完全に制圧したという満足感は、何年ものあいだ彼を陶酔させるのに充分だった。

「それこそ快進撃でしたよ。大学入試、資格試験、大企業就職と一度も失敗したことはありませんでした。子供のころから努力を重ね、自身を厳しく鍛えた結果だと信じました。会社を辞めて自分の事業を始めたばかりのころも成功は続きました」

ここまで一気に語ったＬさんは、しばらく沈黙した。

自分を完璧な人間だと信じた彼は、自分の世界を完璧なものにできると確信した。Ｌさんは二十代で既に、人生を終えるまでに進まなければならない道と成し遂げたい目標をリストにしてあった。時々新しい道が現れ彼を誘惑したが、そんなときは父の言葉を思い出した。

「人生は遠回りするには短い」

断固としたそのひとことは、世界を動かす物理法則のように思えた。人生には数多くの道が存在する。どれも正解とは言えないが、まっすぐ進もうと横道に折れてみようと導き出される結論はひとつだけで、間違えたからと後戻りし別の道を選び直すことはできない。つまり人間は死ぬまで選択した道ひとつしか経験できないのだ。Lさんはこうした人生の真理を教えてくれた父にいつも感謝した。

しかしある日、小さなきっかけにより、うまく行っていた事業が頓挫した。Lさんにはわけが分からなかった。ソウル市内の建物も所有していた彼が、部屋ふたつしかない貸家に引っ越すまで一年もかからなかった。彼は混乱し、苦しんだ。計画していなかったことだからだ。それは彼の人生において、あってはならないことだった。

「ソウルを離れ、あちこち走りまわり雑務をこなして借金を返しました。十年が過ぎましたが、まだ返済は終わりません。私に残されたものはもう何もないんです。ふと子供のころに読んでいた張錫周の詩集が懐かしくなりました。私には友達のような本でした。あの本さえあれば、私は前向きな気持ちで何でもやっていけるような気がします。だからぜひ、本を見つけてほしいのです」

話し終えた彼は深く息を吐いた。私は必ず探しますと約束した。完璧に挫折した完璧主義者である彼に必要なのは、この詩集一冊だけなのだと思うと哀れな気持ちになった。私は彼に「いいこともありますよ。決してあきらめずに」と慰労の言葉をかけた。Lさんは出会ったときよりも、はるかに柔らかい表情になって言った。

「だけど私は、今の生活に満足しています。この世界では完璧でいることより、価値ある生活を送ることのほうが大事だと学んだからです。他人より先を行くために際限なく自分を急き立てるのではなく、自分や他人を愛しながら一緒にゆっくり歩かなければ。私はもう、完璧主義者でも完全主義者でもありませんが、おかげで若いときには分からなかった詩の意味がようやく少し理解できるようになりました。これはとてもうれしいことです」

　Ｌさんは詩集の別の作品を暗唱する。

「友達よ、私たちを吊るしている木は何だろう。それは鎖だろうか、あるいは愛だろうか」

『恋人に』という詩だ。彼の声を聞いていると、自分自身だけではなく世界をもっと愛せるようになったと話す彼の言葉が、どういう意味なのか少し分かる気がした。彼はまるで自分が書いたかのように感情を込めて詩を朗読する。私は黙って目を閉じ、詩に耳を傾けた。真冬の寒さが、詩によって静かに和らいでいった。

　それから半年後、ようやく私たちは再会した。私はＬさんが求めた本の初版を本棚に入れたまま、まずは気になることを確認したかった。本当に彼はこの詩集を一冊まるごと記憶しているのだろうか？　そんなことが可能なのだろうか？　とはいえアメリカのイェール大学で教鞭をとった有名な文学評論家、ハロルド・ブルームもとんでもない量の詩を暗記していたというから、Ｌさんの言葉を虚偽と決めつけることはできない。

　本を見つけたからまた来てくださいと連絡するとともに、本当に詩集を全部覚えているのか確認したいとも付け加えた。Ｌさんは、お望みなら最初から最後まで全部朗読すると言った。

「いえ、その必要はないです。テストしたいのではなく、私が気になっただけですから。本当に詩集を全部記憶しているのか。もしそうなら誰もが不思議に思うはずです」

「本を見つけてくださったのだから、喜んで好奇心にお応えしますよ。では約束の日に、お店でお会いしましょう」

受話器の向こうから聞こえてくる彼の声が、一層乾いて感じられた。何番目の詩の何行目と私が言ったら、詩の題名とその行の最初の一節を答えてもらうことにする。例えば私が「16の3」と言ったら、十六番目の詩の題名と、三行目の文を答えてもらうのだ。

この章の最初に伝えたように、Lさんは一度も間違えたり言い淀んだりすることなく、このゲームを完璧にクリアした。信じられないが、信じるしかない状況だった。私は彼に詩集を渡し、握手をしてこの依頼はすっきり解決した。

いや、まだすっきりしないことがひとつある。私の好奇心は収まらないままだ。立ち去ろうとする彼に声をかけた。

「もしよければ、ひとつ質問しても？」

「はい、もちろんです」彼は腕時計を確認した。「どんな質問か分かりませんが、答える時間は四分ほどあります」

「事業のことです。完璧に準備したためにうまく回り、お金もたくさん儲けたとおっしゃいましたよね。それがなぜ、いきなりだめになってしまったのでしょうか。完璧な事業だったんですよね？」

「そんなことですか。答えるのに三十秒もかかりません」彼は時計をちらりと見て、短く言う。

「この世界が、もともと完璧ではないんです。私はそんな単純な事実を知らなかった」

Lさんは歯を見せ声をあげて笑う。彼がそんなに大声で笑うのを見るのは初めてだ。しばらく笑った後、ひとこと付け加える。

「世界が完璧だったら、張錫周も詩を書かなかったでしょうね。詩なんて存在もしなかったはず。やっと分かりました。私がこの詩集を頭で完璧に知っていても、心では全く分かっていなかったという事実を。だからこの本を探していたんです。これからは心で読んでみようと思います」

古い詩集を手に、古本屋を出ていくLさんの表情は明るかった。何かを悟った人の顔は、いつもきれいだ。完璧ではなくても健康な愛を心に抱いた彼の、穏やかな表情がまぶしかった。私にもいつかそんな瞬間が来るといい。心で、そして体でこの複雑な世界を理解できる日が来るまで、私は詩のように純粋な心で、本で満たされたこの空間をずっと守っていこう。

人生で唯一の友達

『監獄からの思索』
申栄福（シン・ヨンボク）著
ヘッピッ出版社、一九八八年

ネット販売を行わない古本屋を運営しているが、ネット書店にアップされる新刊目録は一日に何度も確認する。中古本を売っているのになぜ新刊本が気になるのかと聞かれたら、「中古本もかつては新刊本だったから」と答えることにしている。突拍子もないと思うかもしれない。しかし理由を説明すれば皆「なるほど」とうなずいてくれる。

古本屋で本を買う理由は？　最も大きな理由はやはり、定価より安く買えるということ。ひとり以上の持ち主の手を通過した中古品だから、安いのは当然だ。しかし、全ての本が安いわけではない。時には定価より高い値札が貼られることがある。例えば、有名な作家のサインが書かれている場合。また絶版本であれば値が上がる。もちろん全ての本が絶版になることで高くなるわけではない。求める人が多い本に限り、自然と価格が上がるものだ。古本の世界も自由市場経済に支配されている。

つまり古本屋の立場から言えば、価値ある絶版本をたくさん売れば収入が増えるというわけだ。そのような本を収集しておくことも古本屋の重要な仕事といえるが、それが全てではない。絶版本を高く売るためには、新刊目録を毎日確認するという面倒な作業がついてまわる。
貴重な絶版本であっても油断できない。その本の改訂版が新しく出版された瞬間、高い価格を誇っていた「絶版本」は、「旧版」という安っぽい名前に変わってしまうのだ。かつての絶版本は希少価値がなくなり、価格は定価以下に落ちる。もし改訂版が出たことを知らず、旧版を変わらず高価で売っていたら、お客に迷惑をかけるのみならず、本のことをよく知らない古本屋とレッテルを貼られてしまうだろう。これは常連客を失うことと同じだ。だから古本屋はいつも新刊目録をじっと見つめ、改訂版が出たことを発見したら、所有する旧版の価格を調整しなければならない。

ところで改訂版が出版されても、わざわざ旧版を探す人々がいる。なぜ彼らはわざわざ旧版を探すのかと問われたら、私も何と答えていいのか分からない。ある人がある本を必要とする理由について語ろうとすれば、世界にある本の数だけ、さらにもう一冊ずつ本が必要となるだろう。ボルヘスの「バベルの図書館」は、このように無限増殖する本の宇宙のことだ。そのどこかにある一冊の絶版本を想像すると、途方もない気分になる。

私よりも五、六歳ほど年上に見える平凡な会社員風のお客は、しばらく古本屋のあちこちを眺めたのち、低い声で私に話しかけた。何年か前に亡くなった作家、申栄福《シンヨンボク》（一九四一－二〇一六）の『監獄からの思索』〔一九六八年にスパイ容疑で逮捕・投獄された申栄福による随筆。八八年に発表されると民主化運動に関心ある人々の間で人気に〕を探しているという。どうしても初版を手に入れたく、会社が休みの週末になるたびに古本屋に足を運ぶそうだ。

「なぜ初版をお探しなんでしょうか。トルベゲ出版から改訂版も出ていますよね」

その本は有名ではあるが、著者のサインがあるものでなければ事実上、初版に特別な価値はない。初版の内容が改訂版に全て入っているのは当然のこと、初版には抜けていた「青丘会《チョングフェ》の思い出」という話も収録されている。改訂版よりも分量の少ない本をわざわざ探すのだから、明らかに何か理由があるのだろう。

「一九八八年ですよね。ヘッピッ出版社の初版は……」お客は言葉を濁した。

Hと名乗る彼は、初版が出た当時、大学生だったという。改訂版が出ている事実も知っていた。何かを思い出すように少し頭を上げ、私の後ろにある本棚を眺めながら話す。

「八〇年代の大学生が全員、運動圏〔民主化運動に積極的な人々〕だったわけではありません。私のように消極的な人も多かったです。同級生たちがデモしているとき、私は図書館で勉強していました。彼らが単位足らずで授業を再度受けていたときも、私は既に就職していましたね。以降もずっと何事もなく過ごしてきました」

周りの人たちがデモしていたのに自分だけ参加しなかったといっても、別に過ちを犯したわけではない。これだけでは初版本を探す理由にはならないだろう。

「当時、ひとりの友達が私に、その本を読んでみろと言いました。本をくれたわけではなく題名を教えてくれただけですが。『監獄からの思索』だなんてちょっと怖い題名だと思った私は、その時は聞き流しました。勧めてくれた友達の顔も、今となっては思い出せません。しばらくは仲良くつるんだりしたものですが」

Hさんは話を止め、長い息を吐く。彼の心情も少しは理解できるが、もう数十年も前の悩みから解放されてもいいときなのでは。そう思った私は口を挟んだ。

「私は当時、まだ子供だったので何も覚えていませんが、大変な時代だったと聞いています。ディケンズの小説のように、それこそ『ハード・タイムズ』だったのでしょうね。しかしだいぶ時間が経ちました。Hさんも、そろそろ心の荷を下ろしてもいいのでは？」

「そうしたくても、私の心は今でも重いままです。当時は彼らが心底憎かった。例の友達は、申栄福の作品を勧め、素晴らしい人だと称賛します。もともと陸軍士官学校で教鞭をとる講師だったのですが、スパイの濡れ衣を着せられ二十年間監獄にいたそうです。その話を聞いた私は、冷たく反応しました。当時の私の哲学はこう。『悪法も法なり』という言葉がありますよね？濡れ衣を着せられたのならそれだけの行動をしたのだろう、つまり申栄福はただの学者ではなかったのでは。いくら独裁国家でも、意味なくひとりの人間を牢獄に入れ、とんでもない量の証拠書類をわざわざ偽造するはずがない。独裁国家の法が悪法だとしても法を修正できる力を育てるのが先で、火炎瓶やゲバ棒を振り回すのは君らが立ち向かう独裁国家と変わらない暴力行為だ――と彼に言いました。その友達とは言い争いの末、会わなくなってしまいました」

話を聞いていた私はHさんの感情の高ぶりを感じ、「複雑な気持ちだったでしょうね」と、彼の語りに間を置く。Hさんはしばらく何も言わなかった。

「ではその後、『監獄からの思索』のことは完全に忘れて過ごしていたのでしょうか」

Hさんは首を振る。

「彼にはそう言いましたが、実は私もその本のことが気になりはじめました。二十年監獄にいた人が書いた本なんて、内容がなんであれ興味深いじゃないですか。学校の前にある書店で買えると言っていたので、一週間ほど経ってから行ってみました。ところがそこで予想もできない出来事に巻き込まれたのです。恥ずかしさのあまり、これまで家族にも言えなかったのですが」

椅子の背もたれに体をあずけていたHさんは、その日のことを思い出しているのか、しばらく目を閉じていた。私は手帳のページをめくり、彼の言葉を書き連ねる。

「遅い午後、友達が教えてくれた書店に行きました。社会科学書店〔八〇年代から九〇年代中ごろまで存在し、掲示板が設置され読書会が行われるなど、学生たちの情報交換の場となった〕と呼ばれている所です。当時は大学の近くにたくさんありました。しかし私はそうした本屋に一度も行ったことがありません。社会科学という分野に関心がなく、本を買うときはいつも街の大型書店に行っていたんです。本屋に入ると、そこは不思議な雰囲気でした。小さな空間に本が山のように積まれ、古本屋と変わりありません。ひとりの学生が本をめくっています。私は店の主人に『監獄からの思索』はどこにあるかと聞きました。主人は笑顔を見せると机の下に手を入れ、本を一冊取り出しながら言いました。『読書会に来たんでしょう？　こちらにどうぞ』と私の手を掴みます。戸惑いましたが、一瞬のことだったので何も言えないまま主人に手を引かれ、書店の横にある小部屋に入りました。そこには既に同世代の学生たちが五、六人集まっていました。彼らは私と同じ本を手にし、『いらっしゃい』『ようこそ』と私を迎えます。私は消え入るような声で、誤解ですよと言いました。読書会に来たわけではなく本を買いに来ただけだと。集まった学生たちは、この状況がおかしかったのかどっと笑い手を叩きます。私を連れてきた主人も後ろで、わっはっはと声を上げます。雰囲気につられて私も笑いました。学生たちは、席が空いているからちょっと座っていったらどうかと私に勧めます。見ると部屋はとても狭く、みんな膝を抱えて座り、隣の人と肩が当たるほどでした。どこに空席があるのか分かりません」

　話している間にリラックスしてきたのか、口元に笑みを浮かべるHさん。思いがけず中栄福読書会に交ざることになった彼は気まずさを感じる一方、同年代の若者たちによる楽しい活気を久しぶりに感じ、心が温かくなったと告白する。

「お話を聞くと恥ずかしいことは何もないように感じるのですが。コントみたいな状況で面白いですね」

「恥ずかしいのは、読書会での私の行動です」

　Hさんから再び微笑が消えた。彼は低い声で話しはじめる。

「読書会なのに『監獄からの思索』を読んできた人は誰もいませんでした。その日が最初の集まりだったからです。自己紹介の後、読書会への意気込みを順に発表します。今でも理由は分からないのですが、私はひとり、いい気になっていました。女子学生もいたから良く見られたかったのかもしれません。私は中栄福がもともと陸軍士官学校の教官だったこと、そして彼が統一革命党という秘密組織に加担したことで連行され、尋問の末に監獄に送られたことを話しました。本を読んでいなかった学生たちは、私の話に驚いたよう。何かすごい人になったようで、優越感を覚えました。でも内容を知っていたのは、本を勧めてくれた友達の話を覚えていただけ。それを自分の知識をひけらかすように、気分よくしゃべってしまった。それだけではありません。その日私は学生たちとともに政府を批判し、普段は関心がなかったマルクス、エンゲルスの名が出るたびに相槌を打ちました。さらには読書会が終わった後、参加していたひとりの女子学生と個人的に会ったりしました」

言葉の通り、しばらく優越感に浸って過ごすＨさん。しかし彼はその後、再びその書店を訪れることはなく、あれこれ言い訳をして読書会にも参加しなかった。当然のように、少しだけ会った女子学生との関係も遠のいた。Ｈさんに訪れた、最初で最後の大学時代の思い出は味気なく過ぎ去った。

その後は彼が最初に話した通りだ。平凡に暮らし、家族をつくり、特別な苦労も不足もなく今に至る。しかし彼の生活には重要なものがなかった。

「私には友達がいないんです。職場でつくればいいのかもしれませんが、彼らは友達というより同僚です。友達がいない、その思いに時々悲しくなります。かつての友達が勧めてくれた本を探してみました。でも既に絶版です。代わりに出ている改訂版を読んでみたのですが、当時の本とはやはり違いますよね。大学時代に戻ることはできませんが、あの本を読んでみたい。長いあいだ嫌悪感を持っていましたが、改めて考えると、大学時代の思い出をつくってくれたあの本こそが、私にとって唯一の友達だったようです」

数十年前に出版された本だが、探すのはそれほど難しくはなかった。当時、かなりたくさん売れたからだ。数か月後に見つかった初版本を取りに再び来店したＨさんは、彼特有の落ち着いた声で感謝の気持ちを述べた。

「ありがとうございます。実はあまり期待していなかったんです。本当に見つかるとは思わなかった。この本は……」

Ｈさんは何か言おうとしたが、あきらめるように口を閉じた。彼が再び口を開いたのは、本をかばんに入れ、帰ろうと扉を開けたときだった。

「この本、昔と全く変わりませんね。思い出しますよ、数十年前のことを。私の恥ずかしい行動をこの本は全て知っているのでしょう。変わったのは私です。本当に獄中にいたのは、中栄福先生ではなく私だったのですね。思考の監獄に自分自身を閉じ込めていた私は、何が恥ずかしいのか分からなかった」

古本屋を出ていくＨさんの後ろ姿を見ながら、一冊の本が彼にとってどんな意味を持つのか想像してみる。あのかばんに入っている小さい本は、顔すら思い出せない、かつての友達そのものだ。漠然と夢見ていた世界であり、宇宙に向かう小さな窓でもあったはずだ。

彼だけの友達に出会えたのだから、長年悩まされた恥ずかしさを忘れることができればと願う。改訂版が出てもわざわざ初版を求める心のように、時には古い友達こそが、人を深く慰めてくれるものだ。

私の知っているヒョン（兄貴）の話

『未確認尾行物体』
島田雅彦著、キム・ナンジュ訳
チョンアム文化社、一九九四年

この物語は、私と、かつてよく会っていたJさん、そしてふたりで一緒に探していた一冊の本をめぐる小さな思い出話だ。縁というものは、机の引き出しの奥で偶然見つかる古い一枚の写真のような、頼りないほど小さな姿で残される。しかし、ある人にとって一生忘れられない人生の一場面がそこにあるといえる。映画でいえば、一瞬だけ映されすぐに過ぎてしまう短い場面。しかしその部分を見逃したら三時間の映画が台無しになる、それほど大切な思い出のひとかけらを私は所有している。

大学でコンピューター工学を専攻した私は、すぐIT会社に就職した。当時はベンチャー企業が人気だった。しかし一日中椅子に座りモニターを見つめているのは全く性《しょう》に合わず、その会社を辞めて出版社で働いた。これも向いていなかった。私は悟る。私は本が好きなのではなく、古本が好きなのだということを。新刊には興味がわかないのだ。出版社も二年で辞め、ソウル金湖《クムホ》洞《ドン》にある古本屋で働くことになった。

今や金湖洞一帯はまるごと開発され、ぴかぴかのマンションが立ち並んでいるが、私がG古書店で働いていたときはまだ、細い裏道だらけのうら寂しい下町だった。その古本屋は規模がかなり大きく、私の他にも十名もの社員が働いていた。

入社後すぐ新入社員の歓迎会が開かれた。ＩＴ会社や出版社で出会った人たちとは違い、職員たちの表情に活気がみなぎっているのが良かった。私はいまだにその会食の様子を印象深い場面として覚えている。最先端のコンピューターを操作する人より、できたての新刊をいつも最初に手にする出版社の人より、何十年前に生まれた本に囲まれ一日中汗を流す人たちのほうが、はるかに明るい表情をしているのはなぜだろう？　その理由は後に書くが、二週間も経たないうちに分かることになる。

食事の合間に自然な流れで順に自己紹介することになった。Jさんを初めて知ったのはその時だ。大きな瞳に面長の顔はどこかアルベール・カミュを連想させ、贅肉が少しもない体は運動選手のよう。そして和気あいあいとして笑いの絶えない雰囲気だったのにもかかわらず、彼はほとんどしゃべらなかった。自己紹介でも名前ぐらいしか言っていない。まだ読んでいない本を思わせる不思議なところのある人物で、歓迎会の後も彼と親しくなる機会はなかなか訪れなかった。

そのころの私は、家のある一山《イルサン》から金湖洞までバイクで出退勤しており、それが意外にもJさんと私をつなげる最初のきっかけとなる。聞くとJさんの趣味もバイクだった。古本屋で働く前は、バイク雑誌社でフリーランス記者をしていて試乗レポートも書いたという。

バイクに始まり、私とJさんは様々な話をした。彼は海兵隊で兵役を終えた後、旅行が好きでアフリカに何度も足を運んだという。カミュやニーチェ、ボルヘス、朴常隆《パクサンニュン》（一九四〇－二〇一七）

が好きで、現在借りている三清洞《サムチョンドン》の家には、集めた絶版本がたくさんあるそうだ。私たちはすぐ仲良くなり、私はいくつか年上のJさんのことをヒョン（兄貴）と呼びはじめる。

信じられないかもしれないが、古本屋の職員たちは仕事を終えた後、他の古本屋に行って本を探すことが多かった。一日中、本の山に囲まれて働き、終わったら別の店に行って本を眺めるなんて。最初は私も奇妙に感じたが、そのうち慣れた。職員たちは毎週二度三度と、普通の会社員が飲み会をするように古本屋に集まり本を買った。それほど古本が好きな人たちが集まり古本を扱う仕事をしているわけだから、表情が明るくなるのは当然だ。

私たちが頻繁に通った店は、新村《シンチョン》にある「コンさんの本屋」と「隠れている本《スモインヌンチェク》」だ。「隠れている本」の店長は、有名な出版社で働いた後に古本屋を開業した人で、店には良い本が多い。私たちは店名を略し「スムチェク」と呼んでよく立ち寄った。

今も変わらないが当時の私も人生の物語に興味があり、自伝、伝記、日記などの本をスムチェクで買った。プリキップンナム出版社から発表された『隠れて暮らすひとりぼっち』と『民衆自叙伝』シリーズは、見つけるたびに買い集めた。詩人の高銀《コウン》（一九三三－）による画家の李仲燮《イジュンソプ》（一九一六－五六）の伝記、七〇年代に翰林《ハルリム》出版社から発表された『世界の大回顧録全集』全二十四巻のうちいくつかも、スムチェクで発見した。一方Jさんは、ヨルリンチェクドゥル出版社から出て絶版となったロシア文学シリーズをよく買った。サルトルやカミュの本もよく手に取っていたから、ヨーロッパの作家を好んでいたようだ。

ある日Jさんは、少し離れた場所で本を探していた私を手招きした。近づくと、彼の手にはジャン・グルニエの『孤島』があった。Jさんは私の顔を見つめながら本を指でトントンと叩き、「詩人の張錫周《チャンソクジュ》先生」と言った。本を受け取った私は、きょとんとした顔でその場に固まった。なぜここでいきなり張錫周の名が出るのだろう？　言葉数の少ないJさんとコミュニケーションをとるためには、含むところの多い彼の言葉から意図を推理しなければならなかった。

本はチョンハ出版社から出た『ジャン・グルニエ選集』のうちの一冊だった。本を開いて奥付を見ると、発行人の名が張錫周となっている。つまりJさんは、『ジャン・グルニエ選集』が出版された当時、詩人の張錫周がチョンハ出版社で働いていたことを私に伝えたかったのだ。彼の手には同じ出版社から出た別の本、ニーチェの『この人を見よ』があった。

それぞれが本を何冊か買い外に出ると、Jさんが私に声をかけた。彼は本を差し出し「これ、やるよ」と、やはり短く話した。島田雅彦という日本人作家の小説『未確認尾行物体』だった。題名も作家も聞いたことのない本だ。私は「ヒョン、シマダ・マサヒコって誰です？」と聞いた。Jさんは「マサヒコはマサヒコさ」と言いながら、地下鉄駅に向かう階段を降りていった。マサヒコがマサヒコとは……禅問答だろうか？　さっきよりもさらに高次元の推理力を動員する必要がありそうだ。

小説はそれほど長くなく、その日の夜、寝る前に完読することができた。あらすじも複雑ではない。「ルチアーノ」という名の性転換手術を受けた人物が、既婚男性である産婦人科医師を好きになり尾行してまわる。やがてルチアーノは自身がエイズにかかったことを知り、医師に愛を告白した後、自殺してしまう。彼は死ぬ前に遺言動画を作っていた。それを観た医師は、エイズ患者が集まる共同体を訪れ、彼らの手助けになることを探す――という物語だ。

産婦人科医師は当初、自分をストーキングするルチアーノに強い拒否感を抱き、宇宙人なのではと想像する。見た目は人間だが、中身は宇宙の生命体、つまり未確認尾行物体だ。

調べてみると島田雅彦は、日本では新鋭作家として注目を集めていたよう。そうした評価から韓国でも九〇年代に彼の本が何冊か翻訳されたが、残念ながら十年ほど経った今、島田雅彦の本はほとんど絶版となってしまった。しかしここ韓国において、ハルキ以外の誰の本が生き残れるだろう？

なぜJさんがこの本を私にくれたのか、気になって仕方がない。何日か考えてみたが、やはり謎だ。いつか彼に直接聞かなければと決心した。

ひと月ほど後、私たちは再びスムチェクを訪れた。今こそチャンスだと考えた私は、本を選んでいるJさんに近づいた。その時また、謎としか言いようのない場面を目撃する。私にくれたのと同じ本が、またもやJさんの手にあるのだ。どういう意味なのか、私には全く分からない。

「また同じ本を買うんですか？　この前くれた本は全部読んだから、必要なら返しますよ」

「いいよ、あれはプレゼントだから」そう言いながらJさんは『未確認尾行物体』を含む何冊かをレジに置いた。

好奇心が抑えきれない私はその日、Jさんの家へと向かう地下鉄に一緒に乗りこみ、あれこれ質問した。彼は明確に回答することなく、いつものように短くぼそぼそと応じるのみ。私の質問が疎《うと》ましいのだろうか？　私のことをルチアーノのような変人だと思っている？　様々な思いが頭を巡る。

ところが、とうとうふたりが別れることになる安国駅《アングク》に近づいたとき、意外なことにJさんは、うちで酒でも一杯飲まないかと私に提案してきた。この人の頭の中はどうなっているのか、全く分からない。

三清洞にあるJさんの家に到着すると、やはり本が山のようにあった。小さい庭のある典型的な韓屋《ハノク》で、居室はもちろん別室にも本があふれている。本以外の生活道具は何もないのではと思えるほどだ。Jさんは友達からもらった物だと、半分残った洋酒の瓶を出す。別の手には五、六冊の本があった。全部同じ本だ。私は驚いて聞いた。

「それ全部、島田雅彦ですね？　前から『未確認尾行物体』を集めているんですか？」

「まあ、何となくそうなった」

何となくとは！　同じ本を集め続ける理由が、何となくだなんて、あまりに誠意のない答えではないか。私は小さなコップに注がれた強い酒を一口飲んだ後、ちゃんとした理由を聞くまではこの家を出るものかと決心した。

「実は、大した理由でもないんだけど……」Jさんも酒を飲みながら、小さな声で話しはじめた。

私は中庭に向かう縁側に腰かけ、彼の言葉に耳を傾ける。

「大学の時、よく一緒にバイクに乗ってた友達がいたんだ。性格がちょっと鬱っぽいやつだったけど、本や映画の趣味が似ていてよく遊んだよ。だけどあいつはバイクで江陵《カンヌン》に行ったとき、交通事故に遭ってさ。ヘルメットやグローブはもちろん、ライダースーツも身に着けていたのに大けがをした。すぐ病院に運ばれたけど負傷は予想以上に大きく、回復してもバイクに乗るどころか歩くことも難しいだろうと医者に言われてしまうんだ。あいつは大きな手術を何度かして家に帰った。一生寝たきりなのかと思ってたら、何とか体を動かせるくらいには回復してね。幸いだったのか、そうでなかったのか、分からないけど」

ここまで話したJさんは、息をゆっくり吐くと酒を一杯注いで口に持っていく。中庭から夜空を見上げると、闇はさらに深まり星が輝いていた。Jさんの声にコオロギの鳴き声が重なり、黙って聞いているとくすぐったいような気分になって目を閉じた。

「その友達はずっと家にいて暇なのか、俺に本を買ってきてくれと言うんだ。南米の小説が好きで、ボルヘスやマルケスを何冊か送ってやったっけ。ある時あいつは、日本で人気のある島田雅彦の本が翻訳されたばかりだから、それも送ってほしいと俺に言うわけ。だけどうまく行かなかった。俺はそのころバイク雑誌で記事を書いていたんだけど、海外のライディングコースを取材する企画があって、すぐ出国することになってね。帰ってからも忙しさにかまけて本を送ってやることができなかった。たまにメモ帳にある『未確認尾行物体』という字を見るたびに、こんど買って送らないと、と思いながら伸ばし伸ばしにしていたよ。そんなある日、衝撃的な知らせを聞くんだ。あいつが自殺したっていう」

Jさんの声はあまりに落ち着いており、聞き間違えたのではと思わず耳を疑った。普段から軽い鬱病があったその友達は、バイクに乗れないことが受け入れられなかったのか、あるいは他の理由があるのか定かではないが、悲しい選択をしてしまう。

「読んだ本を他の人に全部渡して、なくなったら死のうと思っていたみたいで。もし俺が島田雅彦の本を早く買ってあげてたら、あんな残念なことにはならなかったかもしれない。自分があいつを死に追いやったようで、しばらくはつらかったよ。仕事も辞めて、何年かぶらぶらしてたけど、罪悪感はなくならない。書店に行ったら『未確認尾行物体』はもう絶版だというし」

以来Ｊさんは古本屋に行くたびに『未確認尾行物体』を探すようになり、あれば買って周りの人に一冊ずつ渡した。その行為を通して少しでも罪悪感から抜け出そうとしたのだろうか。あるいはそれはＪさんにとって、この世を去った友達の記憶をとどめておく唯一の方法だったのかもしれない。

彼の話が終わると、世界のあらゆるものが一斉に沈黙する約束をしていたかのように、あたりは急に静かになった。庭には風も吹かず、落ち着かない気持ちになった。私はできるだけ明るい声で、「じゃあその本を見つけたら、買っておいてヒョンにあげますよ」と言った。Ｊさんは「ありがとな」と酒を飲みほした。

思い出せば、もう二十年も前の話だ。私はその古本屋で二年ほど働いた後に退職し、しばらくして自分の古本屋を開業した。Ｇ古書店は、金湖洞の開発事業により京畿道《キョンギド》・水原《スウォン》市に移転し、同時にＪさんも辞めた。

Ｊさんは私の古本屋に時々やってきた。私は約束通り『未確認尾行物体』を見つけるたびに保管しておき、彼にあげた。特にお金は必要なかったが、Ｊさんはむしろ申し訳ないと代わりにご飯やお酒を奢ってくれた。Ｇ古書店を辞めた彼はソウル駅で、列車で届く宅配物の出し入れをする仕事をしていると言った。重労働だが、古本屋の仕事と比べたら大差ないと笑う。

彼が最後に私の店にやってきたのは二〇一六年の夏のことだ。まだ宅配の仕事をしていて、今更だが古本屋をやってるお前がうらやましいと何度も言った。Ｊさんは、例の本をたくさん集めてくれてありがとうと、アフリカの原住民が作ったという小さなラマの人形と、タンザニアの紙幣を数枚、そしてインドネシアの古い百ルピー硬貨をひとつ私にくれた。

「このコイン、インドネシアを旅行したときに手に入れたんだ。幸運をもたらすコインなんだって。仕事で悩むことがあったら、これを投げて占うのもいいんじゃない」

Ｊさんはいつものように微笑み、大きく手を振って家に帰っていった。それがＪさんと会った最後だった。その年の秋に突然、癌で亡くなった。まだ五十にもならない健康な人があっさりこの世を去るなんて、私には理解できなかった。病は昔から彼の体内で進行していて、本人も既に知っていたのでは。夏にお店に寄ってくれたのも最後の挨拶をしに来たのだろう。

私はあの日、彼が帰った後、いたずら心で百ルピー硬貨を投げてみた。Ｊさんは古本屋にまたすぐ来るか、あるいはもう来ないのかコインに聞いてみた。結果は表。来るという答えだ。コインは確かにそう告げたのに、彼は二度とやってこなかった。使えないコインめ！

それから私は出先で『未確認尾行物体』を発見するたび、Ｊさんが私に会いに来たかのようなうれしさを感じ胸が躍った。あの時のコインの表は、こういうことを言っていたのだろうか？

彼は去ったが、遠くに行ってしまったわけではない、と。

ルチアーノに尾行される医師・笹川氏は、小説の最後であることを悟り、「アフリカへ行くのだ！」と叫ぶ。あの物語のように、Ｊさんも好きだったアフリカに行っているはずだ。広く穏やかな草原の上でふわりと浮かび、自由に飛びまわる彼の姿が浮かぶ。あるいは先に逝った友達とともにバイク旅行をしていそうでもある。私には分からない。とにかく、生きているときに読んだ数多くの本とともに、Ｊさんの魂がいつまでも安らかであってほしいと願うばかりだ。

済《チェ》州《ジュ》の夜、思い出の漢《ハル》拏《ラ》山《サン》

『風立ちぬ、生きねば』
李祭夏（イ・ジェハ）他著
文章社、一九七七年

私が知る人の中でも、特にH氏は奇人と言うべき人物だ。店を持たず、キャスターのついた旅行かばんに本を詰めあちこち移動しながら商売をしている彼のことを、私は昔から「行商人」と呼んでいるが、彼自身はそのあだ名を嫌がった。「本マニア」と呼んでほしいと彼に言われたとき、聞き間違えた私は「本、マニ（多い）？」と返したことがある。

服装はくたびれ、歩く姿勢も前かがみ。知らない人が道端で彼を見かけたら路上生活者と思うはずだ。一方、いちど本の話を始めれば、目をギラギラさせて怖いほど相手を見つめる、その姿はさながら実験室から出てきた博士のよう。

私は彼の携帯番号を知っているが、奇人H氏がまともに電話に出ることはない。最初のうちは、私からの電話だけ取らないのだろうと少し悲しく思っていたのだが、そうではなく普段から呼び出し音を無音に設定し、かかってくる全ての電話を取らないようだ。そして気が向いたときだけ、着信履歴からいくつかの番号を選んでかけ返す。選ぶ基準はさっぱり分からない。本のことで質問があり彼に電話しても、早くて数週間後、ひどいときには数か月後にやっと返してくれ、なぜ電話したのかと平然と聞いてくるのだ。このように何かと面倒な奇人ではあるが、それでも私が時々電話をかけるのは、彼が絶版本に関して知らないことはない、まさに古書博士だからだ。

最近私は戦略を変えた。電話するのではなく、H氏がいそうな所に直接行ってみるのだ。彼は旅行かばんを引きずり光化門《クァンファムン》、新村《シンチョン》、弘益《ホンイク》大学前、上岩洞《サンアムドン》などを巡っている。選ぶ基準はさっぱり分からない。人が集まる公園などに陣取り、本を並べて販売するのだ。いわば露天商なのだが、営業時間は本人の気分次第。一か所に三十分しかいないときもあれば、四、五時間いるときもある。H氏をつかまえるには、そこに行けば良い。いつ、どこの地面に売り物を広げているのか事前に全く広報しないので、会うためには闇雲に歩き回らなければならない面倒はあるが、それでも椅子に座って彼からの電話を待つより早い。

そんなH氏が、私が探すより先に当店にやってきたことがあった。初めての出来事だった。扉を開けて入ってくるH氏の姿を確認した私は、驚き半分、うれしさ半分の変な表情で挨拶する。彼は何週間か済州島《チェジュド》にいたと言い、片手のビニール袋を差し出した。そこにはハルラボン〔済州島特産の柑橘類〕味のチョコレートが入っていた。

「本当に済州島に行ってきたんですか？　これ、ソウルの仁寺洞《インサドン》〔観光客の多い通り〕でも売ってますよね」

私は冗談を言いながら箱を開けた。チョコを包む紙をめくると、紙からも柑橘の香りがふんわり漂ってくる。

「行ってきましたよ、気分転換も兼ねてね。飛行機はちょっと怖いから、莞島《ワンド》までバスで行き、そこから船に乗ったんです。帰りも同じ」

普通の人ではないと思っていたが、金浦《キンポ》空港から済州島まで飛行機ならたった一時間なのに、わざわざバスと船で行くなんてさすがH氏としか言いようがない。さらに聞くと、ソウルから莞島まで直行する高速バスではなく、市内バスを乗り継いで向かったという。結果、片道だけで二泊三日かかったとか。なぜそんな意味のない苦労をしてまで済州島に行ったのだろう？　奇人の域をついに飛び越えてしまったのか？

「私、気になったら我慢できない性格じゃないですか。前にコメディアンのチョン・ユソンさんが、ソウルから釜山《プサン》まで市内バスだけで行ったと聞いてですね、本当に可能なのか確認してみたってわけ。釜山じゃなくて莞島だけど」

その話題は有名で私も知っている。どの町にも市内バスが走っているから、確かにどこでも行けるのかもしれないが、わざわざ試してみるなんて……変じゃないだろうか？　何のためにそんな苦労をしたのか聞くと、H氏は大きな目をバチバチ瞬きさせる。

「世の中にはわざわざやらなくていいこともありますが、やってみないと全く分からないこともあるわけです。この旅で私は、誰も知らない済州を体験してきました。社長さんも聞いたことないはずです。この先ずっと未知のままかも」

奇人の行商人H氏は、結局自分が済州島に行って何をどう体験してきたのか、何も話さず帰っていった。しかもお土産にと私にくれたハルラボン味チョコレート十個のうち、七個は自分が食べて。

残ったチョコを口に入れもぐもぐしながら、何年か前にひとりの依頼人のために、済州島に関連する本を探したことを思い出した。その人も、事情は違うが行商人と同じようにバスと船で済州島まで行き、予想もしなかった物語をお土産として持ち帰る。本を探し出した私は、そのお土産をおすそ分けしてもらった気分になったものだ。

春のことだった。何日も暖房をつけていないのに、日中は店内の温度が二十度を越えた。空気が乾燥しているため、扉を開ければキーッと不快な音が鳴る。どこか旅に出たい季節だった。しかし私はいつもと変わりなく本に囲まれた店に出勤し、本の旅に没頭していた。その時、例の扉がこすれる音が響く。注意深いお客がゆっくり扉を開けようとすれば、木の扉はさらに大きく長く音を立てるのだ。

「事前に連絡したＫと申します。探している本があるのですが」

Ｋさんは数日前、Ｅメールで私に本探しを依頼した人物だ。手数料として自分が話すことになる「本を探している事情」が、短くてつまらなくても大丈夫かと彼は聞く。事前にそう言う人で、本当に話が短かったことはない。反対に、実際は大したことのない話をする人に限って、すごい話があるかのように見栄を張るものだ。私はＫさんに、会ってお話を聞きたいから時間があればお店に来てくださいと返信した。

一方で、彼はやってこないだろうとも思った。なぜなら、本にまつわる自分の事情を他の人に語るということは、かなり勇気がいることだからだ。芸能人のような広く知られる人でもない限り、自分の語りというものは極めて個人的であるため、これを自分と何の関係もない他人に聞かせ、共有してもらうのは、なかなか簡単ではない。そしてメールを読んで感じたことだが、Kさんはかなり内気な人物のようだ。

「お会いできてうれしいです。こちらにお座りください。実のところ、Kさんは来ないのではと思っていました。そういうことが本当によくあるものですから」

「私もちょっと悩みました。お話しした通り、事情と言えないほど短い話で……」

五十代ほどに見えるKさんは、まるで高校生のように恥ずかしがり、もじもじした。

「本人にとっては短くてつまらない話でも、他の人の心には響くことだってあります。よろしければさっそくお聞きしたいです」

Kさんが探してほしいと話す本は『風立ちぬ、生きねば』。一九七七年に文章社《ムンジャンサ》が初版を発行した、七〇年代韓国の人気作家十人が名を連ねるエッセイ集だ。本一冊のためにトップクラスの作家を十人集めるなんて現在でも難しいことだが、数十年前にこんな企画が実現していたなんて驚くばかりだ。

「全羅道《チョルラド》・全州《チョンジュ》市で生まれ育ちました。中学までは全州、高校からはソウル。ソウルでは親戚の家にいたのですが、両親と離れて過ごすのは寂しかったです。だから長期休みになればすぐ全州に帰りました。何より子供のころからの友達がみんないるわけです。彼らと会っていたら長い休みはあっという間でしたね」

時代は八〇年代初頭、全州の友達はソウルの学校で勉強するKさんのことをうらやましがった。しかし彼は反対に、味気のない都会暮らしがつらかった。当時の彼にとってたったひとつの慰めは、ソウルに大きな書店があるということだった。Kさんは実家から送られる少ない小遣いを大切に使い、毎月二、三冊の詩集を買って読む。

「李祭夏《イジェハ》（一九三八－）の詩が好きだったんです。学生時代で既に、雑誌に詩が掲載されるほどの才能があったようですね。『青松の青い木陰に座り、ソウルの友達からの手紙を読む。紫の夕日を胸に抱いたと言ってもよい』と始まる詩〔一九五四年発表「青松の青い木陰に座り」〕を書店で読んだのですが、涙がぼろぼろ流れて。それ以来時間ができるたびに書店に寄って、李祭夏の詩を探したものです。休みになれば故郷に詩集を持っていき、友達にも貸しました」

事件はここから始まる。そう、事情ではなく事件だ。高校二年の夏休み、全州に戻ったKさんがいつものように古本屋を巡っていたところ、偶然『風立ちぬ、生きねば』という本を発見する。ポール・ヴァレリーの詩からの引用だとは当時知らなかったが、題名に妙にひかれ本を広げた。

「その本には十人の有名作家が書いた散文が載っていました。そこに李祭夏もいます。うれしくもあり、また自分の好きな作家が金承鈺《キムスンオク》、崔仁浩《チェインホ》（一九四五－二〇一三）などベストセラー作家と並んでいて誇らしい気分でした。当然、一番初めに李祭夏のページを開きました。短い文章が並んでいて、冒頭が『漢拏《ハルラ》遠景』。題名だけでは何のことか分からなかったのですが、読んでみると済州島の漢拏《ハルラ》山《サン》に登った紀行文です。その時の私は済州島に一度も行ったことがなく、だから漢拏という文字も見慣れなかったんです」

カミュがジャン・グルニエの『孤島』を手に入れ、喜びのあまり家まで走ったように、Kさんも古本屋で見つけたその本をドキドキしながら購入し、急いで帰った。布団をかぶってうつぶせになり、むさぼるようにページをめくる。彼が一度も行ったことのない、しかしあまりに有名な山、漢拏山についての文を何度も繰り返し読んだ。その夜、海の向こうにある、深い霧に包まれた漢拏山へ、ふわふわと飛んで行く夢を見る。

目標は決まった。漢拏山に行くのだ。だがひとりで行きたくはない。李祭夏が書いたように友達とともに済州島に行き、作家と同じ神秘的な体験をしてみたい。

「その本で、作家は船に乗り済州島に行くんです。夜、ゆれる甲板の上で星を見上げる場面があります。『ここでは星たちもさすらうのだな』と表現していて、さすが詩人の表現力は格別だとうなずいたものです。船は夜通し海を進み、太陽が昇るころ済州港に到着します。残念なことに、その日は霧のため漢拏山は見えなかったそうですが、翌日、初めて漢拏山を見た作家は、感激のあまり涙を流すんです。そして不思議な経験をします。翰林《ハルリム》から挾才《ヒョプジェ》へと越える道で、前を歩いていた三人の友達が肩を組んで空に浮くまぼろしを見るんです。――私が最も感動したのはこの場面です。その後、そんな奇跡的な光景を見ることは二度となかったと李祭夏は書いています」

Kさんも友達と一緒に同じような旅に出たいと決心する。夏休みはまだたっぷりあり、乗ったことはないが莞島港から済州島に行く船があることは知っていた。莞島まで、全州からバスで行けばよい。

内気な彼にとって、全てが大冒険だ。しかし彼のバッグの中には李祭夏がいた。心強い存在だ。次の日からすぐ、Kさんはこの旅行に同行してくれる友達を集める。早速ふたりが手を挙げてくれた。両親に許可を得るまでたっぷり一週間かかったが、高校二年の夏休みは長く、空は快晴続きだった。

「私たちは昼の船に乗ったため、星たちがさすらうのは目撃できませんでした。しかし済州港で漢拏山に会えなかった作家一行に比べたら幸運でした。遠く建物の間に、雄大な漢拏山の姿が見えたからです。大きく裾を広げるその山は、早くおいでと私たちを手招きするようでした。翰林から挾才への道を本と同じように歩くことは旅のハイライトでしたが、残念ながら李祭夏と同じまぼろしには出会えず。だけど私たちは、ただ騒いで笑ってその時間を思いっきり楽しみました。燃える太陽と青々とした海。そして遠くに見える漢拏山、その全てが私たちのために存在するようでした」

Kさん一行の所持金はほとんどなく、島のあちこちを巡ることはできない。しかし漢拏山にはぜひ登ってみたかった。それが李祭夏の本から始まった旅の最後の目的地だった。

「特に事故なく旅を終えた、というお話でしょうか？」そう言いながら私は、話を書き留めていた手帳から顔を上げ、Kさんを見る。

「旅行中に特別なことはありませんでした。三人ともやんちゃすぎず、大胆な性格でもない。ただ漢拏山に登る途中で、風景に感激したのか友達のひとりがこんなことを言いました。もし自分が死んだら漢拏山に埋めてくれと。それを聞いた私たちは、わははと笑いあいました。三人の中で、あいつが最も体力があり健康的だったからです」

その話を聞いた瞬間、Kさんが本を探す理由が分かった気がした。彼はうなずきながら、すぐに淡々とした声となり最近起きた出来事を語る。

「その友達は数年前に仕事中に突然倒れ、最近まで病院で治療を受けていました。私がたまにお見舞いに行ったり、電話で様子を聞いたりすると、三人で漢拏山に登ったことをよく語ったものです。もし自分に何かあれば、あの時の約束を守ってくれと彼は笑いました。冗談だと思いながらも私は真面目に、そんなこと言うなとたしなめたものです。彼は先月、この世を去りました。亡くなる数日前に、自分の妻にこう言ったそうです。高校の時に友達が教えてくれた、李祭夏の散文を読んでほしいと。『漢拏遠景』ですね。あの夏、済州島旅行に誘うため、私が彼にその文を読んで聞かせたのです。だけどその本は、私の手元にも既にありませんでした。引っ越しの際に処分してしまったのか、探しても見つからない。だから今日、店長さんにお願いしようとやってきました。少し遅くなりましたが、本が見つかったら、今でも友達のもとに行って読んでやりたいのです」

話を聞き終えた私は、しばらく何も言うことができなかった。Ｋさんもやはり、付け加える言葉はないと口を閉じたままだ。私は手帳を閉じ、万年筆の蓋を回して閉め、最後に言った。

「短いお話ではなかったですね。大切な事情を聞かせてくれてありがとうございます。本は必ず探し出します」

「李祭夏のように劇的な経験をしたわけではありませんが、あの時はみんな本当に楽しかった。本を見つけてくださったら、友達の所に行って『漢拏遠景』を読む時に、店長さんの話も伝えますね。そうなれば店長さんも、この思い出を共有する人になるわけです。構いませんか？」

Ｋさんは少年のように恥ずかしそうに笑った。私はうなずき、皆さんの素敵な物語に加わることができるなら光栄ですと答えた。

いつか天気のいい日に済州島に行ってみたいと思った。しかしその時はひとりではない。少年時代のKさんとその友達たちから分けてもらった、大切な物語がある。漢拏山に登る足取りも、より軽くなるはずだ。

旅先で聞こえた秘密のささやき

『男と女のいる風景』
朴婉緒（パク・ワンソ）著
ハンギル社、一九七八年

人生は旅だと最初に言った人は誰だろう。世に名言は多数あるが、もう中年と呼ばれる年になり、その言葉が特に胸に響くようになった。

旅というものは、いくら綿密に計画を立てて出発しても、決してその通りにはいかない。予想できない分かれ道の前で戸惑い、美しい風景に出会えばしばらく足を止めることになる。ある人は、計画が台無しになった瞬間こそ旅の醍醐味だと話す。

だからだろうか、旅するときに全く計画を立てない人も多い。彼らは偶然の出会いと、行ったことのない道に進むという冒険を楽しむのだ。その反対に私は、できるだけ計画を細かく立てておく。後で変更になったとしても、ひとまず計画を練っておくほうが気が楽だから。

しかしこのどちらにも属さない人たちがいる。旅そのものを好まない人である。出不精、ひきこもりなどと呼ばれる、外見だけでは見分けのつかない種族。彼らは私たちの中にしらっと交じって生活している。

旅行にちょうど良い季節、私より少なくとも十歳ほど上に見える女性が絶版本を求めて現れ、まず最初にしたのが「出不精宣言」だった。

「典型的な出不精ですよ。旅といえば読書旅行ばかり。子供のころから静かな性格で、本は好きだけどスポーツは嫌いでした。そんな私が勇気を出して、初めて旅に出たきっかけが、朴婉緒《パクワンソ》（一九三一－二〇一一）のエッセイ集なんです」

　Cさんは読書家だからか、本を探す事情を話してほしいと私が言うと、前から楽しみにしていたような様子を見せた。私がそうした事情や物語を蒐集していると知っていても、初めて会う人に秘密の多い個人的な話を語るのは簡単ではない。しかし彼女は、今日のためにしっかり準備してきたのか目を輝かせている。私はどこから始めたらいいか分からず、まずは作家の朴婉緒のことに触れた。

「実は私も外出が好きなほうではありません。だからこうして古本屋にこもって、他の人たちの物語を集めているわけです。ところで、朴婉緒が九〇年代以前にも旅に関する本を書いているなんて知らなかったですね」

　朴婉緒の旅行記といえば、二〇〇五年に発表された『なくした旅行かばん』がある。しかしこの本なら私でなくても簡単に探せるはずだ。チベット旅行記『冒瀆』もやはり二〇〇四年に改訂版が出ているから、絶版本が得意な私の領域ではない（この本を執筆中の二〇二一年、作家の没後十年を記念して内容を整理した新たな改訂版が、文学《ムナク》パン出版社から刊行された）。

「旅行記ではないんです。『男と女のいる風景』というエッセイ集を探しています。そこに旅に関する思いを書いた短い話があるんです」

「その本なら確か、後に『私たちを怖がらせるものたち』という題で再刊行されましたよね。『男と女のいる風景』は、日本の有名作家が書いた本の題名と同じだったため、後に別の出版社から出す際に変えたと聞きました」

「渡辺淳一ですね！」Cさんは明るい声で私の話に割って入る。

「そうです、よくご存じですね。『失楽園』の作家が書いた本の題名です」

「私も渡辺淳一の本が好きなんですよ。子供のころよく読みました。札幌にある渡辺淳一文学館にも何年か前に行ったことがあります」

「典型的な出不精とおっしゃいましたが、本当は旅行好きなんじゃないですか？　日本の作家の文学館にも行くなんて」

「同年代の人に比べたら旅行経験は少ないほうですよ。この十年で二、三回行ったくらい。何とか旅に出られるのも、朴婉緒先生の本のおかげです」

「お客さんが本を探す事情、とても気になりますね。どうぞお話しください、私が手帳に書き残しますので」

　Cさんが探しているのは一九七八年に出版された初版だ。そのため印刷部数は多くなく、改訂版が後から何度も出ており、初版を探すのは簡単ではないだろう。彼女は小説を読むように自分の過去を語りだす。

　女子高を卒業し、ある会社の経理部に就職するまで、人生に特別な事件はなかった。不自由なく暮らせる家庭で育ち、学校の成績はずっと中くらいで落ちこぼれることもない。学生時代の友達はみんな似たような性格で、週末は町の本屋やお菓子屋を巡るばかり。

しかし勤めた会社は、学校とは違った。初めて年の離れた人たちと社会生活を送ることになったCさんは、数か月もしないうちに、見知らぬ人とつきあうことが本当に苦手なのだと悟る。人であふれる無味乾燥な事務室の風景が、牢屋のように感じた。

「ある日、会社のイベントで、汝矣島《ヨイド》で開かれる大きな祭りに行くことになりました。一九八一年のことです。祭りの名前が『国風《クップン》81』だったので年も覚えています。国主催のイベントで、参加団体も一般客もとんでもなく多かった〔全斗煥政府による文化祭で、五日間で一千万人が参加した〕。そんなに多くの人を見るのは生まれて初めてでしたよ。車から降りて荷物を持ってイベント会場に行くのに、どこを見ていいのか分からないほどの混雑です。突然頭がくらくらし、空がぐるぐる回りだしました」

そして記憶をなくす。映画のワンシーンさながら目を覚ますと病院にいて、ストレス性不安障害だと医師に告げられてしまう。これまで不安を感じやすい性格ではなかったはずのCさんは、まるで不治の病を宣告された人のように人生が空しく感じはじめる。

「『国風81』ですね。おっしゃるようにかなり大きな行事でしたよね。私はまだ子供でしたが、親に手を引かれて汝矣島公園に行った記憶があります。でも、何がきっかけでストレス性不安障害になったのでしょうね。原因は分かりますか？」

「私もちゃんとは分かりません。ただカウンセリングを受けて気づいたのですが、思い当たる節もなくはありません。人は慣れない環境にぶつかったら、初めは当惑してもやがて適応しますよね。私はその適応力が、普通の人に比べて著しく低いそうです。最初は先生の言葉に全く同感できませんでした。でも改めて考えてみたら、それが私だったようです。高校では修学旅行に行きたくなくて仮病を使いました。小学校も同じで、遠足のたびに家にいました。新しい経験や見知らぬ場所を、できるだけ避けてきたんです。学校は友達ばかりだからそれでも問題なかったけど、会社はそうじゃない。慣れない環境は、私には無人島でした。ひとりぼっちのロビンソン・クルーソーのように怖かったんです。でも、私に何の非があるのかさっぱり分かりません。そんなときに会社のイベントで、人が押し寄せる極端に慣れない環境に出会い、一瞬で心が壊れたんだと思います」

「何だか分かる気がします。私も人の多い場所に行ったら頭やお腹が痛くなります。明洞《ミョンドン》みたいな繁華街や大きなデパートに行くと、いつもそうなんです」

　治療を終えて会社に復帰したが、一年も経たないうちに退職する。しばらくは外出することも怖く、ひきこもりのように部屋の中だけで過ごした。この時期、一生のうちに最も多くの本を読む。

　様々な本の中でも、朴婉緒の『男と女のいる風景』は、題名にひかれて手に取ったのだが内容も面白く、何度も繰り返し読んだという。この本を選んだ理由のひとつに、読めば人の多い場所にも対応できる健康な心を取り戻せるのではという期待もあった。

「ところが予想とは異なる『ひとり自然に旅立とう』という文を見つけ、ちょっとびっくりしました。私はどうすれば人の輪に入れるか悩んでいるのに、作家はひとりで旅に出ろというのですから」

「それは運命的な出会いですね。七〇年代といえば、ジーンズにギターの青年たちが、グループでつるんで遊ぶ文化があった時代です。そんな雰囲気で、一歩足を踏み出しひとり旅に出ようと提案するのは、さすが朴婉緒ですね」〔出版当時四十代後半の朴婉緒は子を持つ母でもあった〕

「でもやはり、ひとり旅は怖かったですよ」

「なぜです？　本を読んで勇気をもらったという結末なのかなと思ったのですが、まだ問題があったのでしょうか」

「当然、問題はありますよ。女ですから。二〇〇〇年代の今でも、女がひとりで旅行するのは簡単なことではありません。店長さんは男性だから百パーセント同感できないかもしれませんね。さらに一九八〇年代です。最近なら事件が起きればネットニュースなどで話題になるじゃないですか。当時は女性が明らかな被害者であっても、女性に非があるように報道されることが少なくなかったです」

「ああ……」私は何も言えなかった。話の流れや雰囲気を壊してしまったのではと心配したが、Cさんは何でもなさそうに笑い、続きを語りだす。この淡々とした大人な対応はどこで学んだのだろう。読書だけで得られるものではない。本当の知恵は本を閉じた後に得られるという言葉があるように。

「本を読んで勇気をもらったのは事実です。でもさっき言ったように、女がひとりで旅行するのは、単に勇気だけあればいいものではありません。朴婉緒の本を読むなり荷物を担いで旅に出たと、ちょっとだけ恰好つけて人に話すことはよくありますが、でも現実は違います。一か月近く悩みました。あの本の決定的な一文に出会わなければ、悩んだ末に諦めていたはずです」

「一か月の悩みを解決した一文ですか。気になりますね」

「朴婉緒先生はこう書きました。『自然というものは、ひとりきりの人にだけ密かにささやきかけてくれる』。今でもこの一文をはっきり記憶しています。そこにアンダーラインも引きました。そして自分自身に言い聞かせたんです。——私は今まで、人と交わることだけが本当の社会生活だと思ってきた。しかし、それができなかった自分に非はない。そして自然は、ひとりきりの人にだけ密かにささやきかけてくれる。わたしはひとりだ。だからそのささやきを聞く準備ができている。秘密の話が何なのか、私は聞きたい。——こう思いを固め、やっと旅の準備を始めることができたんです」

「大変興味深いお話ですね」と私はメモを続けながら言った。上手な語り口に、若きCさんがリュックに服などを入れひとり市外バスターミナルに堂々と歩いていく姿が、映画のワンシーンのように浮かぶ。やがて彼女は油の臭いがするバスに乗りこみ、リュックを棚に載せ、大きく深呼吸するだろう。彼女の手にある乗車券の目的地は一体？

「莞島《ワンド》です」とCさん。彼女も今、当時を思い出しているのか遠くのほうを見上げている。

「そこを目指した理由は？」

「莞島は最終目的地ではありません。隣の海南《ヘナム》郡にある、地の果ての村〔朝鮮半島の最南端に位置する海沿いの村。タンクッマウルと呼ばれる〕に行ってみたかったんです。そのためには一度、莞島までバスで行き、乗り換えることになります。計画したのはそこまで。海南に到着した後、地の果ての村にはどう行けばいいのか分かりませんでしたが、地図があるから徒歩で行けるだろうと漠然と思っていました」

そこまで話したCさんはしばらく息を整え、最も重要な話をしようと頭を整理している様子。やがて続きを語る。

「いつも崖っぷちに追いこまれている思いで、とにかくつらかった。でもこの怖さに勝つことができなければ、一生苦悩するだろうと思いました。だから象徴的な意味で、地の果ての村に行こうとしたんです。地の果てに立てば、つらい過去の時間を回復し、新しい自分に会えるはずだと思ったわけです」

莞島で一泊したCさんは、次の日の朝、海南行きのバスに乗る。海南に到着してからは、地の果ての村まで歩いていくことにした。手に持つのは地図帳一冊のみ。寂しくも大変な道中だったが、秘密のささやきを聞くためCさんは一歩、また一歩と海風が吹くほうに進む。屏風の形をした月出《ウォルチュル》山を背に、頭輪《トゥリュン》山、達摩《タルマ》山、烟布《ヨンポ》山と順に出会い、自然が呼ぶ方向へ歩いていく。

そしてついに到着した地の果ての村で、Cさんは熱い涙を流す。最果ての地、これ以上先には進めない場所に立った彼女は、目的地にたどり着いた喜びよりも自分の人生に対する悔しさが沸き上がり、悲しくて腹が立った。何も言えなくなるほど圧倒的な姿で迫る大海原を前に、悪口でも叫びたい気分になる。しばらく立ちすくんでいた彼女はやがて座り込み、遠い海をぼんやり見つめ続ける。

どれだけ時間が過ぎただろう。海の色がほんの少し変わったと思った瞬間、風が体を通り抜けた気がした。そして静けさだけが残った。彼女は完全にひとりだった。やがて不思議な感覚が彼女の体を包み、自然が語りかけてくる。

「その時、どんなささやきを聞いたのですか？」

私はぐっと前のめりになりCさんに質問する。話に没頭するあまり、どこかから海の匂いが漂う気がした。Cさんはしばらく思いに浸った後、春風のように温かく軽やかな表情で微笑む。

「道はここで終わりだけど、あなたの旅はここから始まる。――そう聞こえたんです」

Cさんにつられ私も笑う。数十年前の話を聞いているだけなのに、こんなに生々しい気持ちが立ち上がるのは珍しい。私は彼女に、地の果ての村への旅を終えてから今までのことは、わざわざ聞かなかった。彼女の人生は予定のない旅の連続だっただろう。でも今の表情を見れば、それらの旅で何をつかんだのかは容易に想像できた。それだけで充分ではないか。

依頼人が帰った後、私は久しぶりに朴婉緒の短編集を開いた。買ったまま読まずにいた『親切な福姫《ポッキ》さん』だ。急ぎの仕事もあるが、今日だけはこの本を読みたい。計画なんて、ちょっと変わってもいい。本の中にも人生があり、まさに人生は旅だから。今日、私はしばらく旅立とうと思う。

独創性マニア

『孤独な散歩者の夢想』
ジャン＝ジャック・ルソー著、チェ・ソッキ訳
東西文化社、一九七八年

ある本を何冊も買う理由はだいたい同じだが、絶対に買わない理由はばらばらだ——と書いてみて、どこかで見たことのある文だなと思った。しかし構わぬ、太陽の下に全く新しいものなど存在しないのだから。ちなみにたった今書いた文も、とても有名な本からこっそりいただいた。もう、どうしようもないのである。新しい文が全然思いつかないときは、他の人が既に書いたものを再利用するのが楽なのだ。

ちょっと前にショーペンハウアーの本を読んだ。この人に会ったことはないが、かなりとげとげしい性格だったろうと思われる。彼は、他の人が書いた文を引用して自分の考えのように自慢する作家を嫌った。独創的な思考を書きあげたとしても、必要以上に思考を飾り立てることや、正当性を付与するために他の作家の文章で補足することも否定した。ショーペンハウアーの時代には、そんな作家が多かったのだろう。しかし現在は、当時と比較にならないほど本が多いため、誰の文章も引用することなく自分だけの純粋な思考を繰り広げられる余地は、当時よりも遥かに小さいといえる。

どうしようもないことではある。私たちは日常的に何かを引用している。それがあまりに当然のように行われるばかり、自分が何を引用したのか分からなくなることも多い。本に出てくる文章はもちろん、誰かの演説、ニュースの記事、冗談、広告コピーまで、引用できるものはそこらにあふれている。ショーペンハウアーが今の時代を生きていたら、この状況に精神を病んでいたかもしれない。独創的な哲学に執着し続けた、とげとげしい性格の男は、それが理由とは断言できないが周りに友達がいなかった。同じ大学で講義していたヘーゲルに対しても、レベルの低い学者だと毒舌を振るうほどだったから、果たして彼を好きな人、彼が好きだと思う人がひとりでもいたのか疑問に思う。

いずれにせよ私は独創性とは程遠い人間なので、ショーペンハウアーが生きていたとしても私など眼中になかっただろう。私は引用とパロディーこそ現代美術だと考えている。たとえショーペンハウアーの霊に耳元できつく叱られても、どうにもできるものではない。ここまでの文章を振り返っても、ショーペンハウアー先生のお言葉を当初の予定以上に長く引用しているのだから。

以上、ああだこうだと説明したわけは、ふたつの話をしたかったからだ。それは同じ人物に関する物語でもある。ひとつは冒頭で書いた、同じ本を何度も買う、あるいは一度も買わない理由について。もうひとつは、独創性に執着する現代のショーペンハウアーに会った話だ。このショーペンハウアー氏（ここから彼をS氏と呼ぶ。しかし彼の名のどこにもSは入らない）は本を蒐集する趣味がある。いや、趣味と言ったらS氏が怒るかもしれない。彼にとって本の蒐集は、自身の独創性を確固たるものにする繊細な活動なのだ。

まずはS氏を紹介したい。彼はお坊さんだ。いや、少し前に僧籍を捨てたらしいので「前職僧侶」と言うべきか。当店にやってきたとき、灰色の僧衣を着ており、さらに数珠と木魚も持っていたから、私は当然のようにお坊さんだと思った。顔に寄る皺と濃いシミから六十代ほどに見える。私は最初、店や家を回ってお布施を求める托鉢僧だと考え、挨拶もせずちらりと横目で見ただけだった。その日はお客がほとんどおらず、人に寄付したい気持ちには全くなれなかった。

ところが意外にも、彼は本を探しに来たという。私を見て「ここのご主人ですか」と低い声で聞いた。そうだと答える。彼は首を回してあたりを見ると「本を売っているようですが、それ以上に多くの本を買っていますね？」と言った。まさにその通りなので驚きのあまり立ち上がり「お坊さんになぜ分かったのですか？」と聞いた。うははと笑う彼。

「入ってくるとき、階段の前にオンライン書店の箱が何個か積んであるのが見えたのでね。あてずっぽうで言ったまでです」

すごい神通力を持った法力の高い僧侶かと思ったのだが、答えを聞いてがっかりした。時代劇よろしく「拙僧はつまらぬ坊主でござるが、店先から何やら良い気を感じましてのう。主人は大業を成し遂げるでしょうぞ」などと言われるのを期待したわけではないが、S氏とは最初の出会いから嫌な予感がした。

彼は最近まで僧侶だったが、今は僧籍を捨てた状態だと話す。ではなぜその姿なのかと聞くと、簡単に答えた。ずっと僧衣を着ていたから、このほうが楽なのだという。数珠と木魚も同じ理由で持っている。

このミステリアスなお客は、フランスの哲学者ルソーが亡くなるまで執筆していた未完成作品『孤独な散歩者の夢想』を探してほしいと言った。あまりに有名な本のため様々な版があり、現在も途切れることなく新しい翻訳書が出ているが、S氏が探しているのは一九七八年に東西文化社から発売された文庫版だ。

「小さくて価格も高い本ですが、『孤独な散歩者の夢想』と一緒に『社会契約論』や『人間不平等起源論』も収録されております。私はその本を、かつて清渓川《チョンゲチョン》の古本屋で五百ウォンで買いましてね。ルソーが私の悩みに明確な答えをくれたのです」

S氏はここまで言うと話題を変え、「ところでご主人、同じ本を何度も買ったことはおありで?」と聞いた。

もちろんと答えると、「その理由は?」と聞き返す。私の場合、ドイツ語作家、ペーター・ハントケの短い小説『ある作家の午後』は何冊も買った。韓国語に翻訳されたのはそれほど昔のことではなく、数えたわけではないが今まで二十冊以上は購入しただろう。そしてサミュエル・ベケットの戯曲『ゴドーを待ちながら』は、高校の時、サヌルリム小劇場で演劇を観て初めて本を手にする。それ以来、私の記憶では五十冊ほど、いや明らかにそれ以上買ったはずだ。このふたつは特に気に入っている本であり、誰かへの簡単なプレゼントにも良かった。

「ご主人のおっしゃる通り、同じ本を何冊も買う理由は、その本が好きだからです。私も同じ理由で『孤独な散歩者の夢想』をたくさん買いました。これまで百冊以上買ったはずです。ご縁のあった方に一冊ずつお渡ししたものですよ。ところで、反対にご主人が絶対に買わない本もありますよね？　当然あるはずです。その理由を言えますか？」

本の商売をしているが、当然気に入らない本も多い。嫌いな本をわざわざ売らなくてもいいから古本屋を始めたところもある。取次を通さず、オーナーが直接選んだ本だけを入荷できるため、店ごとに個性が出るのが古本屋というもの。ところで改めて考えてみると、ある本を好まない理由は、ひとつずつ説明するのが難しいほど多彩だ。著者の考えが気に入らない場合もあれば、文章が好みではない、表紙のデザインが嫌いな場合もある。

私の話にＳ氏はまたもや、うははと笑う。

「トルストイの本から表現を拝借すれば、とある本を好きになる理由はだいたい似ているが、嫌いになる理由はそれぞれです。ああ、もっと独創的な説明をしなければいけないのに、トルストイを引用するなんて。お恥ずかしい限りですな。しかしトルストイのこの文こそ、まさに独創的だと思いませんか？『本』の代わりに『人』としても伝わります。誰かを好きになる理由なんて単純です。その人の存在自体が美しいから。しかし誰かを嫌いになる理由は、とても複雑で細かいものです。小指が少し曲がっていたり、顔に小さなほくろがあるだけで、その人の存在そのものが憎らしく思えたりするものです」

「すみません、今のお話は探している本と関係があるのでしょうか？」

「序論が長くなりましたな。さてさて、これから本を探す事情をお話しします。事情とも言えるし、仏教の言葉を借りれば因縁とも言えるわけです」

Ｓ氏は子供のころから不満の多い性格だった。あまりに自然とそうなったため、なぜ全てのことが気に入らないのか、理由は全く分からない。高校を卒業する前に思い至る――この世界は何と画一的なのだろう。誰もが他の誰かの真似をしていて、その人に学び、下で働くことになる。

高校三年生のS氏は授業中に突然、教師に激怒する。その事件で彼は校内の有名人となった。文学の授業の時だ。彼は発作を起こしたように「なぜ先生は、他人の言ったことしか生徒に伝えないのですか!?」と叫んだ。教師は何も言えずぽかんと生徒を見つめるばかり。S氏はさらに大きな声で金切り声を上げる。「他人の考えではなく、先生だけの独創的な考えはないのですか!?」

この事件でS氏は一週間、停学処分となる。教師は両親を学校に呼び、もっと芳しくないことが起きる前に精神科のカウンセリングを受けさせてはどうかと、遠回しに転校を勧めた。S氏は病院に通いながら、特別なことを起こすことなく平凡に卒業を迎える。テストの成績はかなり良かったので、誰に不平を言われることもなかった。しかし彼は、卒業式に出席しなかった。その行為で学校に思いを伝えたかったのだ。

S氏は他人の哲学を拠り所としない独創的な思考、自分だけの道を見つけることを人生の目標とした。そのためには偉大な哲学者たちがどんなことを言ったのか、知っておく必要があった。高校を卒業した若き求道者は、親からの小遣いの大部分を本に使い、朝から晩まで図書館で過ごした。大学には進学せず、二年間本に埋もれて過ごした結果、仏教に関心を持つようになる。

優秀な成績でD大学仏教学科に入学したS氏は、世界中の哲学の中で、仏教にこそ最も独創的な思考体系があると信じた。彼に確固たる信念をもたらしたのが、まさにルソーの『孤独な散歩者の夢想』だった。仏教の経典を勉強していたS氏はある日、清渓川の古本屋でこの小さい本を発見してページをめくり、体に戦慄が走る思いをする。古本屋はその本を五百ウォンで売っていたが、あの時の読書体験を五百億で売ってくれと言われても断るだろうと、私に強く訴える。

「ルソーは素晴らしい人です。どうですかね？」同意を求めるS氏。そうだと答えると、彼は続ける。

「素晴らしいという評価には、いくつかの意味があります。私は、彼の独創的な言葉と行動が、この本に表現されていることに驚きました。もちろん代表作も読みましたよ。『社会契約論』、『人間不平等起源論』、そして『エミール』まで。実は『孤独な散歩者の夢想』は、晩年に書かれた軽い回顧録ぐらいのものだろうと考え、それまで手を付けていなかったのです。しかし最も独創的な哲学は、未完で終わってしまうこの本に書かれていた。ルソーはそのためにわざと完成させなかったのではと考えたほどです」

「わざと未完成のままにしたのですか？　興味深い話ですね」

「それは仏教の理論と相通じます。仏教には完璧な教理がないと私は理解しています。釈迦の教えも同様。完全な哲学を教えるから、私を信じてついてきなさい、そういう論理ではないのです。まさに正反対。釈迦は弟子たちに絶えず質問させました。質問することを通して弟子は成長するのです。釈迦は完全な悟りを開きますが、皮肉にも、自分が知っていることを完全には形にせずこの世を去ります。未完成のまま残したというわけですな。ルソーも同じ境地だったのではと想像すると、本を読みながら胸が高鳴ったものです」

仏教を学んだS氏は経典ではなく、ルソーの本を読んで僧侶になることを決心する。彼を出家に向かわせた文章は、『孤独な散歩者の夢想』の、六番目の散歩の章にある。

「全てを考慮した結果、魔法の指輪が私に何か愚かなことをさせる前に、それを投げ捨てたほうが良い」

S氏はその本をどれだけ繰り返し読んだのか、文章のいくつかをすらすらと暗唱する。彼は僧侶になり、本格的に経典の勉強と仏経の翻訳を行う一方、ルソーの本を積むほど集め人々に配った。そうして彼は僧侶として三十年近く過ごした。

しかし数か月前、S氏はいきなり僧籍を捨ててしまう。いや、突発的な衝動でそうしたわけではない。彼の話によれば、僧侶としての生活そのものが、僧籍を捨てるための準備期間だったという。彼を俗世に帰らせたのも、やはりルソーの本だ。

「経典を研究すると、とても独創的な学問だと分かります。しかしそれを学ぶ僧侶は独創的でいることは不可能。ルソーの言葉を聞いてください。『自分の能力で人間を超えた者は、人間性の弱点を超えているはずであり、そうでなければ彼の溢れる力は――他人と変わらないほどの力であっても――彼を他人より劣らせるのに使われるのみ』。私は悩みました。僧侶の身では、人間性の弱点を超えられないという壁にぶつかったのです。僧侶は基本的に、生活人ではなく宗教人ですから」

僧侶として生きることがむしろ独創的な思考への障害となると結論付けたS氏は、果敢にも僧籍を放棄し一般の生活人になろうと決めた。

「では、これからは仏教とは違う道を行くのですか？」

私がそう聞くと、Ｓ氏は机の上に置いた数珠と木魚を手にし私に見せた。

「そんなはずがありません。私はいまだに仏教徒で、仏教を学び続けています。週末になれば必ず寺に行き礼仏する身です。とはいえ僧侶だったときよりも、確実に独創的な視点で仏教に触れることができます」

私はＳ氏の話を全て聞いた後、一九七八年に出版されたルソーの未完成本を探すことを約束した。そして彼が席を立とうと荷物を整理しているとき、最後にひとつ質問してもいいかと聞く。

「もう僧侶ではないですから、禅問答のようには難しく答えませんよ。気楽にどうぞ」と笑うＳ氏。

「この世に百パーセント独創的なものが残っているのでしょうか？　Ｓさんの考える独創性とは何なのでしょう？」

「その質問には、私なりに独創的な回答をしなければなりませんな」と言いつつ、彼は椅子から立った。

「独創的な思考のためには、考えと行動が針の先を合わせるように完璧に一致しなければならないと申し上げます」

「でもルソーだって……」

ルソーが偉大な本を書いた一方で、非難を受けた理由はそこにある。『エミール』という革新的な教育思想書を発表しておきながら、自分の子供は全員、孤児院に送ったと聞けば、誰もが悪口を言いたくなるだろう。

「そうです。ルソーもかなり批判されましたよね。ですから完璧な独創性を持つとは言えません。未完成で残された最後の本のように、彼の独創性には傷が残りました。私はその、小さな傷すら超えられる完全な独創性を手にしたい。それが私の目標です」

　可能性は限りなくゼロに近い非現実的な目標を、驚くほど堂々とした表情で語ったＳ氏。果たして彼は、現代のショーペンハウアーやルソーになれるだろうか？　彼らを超えることは可能だろうか？　彼が聞かせてくれた話は多少、無茶苦茶な面がないこともないが、同じようにルソーも当時は、無茶苦茶な人だと言われていたに違いない。ショーペンハウアーもやはり、不満だらけの無茶苦茶な老人に過ぎなかったはずだ。

　私はＳ氏の独創的な目標を応援したい。無謀でもいい。彼は既に自分がやるべきことを始めており、何より自分を信じている。何人かの先輩たちと同様、生きている間は、褒められるより批判を受けることのほうが多いかもしれない。しかし自分を信じる人は簡単には諦めない。信じることは、どんな宗教や学問よりも大きな意味のある、人生の財産なのだから。

夢の舞台

『コレクター』
ジョン・ファウルズ著、アン・ドンミン訳
文藝出版社、一九七四年

弘益《ホンイク》大学前の公園で、ゴザを広げて本を売っている「本の行商人」ことH氏を見つけた。歩きまわって本を売る彼は、いつどこにいるのか分からないのが困りものだが、本に関しては知らないことのない古書博士だ。私はことあるごとに彼を捜しては、珍しい本や作家、出版社について教えを請うのだった。

今日もH氏は公園の隅の木陰で釣り用の折り畳み椅子を広げ、丸くなって座っていた。

「どうも！　今日はここに来られたんですねえ。タイミング、ばっちりでした。お元気でした？」

と声をかける。私のほうを向いたH氏は、片手を挙げて揺さぶった。もう一方の手にはチョコボールの袋がある。

私が近寄ると、彼はチョコボールの袋を前に出し「これ、めちゃくちゃうまいですよ」と言った。袋を受け取ろうと手を伸ばした瞬間、彼は袋に残っていた最後の一個を取り出し、おもむろに自分の口に放り込んでむしゃむしゃと噛む。

「私に食べろと言ったのかと思いましたよ」

「あっ、そうだったの？　残せば良かったかな。あまりにもうまくて、最後のひとつとは知らず食べちゃいました。今度あげますよ、ふふふ」

Ｈ氏は脳の大部分を本に使っていて、残りの少ない部分には穴が開いているのかもしれない。よくあることなので、私は淡々と「お構いなく、自分で買って食べますから」と言って彼の横にしゃがんだ。

「Ｈ先生は、本以外には全く関心がなさそうですね」

「いきなり何を言いますか。またお客さんに変な本を探してくれと言われたんでしょ？」

本という単語を口にした瞬間、Ｈ氏の大きな目は横に伸びて鋭くなる。

「まあ、そうです。昔の本なのですが……。それはそうと、本以外に何か集めたりしてないんですか？」

「コインを集めてますよ。専門家ほどじゃないけど、面白いです。コインは切手みたいに歴史が詰まっているから飽きないですね。それはともかく、人の気を揉ませないで早く言ってくださいよ、何の本を探しているんです？」

実は私は、Ｈ氏が本以外には全く興味がないと答えるのを期待していた。なのにコインとは。あまりに意外だった。本とコインに何らかの関係があるのは明らかだ。蝶と人の関係のように、である。

「蝶と人に関する……じゃなかった、ジョン・ファウルズの小説です」

頭の片隅で別のことを考えていたら、思わず口にしてしまい驚いた。ところがさらに驚くことに、私の言葉を聞いたH氏は一瞬で答えを当ててしまった。

「蝶と人、そしてジョン・ファウルズといえば『コレクター』ですよね。一九六三年に出た、彼のデビュー作。その数年後に韓国でも翻訳本が出て、それなりに人気があった」

「そうです、『コレクター』。新人作家のデビュー作なのに、ずいぶん早く翻訳されたものですね。お客さんが探しているのは一九七〇年代のものです」

「小説が二年後に映画化されたからでしょう。監督は『ベン・ハー』で有名なウィリアム・ワイラー。かつて『ベン・ハー』は、韓国では知らない人がいないほどヒットしたから、同じ監督による映画の原作ということで関心を集めたのでしょうね。七〇年代のものなら文藝《ムヌエ》出版社を当たるべきです。六〇年代後半に文藝出版社と新丘文化社《シングムヌアサ》から翻訳出版されたのですが、新丘文化社のものは『現代世界文学全集』シリーズに収められていました。そのお客が七〇年代に単行本を読んだのなら、文藝出版社版だと思います」

　一体H氏の頭の中はどうなっているのか。まさに「バベルの図書館」ではないか。しかしまだ驚くのは早い。彼の実力は、本を見つけ出す方法にある。

「その通りです。文藝出版社版が必要なんです。ではどうやって探せばいいと思います？　何かヒントをもらえませんか」

「出版社に当たってみたらどうです」H氏は何か企んでいる表情でにやりと笑う。

「出版社ですか？　でも何十年も前の本ですよ。出版社ですら保管してないのでは？」

「もちろん。古い本だから出版社にもないでしょうね。私が言いたかったのは、今の出版社ではなく七〇年代の出版社に当たれということです。当時、この本を作っていた人に聞き込み調査したらどうかと」

　思わず言葉を失った私は、苦笑いする。

「四十年前に文藝出版社で働いていた人を探せと？　むしろ普通に本を探したほうが早くないです？」

「そうでもないんだな。本と違って、人は電話に出てくれるから」

　普段から絶対電話に出ようとしないH氏が何を言うか——言葉が喉まで出かけたが、ひとまず彼の意見を全部聞いてみることにした。H氏は横にあったリュックの中をかき回すと、表紙がぼろぼろになった古い手帳を取り出す。

「これ、私の宝箱。出版社の社員の電話番号が書いてあるんです」

「まさか四十年前に文藝出版社で働いていた人たちの電話番号があるわけじゃないですよね」

「そりゃそうだが、この業界はそんなに広くないですよ。何人かに聞けば分かるはず。まず私が文藝出版社に電話してみます。長く働いている人なら、昔の社員について知っているかもしれない。問題は、そのうち誰が本を持っているかです。さあ誰だと思います？」

　H氏はまた茶目っ気ある表情で私を見つめる。

「そうですね、当時の社長でもなさそうですし、編集者じゃないですか？　本を作った人ですから」

「不正解」首を横に振りながら、揺るぎない声で言うH氏。

「私の経験上、いつまでも本を持っているのは、作った人ではなく売っていた人で間違いありません。つまり編集部ではなく営業部。本を持って走りまわっていた人こそ、本への愛着は深いものです」

「おお……」私はやっと理解することができた。そしてＨ氏の本探しにもう一度感嘆する。性格が少し変でも実力さえあれば全て許されるという言葉は、まさに彼に捧げるべきものだと思う。

本は手に入れておくから、一か月ほど後にまたこの公園に来なさいと言うと、Ｈ氏はゴザを畳みはじめた。私はおどけてコインを取り出す。かつて別の古本屋で働いていたときに同僚のＪ氏からもらい、いつもポケットに入れている外国産の幸運のコインだ。

「このコインを投げて表が出たら、Ｈ先生がすぐに本を探してくれる。裏が出たら、見つけられないか、だいぶ時間がかかる。さっそく占ってみましょう」

コインをひらりと空に投げ、手のひらに載せる。結果は表だった。私は表の出たコインをＨ氏に見せ、彼の健闘を祈った。コインを見たＨ氏は「おお、これは……」とつぶやき、何か言いたげに頭を傾けた。

「いや、また今度話そう。いいコインですよ、大切にしてください」

気になる言葉を残し、Ｈ氏はゴザと本の束をまとめてその場を去った。日はもう沈んでいる。暗くなるとこの公園は全く別の世界が始まる。うるさい音楽が街を占領する前に、私も急いで地下鉄駅へと向かった。

『コレクター』を探してほしいと話す依頼人は、Ｍという名前だった。そのイニシャルは奇遇にも、蝶の蒐集家であるフレデリックが病的に執着し、拉致することになる女性と一致した。

「運命を感じました。小説の女性主人公ミランダもMだということに」

Mさんは五十代だと話すが、知らなければ三十過ぎではと思えるほど若く見えた。目鼻立ちがはっきりとして声に張りがあり、ひょっとしてアナウンサーや歌手なのではと思った。しかし私の予想とは異なり、平凡な主婦だと彼女は語る。

「二十代初めには映画俳優になりたくて俳優養成所に通っていました。子供のころから本と映画が好きだったんです。そんなある日、運命的なチャンスが訪れます。韓国でジョン・ファウルズの小説『コレクター』を映画化する企画があり、ミランダ役を公開オーディションで選ぶのだそうです。胸がドキドキしました。私が本当に好きな作品でしたから」

『コレクター』という作品名を覚えている人は多くない。なぜなら韓国では『ミランダ』という題の演劇で話題となったからだ。しかしその話題とは、作品に対する猥褻《わいせつ》議論によるものだった。原作小説は全く猥褻な内容ではないが、演劇化に問題があった。良くできた心理小説は残念なことに、男に拉致されたミランダが地下室に閉じ込められ性暴力を受けるという内容に変えられたのだ。一九九四年にこの演劇が公開されると、ニュースでも報じられるほど話題となった。

「演劇版を観た女性はほとんどいないはずです。私が行ったときも、女性の観客は私だけでした」

「勇気がありますね。つまり、何というか、あの演劇は……」私が言葉を濁すと、Mさんは鈴を鳴らすような声で明るく受け答えた。

「いやらしい演劇だと知らなかったわけじゃないですよ。テレビで何度も報道されましたからね。だけど私はジョン・ファウルズの小説がどう脚色されているのか気になりました。予想はしていましたが、観てみると予想以上にひどいものでした。私はミランダというキャラクターが本当に好きなんです。お金持ちではないけど一生懸命勉強し、いつも堂々としている。自分を拉致したフレデリックに対し、最後まで意思を曲げません。小説ではふたりの会話がたくさん出てきますが、その場面においては芸術に無知なフレデリックよりミランダが主導権を握っています。演劇ではその部分を完全になくし、ただのポルノにしてしまったわけです」

そんな中、映画のオーディション広告を見て再び希望を抱く。六〇年代に『コレクター』を映画化したウィリアム・ワイラーを超えてみせるという抱負が書かれていたことも大きかった。

「自信はありました。オーディションを受けに行ったときも、私は監督の前で堂々と言いました。ウィリアム・ワイラーの映画のミランダより、もっといい演技ができると。監督はMという私の名前を見て、オーディションに来たのも運命ですねと言いました。とてもうれしかったです。二週間ほど経ったころ、制作会社から連絡が来ました。合格です。有名な会社ではないけれどやっと夢が叶うと思い、体が熱くなるほど感激しました。でもその期待は長続きしませんでした。事務所に一度だけ顔を出し、自分から降りたんです。家に帰ってから一週間は布団をかぶって泣いていましたね」

その日Mさんは、何年か前に古本屋で購入し大切に読んだ文藝出版社版『コレクター』をバッグに入れ事務所へと向かった。彼女はまず、監督にシナリオを見せてほしいと言う。驚くことに監督は、映画を撮るときにシナリオやコンテをほとんど使わないと答えた。違和感を覚える彼女。ではどう演出するのか、あらすじは原作と比較してどう違うのか、教えてほしいと聞いた。監督はいらいらしながら、俳優がそこまで知る必要はないと短く告げる。事務所には他の俳優も何人かいたが、彼らも当日になって初めてどんなシーンを撮影するのか聞かされるという。

「私は監督に、ひとつだけ質問したいと言いました。原作ではミランダの大学での専攻が何なのか知っていますかと。監督は戸惑った後、ミランダの専攻なんて重要ではないと声を荒らげます。その上『お前は体つきがいいから合格させてやったんだ、何も言わずに俺の指示だけ聞けばいい』と、机をバンと叩くんです。私は腹が立って『ミランダの専攻は芸術。監督よりもはるかに優れた芸術家ですよ！』と言ってやり、ドアを開けて出てきてしまったわけ」

後で知ったことには、制作会社は単に演劇版を同じように映画化する計画だったという。Mさんはこの件以来、映画俳優になる夢を完全に捨てた。自分があまりに情けなくなり、『コレクター』も含め映画に関係する本を全て処分してしまう。そしてしばらく映画と離れて暮らした。

長い時間が経った今、再びミランダがMさんの心を刺激しはじめたという。

「主婦と申し上げましたが、実は大学を卒業した後、友達と小さなベンチャー企業をつくって、それが軌道に乗りました。今は後輩に会社の経営を任せていて、私は顧問となり一歩退いた形です。ミランダから距離を置いていたことがずっと申し訳なく、どうしたらいいか迷った末、シンプルな結論にたどり着きました。私があの映画を制作するんです。人々にミランダの本当の魅力を紹介したいんです。ウィリアム・ワイラーの映画もよくできていましたが、やはりこの作品もフレデリックという男性が劇の中心にいます。私の映画では、ミランダが主人公です。シナリオも私が書きます。だから今日、こうして店長さんにお会いしに来たわけです。その本があれば、シナリオが書ける気がして」

そう語るＭさんの顔は輝いていた。彼女の強い意志が私に伝わり、舞台に立った彼女がスポットライトに照らされ独白するシーンを思った。私は本を必ず探してみせますと約束した。

「シナリオが完成したら、やはり俳優はオーディションで選ぶつもりですか？」

「あっ、店長さんも挑戦します？」Ｍさんは前傾になり、私の顔をしげしげと見つめる。

「フレデリック役を目指すのなら、ちょっと難しいかも。目じりが少し下がっているのが、いい人っぽく見えすぎですね。ふふふ」

約束の通り一か月後に大学前の公園でＨ氏と再会した。私が近づくと彼は釣り用の椅子に座ったまま、手に持った本を高く挙げてひらひらさせた。出版当時にセットで販売されていた紙ケースまである、保存状態の良い本だった。

「言ったでしょ？　本を持って走りまわる営業部員は、売っていた本を長く大事にしている確率が高いんです」

本をよこしながらＨ氏は、いつものようにジョン・ファウルズとその作品について長舌を振るった。適当なところで遮らなければ二十四時間でも本の話をする人だ。私はふと、あのコインについてもう一度聞こうと思ったが、すぐやめた。Ｈ氏もコインのことは忘れているようだ。話したい気持ちがあれば、自分から私の所にやってくるだろう。

あるいはこのコインも、私にとってのミランダなのかもしれない。コインが自分から何か話しかけてくるまで、私は黙って私の小さな思い出を大切に保管しよう。

普通の人生のために

『女の一生』
ギ・ド・モーパッサン著、シン・イニョン訳
文藝出版社、一九七七年

文化センターでお花教室の講師として活動するＳさんは、六十を越える年齢以上に生気が感じられる表情をしていた。単に若く見えるという話ではなく、年齢から得られる知恵と穏やかさが溶け込んだ、美しく素敵なお顔なのだ。私も同じように年を重ねることができるだろうか？　素敵な年長の方を見るといつもそう考える。私も五十歳はすぐ目の前なので、フレッシュで若々しい世代とは決して言えない。これから人生をどう組み立てるかより、どう整理すべきかが気になる年頃だというのが正直なところだ。

人の顔、特に目の光を見れば、言葉を交わさなくてもその人の人生を感じることができる。Ｓさんの瞳には、安定した人生を過ごしてきた人ならではの穏やかな光が宿っていた。しかしＳさんが探してほしいと依頼する本は、安定という言葉とは正反対にある小説だった。フランスの小説家、モーパッサンの『女の一生』だ。

「大事なのは、文《ム》藝《ヌエ》出版社が一九七七年に出した文庫本でないと、ということです。表紙には貴族の女性の絵が描かれています」

探すだけの事情があるとはいえ、出版してから何十年も経つ小さい文庫本だ。いくら印象的だったとしても普通の人は出版年まで覚えていない。しかし出版社だけでなく表紙の絵まで正確に覚えているとは。その本をめぐる特別な物語があるという証拠であり、読んだ当時、忘れられない事件があったのは間違いない。

「どこから話せばいいでしょう……」Ｓさんはしばらく黙っている。昔のことを思い出すのに時間が必要なようだ。どうぞ気楽にと言った私は、席を立ちお茶を入れた。ほんの少しでも、ひとりで考える時間を置くほうが良い。

温かいお茶の入ったマグカップを両手で包みこんだＳさんは、とうとう心を決めた様子で話しはじめた。

「私は子供のころから頭がいいとよく言われました。学校の成績はずっと上位でしたし、勉強するのが好きでした。何かを暗記し、難しい数学問題をやっと解いたときに、大きな喜びを感じたものです。大学に行って法律を勉強したいと思いました。興味深い分野で、私の性格にも合いそうだったんです。両親は医大に行ってほしかったようですが、私は法律がいいと伝え、ふたりも反対はしませんでした。私は愚かにも、高校で人生が全て決まったかのように行動していたのですね。大学に行き、卒業したらアメリカでさらに学び、国際弁護士になるのが目標で、当然そうなるものだと思っていました。少しの疑いもなく」

「よくあることですよ。後になって人生は思い通りにいかないと知るものですよね。最初の壁はどこにあったのでしょう？」

Sさんは力なく笑い「最初からです」と答えた。

「最初とは？」私が聞くと、Sさんは「言葉通り、最初から失敗しました。大学入試で落ちたんです」と言い、まだ湯気を立てるお茶を口に運んだ。

話は続く。

「もちろん山も谷もあるだろうと思っていましたよ。とはいえ大学入試で失敗するとは予想もしていませんでした。戸惑うあまり、どうしていいのか分からず、しばらくは宙を浮いているような気分でした。しかしすぐ気持ちを入れ替えます。自信過剰で油断したのでしょう。頭を冷やし、来年に向けて準備を始めればいいのです。その日、町の本屋に行って本を一冊買いました。面白い小説を読んでリラックスしてから勉強を再開する計画でした」

「その時読んだ本が『女の一生』だったのですね？」

「そうです。有名な本だから前から読もうと思っていたのですが、ずっと余裕がなく後回しにしていました。一週間ぐらいは休む予定だったから、ゆっくり読むつもりで買ったんです。正直、その小説の内容を少しでも知っていたら絶対に読まなかったでしょうね」

Sさんは意味深長な微笑を浮かべる。そうだろう。大学入試で落ちた女子高生が気分転換で読む本ではない。

「裕福な家庭に生まれたひとりの女性に関する物語なのですが、最初からかなり暗い内容なんです。逆境に打ち勝ち、やがて人生が明るくなる話なのかなと我慢して読んでいたら、全く予想外でした。『ネズミの巣にも日が差す時がある』だなんて、誰が言ったんでしょうね。小説の主人公、ジャンヌの人生には、針の穴ほどの希望もありません。だけど最後はハッピーエンドに違いない、ずっと試練を受けてきたのだから素晴らしい結果が待っているはず、もしそうでなければ作者の精神状態がおかしいのだ、心の中でこうつぶやきながら全部読んだんです。しかし最後の一文を読んでがっかりしました。あまりに気分が悪く、その日は眠れませんでした。女の一生は、なぜこんなにひどいものでなければいけないのか？　小説の作者が男という事実にも腹が立ちました」

Ｓさんは本を完読したことを後悔した。明け方まで寝付けず、早起きすると机の上の『女の一生』を両手でつかむと真ん中で引きちぎり、すぐゴミ箱に投げ捨てた。本棚に置いておくのも気分が悪かったのだ。しかしそうしたところでなかなか怒りは収まらなかった。別の楽しい本を読んでみたが、『女の一生』のあらすじがトラウマのように頭にこびりついた。自分も同じような人生を送るのではという恐怖も日に日に大きくなっていく。全く集中できず、勉強も思うようにはかどらなかった。

結局、二度目の入試にも失敗してしまう。目標を高くしすぎたのではと思い、三度目の入試では一段下の大学に志願した。しかし今回も良い結果は得られなかった。それは不思議なほどだった。模擬試験ではいつも最高得点なのに、いざ入試となると集中力が落ちるのだ。娘が三度目の入試に向け準備しているとき、両親はＳさんに黙ってよく当たると噂の占い師のもとを訪れ、高いお金を払って相談をした。しかし納得のいく結論は出ない。もしやと思い他の所にも行ったが、Ｓさんは幸運の持ち主だという話しか出なかった。

Sさんは四度目の挑戦でついに大学に入ることができた。一応ソウルにあるが、最初に目指していた大学には到底及ばない平凡な学校であり、専攻も法学ではなく経営学だった。両親はレストランでこぢんまりとした合格祝いの会を開いてくれた。Sさんは食事をしながら悲しくて泣く。全てが『女の一生』を読んだために起きたことだと信じた。小説の主人公ジャンヌも、やはり幸せで素敵な人生を送りたかったはずだ。しかし運命は罠のような姿で彼女をがっちり捕まえ離さなかった。自分もそうなるのではと恐れをなしたSさんは、大学に通いながら精神を病みはじめる。

一山越えてまた一山と言うが、人生の難関はそこでは終わらなかった。大学卒業後にSさんは中堅の貿易会社に就職するが、長く耐えられず逃げるように退職する。次もその次も、会社員の生活を続けるのは難しかった。一か所に半年もいることなく、あちこちの職場を転々とした。その間に両親の事業が傾き、家計は崩れるように苦しくなる。

「年もいつの間にか三十を過ぎ……ご存じでしょうが、三十過ぎの女をはばかりなく敗者と呼んでいた時代でした。その年齢の女にできる仕事はあまりありません。けれど私は何でもやってみようと、手当たりしだい働きました。レストランの厨房で皿洗いするときも、マンションの建築現場でタイルを背負って運ぶときも、私はジャンヌのように不幸にはならない、と歯をくいしばって暮らしたものです。ジャンヌは私の心の重荷であり、トラウマでした。結婚しなかった理由も彼女です。結婚したらジャンヌのように不幸になるのではと怖かった」

終わりの見えない暗いトンネルはその先もずっと続いた。Sさんは一か所にとどまらない生活を送りつづけ、自分の人生においては何かを望むことすら贅沢だと思うように。そんなとき、運命は彼女の目の前に意外な道を示す。

「拠り所のない日々を過ごすなか、深夜の盤浦《バンポ》花市場でアルバイトを始めます。朝までそこで働き、昼には別の仕事に行きました。お金のために深夜にできる仕事を探していたのですが、やってみたらこれが面白いんです。重い花を運ぶのが主な仕事で、最初は花を、ただの荷物としか思っていませんでした。何か月か働いて慣れてくると、やっと花の姿が見えだしたんです。花について知っていくうちに、私のだめな姿を花に見る気がして愛情が湧いてきました。花屋のオーナーが言った言葉が忘れられません。『ここで半年耐えられず逃げた人は一生花が嫌いになる。だけどその時期を過ぎれば、やっと花が見えて香りも嗅げるようになる』。一年近く働いたころ、オーナーが私を呼び、アルバイトではなく正社員として働く気はないかと提案してくれます。思わず感激しました。そんなことを言われたのは初めてだったから」

　花屋のオーナーは小売店に花を納品する仕事をしながら、フローリストとして活動し、花の大衆化事業に力を入れた。何年か経ち、オーナーはSさんにフローリストの仕事を勧めた。Sさんはオーナーと全国を回り、数多くの講義やワークショップを開きながら、会場のフラワーデザインの技術も学んだ。どんな大学でお金を積んでも得られない貴重な経験だった。

「オーナーは私と年が近かったんです。だから気が合ったのでしょう。私たちは息が合い、十年も一緒にいたから、社長と社員という関係があいまいになるほど親しい仲になりました。オーナーは時々私に、もう独立して自分の店を持ってはどうかと提案しましたが、私は嫌だと答えました。長く働いたとはいえ、今でも毎日新しいことを学んでいる感覚です。私はできるだけ長くオーナーのもとで学びたい、独立したければ私から話すと言いました。するとオーナーは私を抱きしめるんです。悪くない感情が芽生えました。それから私たちは仕事だけでなく、生活も共にするようになったんです。私が五十になったときでした」

「オーナーさんもまだ結婚していなかったのですね。ふたりが結婚式を挙げたら、会場のフラワーデザインも一緒にすることになるのでしょう。想像するだけでも素敵です」

　私がそう言うと、Ｓさんは笑いながら手を振る。

「ああ、まだ言っていませんでしたね。オーナーも女性です。今の若い人たちは同性同士で堂々とデートすることもあるようですが、私たちの時代には想像もできないことでした。結婚式どころか、誰にも知られないように同棲していました。今なら人に聞かれたら、一緒に住んでいると自然に言うことができますよ。しかし最初は、出勤や帰宅の時間をずらして家を出入りするほど周りの視線を気にして暮らしたものです」

　思い描いていたより年を取ってしまったとはいえ、とうとうＳさんは安定した生活を手に入れた。好きな仕事を見つけ、人生の同伴者まで得たのだから、これ以上望むことはない。安らかな心を取り戻したＳさんは、問題の本とそろそろ仲直りしてもいいのではと思うように。憤りを抑えることができず本を破ってゴミ箱に捨てた日から、もう何十年も経った。彼女は一生のトラウマであり、自分を縛り付けてきた『女の一生』をもう一度読んでこそ、その本からやっと解放されると考えた。Ｓさんは百貨店の文化センターに講義をしに行く道で書店に立ち寄り、あの本をもう一度買った。緊張する瞬間だった。何十年も前に破ったものとは同じ姿の本ではないが、読もうとすると手が震えた。

だが恐れていたのは最初だけで、驚くことにモーパッサンの物語は高校の時に読んだものとは全く違った。あの時は「まぬけで頭の悪いジャンヌ！」と読みながら腹が立ったものだが、今はこの美しい女性に心を寄せることができると思った。

私は彼女の言葉を手帳に書きながら質問する。

「高校の時に読んだものと内容は同じなのに、どうして全く違う感情が生まれたと思いますか？」

Ｓさんは堂々とした声で答えた。

「本は変わることはありませんが、私が変わったんです。五十年という人生を過ごして、ジャンヌの考えや行動、そして彼女の運命も少しは理解できるようになりました。小説とはいえ、誰かの人生を判断するためには、人生ぶんの時間が必要なのではと思います。花を扱う仕事をしながら、そのようなことをよく感じますね。最初は私も、花が美しいのは花を大きく咲かせたときだけと思っていました。だから儚いとも考えるわけです。ですが今は分かります。花というものは、芽が出て葉を伸ばし、花びらを広げた後に枯れて首を垂らす、その全ての過程が美しいんです」

私はうなずいた。そして私の今後の人生は、若さによる美とは無縁だろうと思っていたことを深く反省した。美しさとはある時期のある状態を言うのではない。さらにそれがひとりの人生であれば、簡単に決めつけられるものではない。

「人生はやはり、それほど良くもないし悪くもないようです」Ｓさんは小説の最後の部分を覚えていた。この文章を読んで腹が立ち、本をゴミ箱に捨てたことを反省する意味で、全く同じ本を手に入れ今度は大切にしようと決心した。Sさんは最後に「花と人生は似ています」と言う。咲いて、枯れて、実をつけて、香って……この営みこそ人生ではないでしょうか。なぞなぞのようなことを口にし、彼女は席を立った。

私は本を探し出す代わりに、その本を探す事情、本をめぐる物語を手数料としていただいている。時には人生における重要な気付きを受け取り、しばらく心がしんと静まり返ることも。誰かにとってはどこにでもある古い本でも、誰かが人生を通して探している大切な真実がそこにあるものだ。

私は今日もお客からいただいた美しい人生の指針を胸に、どこにあるのか分からない一冊の本を求め町に出るのだった。

訳者あとがき

二〇二二年九月、青空広がる秋の日に「不思議の国の古本屋」を訪れた。場所はソウル恩平《ウンピョン》区（最寄り駅は六号線「駅村《ヨクチョン》」駅）。いまだ下町風情が残る穏やかな通りに面した、煉瓦の建物の二階にユン・ソングンさんの店はあった。

隠れ家を思わせる小さな扉を開けると、両サイドに本が並び、そして天井から本がモビールのように釣り下がる、古本の国へと続く階段が現れる。期待とともに階段を上りきり、木製の扉（本書によると冬にはぎいっと音が鳴るらしい）を静かに開けば、あちこちに本が整然と並ぶ、穴ぐらのように薄暗く心地よい空間が広がっていた。本は種類別に見やすく整頓され、手書きのポップが掲げられたコーナーもある。主張しすぎない小さな音でクラシック音楽が流れているのも好印象だ。古本屋と聞いて、もっと雑然としたカビ臭い空間を想像していたのだが、ソウルでよく見かける古本屋とは様子が違う。空間の隅々まで手がかかっていて、何より本への愛情がひしひしと感じられる。

奥の作業スペースから現れたユンさんは、本書『古本屋は奇談蒐集家』を読んだ印象そのままに、穏やかで優しい人柄がお顔や言葉ににじみ出ている人物だった。お店の中心にある大きなテーブルに案内され、透明なマグカップに入った温かいプーアル茶をいただく。上品なお茶の味に緊張がほどけていくのを感じた。本書でユンさんに古書探しをお願いするため、初見にもかかわらず秘密の話を打ち明けてしまう依頼人たちの気持ちが分かる気がした。

　この本は、古本屋店主であり物語蒐集家である著者が、古書を探す手数料として依頼人に語ってもらった、本にまつわる物語――その本を探す事情・理由を集めたノンフィクションである。プロローグには「皆さんがこれから目にする物語は、小説ではない」という力強い一文が綴られているが、読者はきっと、時に人生の深みを感じ、時に奇妙で思わず当惑させられてしまう、これらの物語が事実なのかと驚くことだろう。

　告白すると訳者の私も、本当に実話なのかと疑う気持ちが全くなかったわけではない。だがユンさんの店を訪れ、木製の扉やマグカップなど本にも登場するディテールを目の当たりにし、翻訳の参考にとユンさんの口から登場人物に関する詳細をお聞きするうちに、そうした疑いは完全に吹き飛んだ。事実は小説より奇妙という冒頭の有名な言葉の重さを実感する出来事だった。

　ユンさんはこれまで、千人以上の人から本にまつわる物語を蒐集したという。本書が韓国で話題となってからは、毎週複数の人が事情を話しにこの店にやってくるとか。それらの話のうち、紹介できそうなものは一割程度だという。もちろん語ってもらった事情は、他者にとって興味深いか否かにかかわらず、依頼人にとっては大切な物語であり、依頼を受けた限り全力で本の捜査にあたるのが彼のモットーだ。たとえ書名も著者も分からない本であっても、実在するかどうか定かではない本であっても。

依頼人の物語にスポットライトが当たる本書ではあまり詳しく語られない、ユンさんの店「不思議の国の古本屋」について書きたい。

本書にも東廟《トンミョ》前のガラクタ市場にある古本屋で本をあさるシーンが登場するが、店先にもガラクタのように本が山積みされ、下のほうにある本はどうやって取り出せばいいのかわからない、そんな雑然と本が並ぶばかりの古本屋も韓国には少なくない。一方、「不思議の国の古本屋」は蔵書は比較的少なめだが、文学・歴史・哲学・芸術を中心に店主がセレクトした良書だけを販売。ネット販売を行わないことにも、人と本が直接出会うことを重視する彼ならではの美学がありそうだ。

古本を販売するだけではなく、文化空間として機能していることも大きな特徴だ。書店の奥には大きなテーブルが置かれ、読書会やワークショップがたびたび開かれる。インディーズミュージシャンのライブや映画鑑賞会が行われることも。かつては毎月「深夜書店」というイベントを企画し（日本の漫画『深夜食堂』がヒントに）、軽食も提供して早朝までいられる日を設けていたこともあった。

店はワンフロアで、入って左手の本棚の向こうは製本のための作業室となっており古書修繕のワークショップも行う。右手の片隅にはルイス・キャロル『不思議の国のアリス』にまつわる小さな展示コーナーがあり、同書の貴重な各国版や雑貨などが並ぶ。ユンさんはアリス蒐集家でもあり、もちろん店名はここから来ている。なかでもお宝は、ピーター・ニューエルが挿絵を描いた一九〇一年版だそう。

また、店内で無料配布している手書きの周辺地図もこのお店の名物。お客は自然と近所のカフェや食堂を巡ることになる。書店を経営するうえで地域の一員であることも忘れない。

ユンさんがＩＴ企業や出版社、古書店での勤務を経て、自身の店「不思議の国の古本屋」をオープンしたのは二〇〇七年。今や特色あるセレクト書店、ワークショップやライブなどのイベントを行う書店は決して珍しくないが、その時代に文化空間を兼ねる書店、まして古本屋はほとんどなかった。韓国で独立書店（個人経営による、主に個性的なリトルプレスを扱う小さなセレクト書店）がブームとなり、タケノコのように続々と生まれるのはそれから十年近く後のことだ。

大家の力が強く家賃が上がる一方のソウルでは、個人経営の小さな店が十年以上も続くことはかなり稀有なことだ。さらに二〇一一年には韓国初の大型オフライン古書チェーン店「アラジン中古書店」も誕生し、個人の古本屋は存続が難しくなっていると聞く。単に古本が好きというだけでなく、ユンさんの実験的な経営センスや店舗維持に払う労力は並大抵のものではないだろうと想像する。

本書は本、特に昔の文学作品にまつわるエピソードが詰まっているが、登場する本を読んだことがなくても充分楽しめるし、知らなかった作品に触れるきっかけにもなるだろう。特に韓国の文学は日本では広く知られておらず日本語で読めるものは少ないが、国民的作家である朴婉緒《パクワンソ》の本はいくつか翻訳されているのでぜひ手に取ってほしい。

登場する本についていくつか補足する。二二ページに登場するウラジーミル・ナボコフの小説は、一般的な表記を『ロリータ（롤리타）』、かつての表記を『ロリッタ（로리타）』と訳した。ハングルで書名を探す際の参考に。

四八ページの『プチ・ニコラ　いたずらっ子の休み時間』は、日本でも『プチ・ニコラの休み時間』（プチ・ニコラシリーズ2、世界文化社）、『プチ・ニコラ2　ニコラの休み時間』（偕成社）（二冊とも曽根元吉・一羽昌子訳）と、近い書名で日本語翻訳版が出ているが、収録されているエピソードは違う。どうやらかつての韓国版は独自の編集がなされているようだ。

本書では本ばかりでなく、音楽にまつわるエピソードもたびたび登場する。本書のBGMとして、こちらも補足したい。

三九ページに登場する「悲しい予感はなぜ裏切らないの」というフレーズは、歌手と作曲家のユニット「25《イオ》共感《コンガム》」による一九九二年のヒット曲（バラード）『ひとりのための心』から。該当部分はテレビ番組のBGMに頻繁に使用される。

一三六ページに登場する金光石《キムグァンソク》は、九〇年代に若者の間で絶大な人気を誇るも三十一歳で夭折したフォークシンガー。本書に登場する曲名『コリエソ』は前後を汲んで「路頭」と訳したが、「道で」「街で」と訳されることが多い。

一五三ページの『世界は万華鏡』は、もともと三〇年代に歌われた別名の歌謡曲だったが、九〇年代に申信愛《シンシネ》がポンチャック（いわゆる韓国の演歌で、軽快な電子音が特徴）にのせて歌い大ヒット。このシーンを読んだ韓国の人は、こちらの陽気すぎるバージョンを頭に浮かべて思わずくすりとしたはずだ。

かつての、そして現在の韓国の景色がいきいきと語られるのも本書の魅力である。私もそうだが、旅をしたり長く住んだりして韓国に思いを残す人には興味深い部分だろう。

登場する場所で個人的に印象深いのは、私が住む弘大《ホンデ》・新村《シンチョン》周辺にあるふたつの古本屋「コンさんの古本屋」と「隠れている本（スムチェク）」（二三七ページ）だ。特に一九七二年創業の「コンさんの古本屋」は、移転前は二階がレコード倉庫となっており、棚一杯にレコードが並ぶ景色に圧倒されたものだ（二階は店主から許可を得た人だけ鍵を開けてもらうことができた）。多くの人に愛されていた店だったが、契約更新の際に大家から立ち退きを迫られる。市民団体やミュージシャンたちとともに争うものの、二〇一八年に近所に縮小移転することに。ちなみにスムチェクも家賃の値上がりとともに近所の物件に移転している。

そのふたつの古本屋のすぐそばには「サヌルリム小劇場」（二六七ページ）が存在する。一九八五年に誕生した韓国を代表する小劇場で、地下にある舞台には、歴史を感じさせる独特の空気が流れている。ちなみに私は、一階にあったカフェによく入り浸っていたものだが、その店もコロナ禍以降に閉店した。あの煉瓦の建物に、若きユンさんが通っていたと思うと感慨深い。

そして弘益大学前の公園（二七四ページ）。私はユンさんとは反対に、夜の、ラッパーやダンサーが爆音を鳴らしている雑然とした公園に弘大らしい魅力を感じている。したがって日中の静かな公園に慣れず、本の行商人Ｈ氏ともお会いしたことがないのが残念ではあるが、とはいえ一度くらいすれ違っていそうな気がする。

ノンフィクションであるこの本は、あちこちにちりばめられた生活のディテール、事実の強さが読者の心を摑むはずだ。

絶版本を探す依頼人には様々な人がいて、政府が市民を弾圧した「光州事件」の際にデモから距離を置いていた学生もいれば、国家が経済破綻の危機となり未曾有の大不況に陥ったＩＭＦ経済危機で職を失った人もいる。大学生のバイトが禁じられていた全斗煥《チョンドゥファン》政権時代、みんな隠れて家庭教師をしていたなどの市民の肉声も刺激的だ。本書は普通の人たちの生活史の一部としても興味深く読むことができる。

ソウルに縁のある読者は懐かしい韓国を、韓国に縁のなかった読者は隣国の人々の普通の暮らしを、眉間にしわを寄せることなく肌感覚で知ることのできる本といえる。

また本書は、本をとりまく人々の物語であるとともに、人々の間を行き来する本の物語でもある。貴重な絶版本、書名も著者名もわからない本が奇跡のように現れる瞬間には大きなカタルシスがあり、ユンさんが書くように、本が「自らの意思で人に会おうとする」としか言いようのない不思議な場面に何度も驚かされた。そして私もこれまで、偶然手に取った本が人生における大切な指針となるという、奇跡のような体験をしてきたことを思い出した。『韓国が嫌いで』『われらの願いは戦争』などが日本でも翻訳出版されている小説家の張康明《チャンガンミョン》は、本書に対して「無神論者を自称する者としてはちょっと恥ずかしい告白だが、本というものには魔法がかかっていると時々思わされる。（中略）本の魔法を信じたい人たち、魔法のない冷たい日常に疲れた人たちを癒してくれる物語」と熱いコメントを送っている。まさに本書の魅力が凝縮された言葉だと思う。

日本の読者の皆さまが、どのようなきっかけで日々無限に生まれる本のなかから本書を手にしてくれたのかはわからないが、この奇跡的な出会いが素敵な物語の始発点になってほしいと訳者として願うばかりである。

二〇二三年三月

清水博之

著者略歴

◆

ユン・ソングン

尹城根

古本屋店主であり物語蒐集家。
IT企業、出版社、古書店勤務を経て、
2007年からソウル恩平区にて「不思議の国の古本屋」を経営。
古本を販売する傍ら、人と本にまつわる物語を蒐集している。
執筆や講演も数多く行い、
これまで『古本落書き蒐集狂』『書店の言葉たち』『私が愛する書き出し』
『町の古本屋でイヴァン・イリイチを読む』『不思議の国の読書』(いずれも未訳)など、
読書や古本屋にまつわるエッセイを中心に16冊の本を発表。
なかでも『古本屋は奇談蒐集家』は韓国国内でベストセラーとなり、
日本の他、中国やタイでの出版が決まっている。

訳者略歴

◆

清水博之

しみず・ひろゆき

ライター、翻訳家。
訳書にイ・ドウ『天気が良ければ訪ねて行きます』(アチーブメント出版)、
『最後のライオニ 韓国パンデミックSF小説集』(共訳、河出書房新社)、
イ・ラン『神様ごっこ』CDブックレット(Sweet Dreams Press)、
著書に『韓国タワー探求生活』(韓国語、YOURMIND)などがある。
2010年からソウル弘大前にて「雨乃日珈琲店」を運営。

古《ふる》本《ほん》屋《や》は奇《き》談《だん》蒐《しゅう》集《しゅう》家《か》

二〇二三年五月二〇日　初版印刷
二〇二三年五月三〇日　初版発行

著者　ユン・ソングン
訳者　清水博之
装画　宮田ナノ
装幀　アルビレオ
発行者　小野寺優
発行所　株式会社河出書房新社
〒一五一-〇〇五一　東京都渋谷区千駄ヶ谷二-三二-二
電話　〇三-三四〇四-一二〇一（営業）
〇三-三四〇四-八六一一（編集）
https://www.kawade.co.jp/

組版　KAWADE DTP WORKS
印刷　株式会社暁印刷
製本　株式会社暁印刷

Printed in Japan　ISBN978-4-309-20882-4